嗆辣廚娘真千金 3 完

文創風 1237

咬春光 著

目錄

第五十一章　雞飛狗跳

陸祁然一怔，開始裝傻。「母親說的是何事？」

「少給我裝不知情。你平日常往汝陽王府跑，這陣子卻鮮少登門，在家中也不見你提及你那未婚妻，可見你早就聽到了風聲，卻故意隱瞞不報。」陸亦修拍了桌子一下，怒氣道：「那個鄭意濃，根本就不是汝陽王的親生女兒！」

梅啟芳同樣惱火。

陸祁然早知道會有這一日。當初沈蒼雪出席宮宴後，他便聽說母親開始同林家有些往來，應當就是那時候起疑心的。的確，對著那兩張臉，是個人都會起疑。

紙包不住火，不過人總存有僥倖心理，盼著這層窗戶紙能留得久一些。

陸祁然只是不希望陸家失了顏面，如今父母既然都知道了真相，他也不好瞞著，便道：「我也是前些日子才得知消息，不知真假。」

梅啟芳不滿道：「什麼不知真假？城陽郡主的那張臉便是鐵證，若不是母女，怎會生得那麼像?!」

陸祁然冷靜道：「孩子被換，並不是汝陽王府的錯。」

「可如今隱而不報，便是他們的不該！更別提那鄭意濃還德行有失，惡意對付城陽郡主。他們王府裡區區一個管事都能買凶殺人，究竟是奉了誰的命令？又是被誰壓住了消息？你可曾細想過，這樣一個姑娘也堪當陸家宗婦？」

陸祁然何曾沒想過這些？只是多想無益，他提醒父母。「這樁婚事是聖上賜婚。」

「聖上賜婚，賜的是你同汝陽王府的嫡長女，不是她鄭意濃！」

梅啟芳見兒子執迷不悟，便知道他放不下對鄭意濃的感情。她原就不喜歡鄭意濃，一個小姑娘家整日拋頭露面，越過父母之命、媒妁之言，直接為自己擇定夫婿。

只恨她兒子著了鄭意濃的道，對她情根深種，甚至請旨賜婚。若不然，他們陸家也不至於陷入這般被動的境地。

梅啟芳見兒子閉口不語，又道：「若是一切重回正軌，那汝陽王府的大郡主便是城陽郡主了。這些日子我見過城陽郡主幾回，她雖出身鄉野，卻是進退有度，為人也和善，性情更是堅忍不拔，是個難得的好姑娘。沈家將她教養得極為出色，倘若你們的親事能成，難道不比現在這個合適？」

陸祁然望著腳下的地磚，緩緩道：「母親可曾想過，若是此時戳破汝陽王府之事，更換未婚妻人選，外頭的人會如何議論咱們陸家？」

他最不願面對的還有一件事。

「況且，當初是我進宮請旨的，為的便是鄭意濃這個人。若是出爾反爾，外人定會看陸家笑話的。」

此話一出，陸亦修夫妻兩人頓時啞口無言。的確，當初是他們兒子請的旨。

陸祁然笑得苦澀。「難聽的話且不說，落井下石定是免不了的，到時候陸家清譽只會白白受損。」

梅啟芳不滿地說道：「難道只能眼睜睜地看著這個冒牌貨進門？」

「拋去身分不提，意濃進府未有什麼不妥。她在王府極為受寵，在皇室宗親面前也有些臉面，才華於京城這一批年輕姑娘中更是突出，只除了……不是王府血脈。聯姻看身分，可汝陽王府如今認的是意濃這個女兒，不是城陽郡主。」

梅啟芳忍不住咬牙道：「那對夫妻糊塗！」

於陸祁然而言，身分不算什麼，可對梅啟芳來說，這便是致命的缺陷，她接受不了一個冒牌貨當自己的兒媳婦。

這個兒子貌若潘安、才比子建，便是配個公主都使得，本來退而求其次，同一個已經沒落的汝陽王府聯姻便已是委屈，結果這聯姻對象身分還是假的，怎教人不怨？

梅啟芳恨透了鄭意濃，偏偏就像陸祁然說的那般，他們陸家實在不能悔婚，否則名聲有損。

實在是……氣煞人也！

陸家夫妻同兒子三人雖說看法不一致，但是對鄭意濃這件事卻有默契地藏進了心底，並未繼續追究，畢竟追究下去，為難的還是自己。

然而，隨著婚期一天天接近，梅啟芳對鄭意濃的不滿也越積越高，加上趙月紛又從中挑撥，梅啟芳如何能不有怨。

趙月紛也是個妙人，在此之前，她同梅啟芳沒什麼交集，但是一旦牽扯到鄭意濃，她便趕著上前，費盡心思地在梅啟芳面前揭鄭意濃的底。

沈蒼雪這陣子打聽得更仔細了些，當年趙月紛與林度遠從西北返京，尚未在京城站穩腳跟，原想將長子與鄭意濃湊成一對，結果鄭意濃喜歡上了陸祁然，很瞧不上自己的表哥。從前的鄭意濃驕縱得很，還不像現在會做表面工夫，她看上的非得到不可，看不上的便是極盡貶低之能事，那會兒估計說了許多不中聽的話。

外面的人並不知內情，對林府妄想高攀汝陽王府卻落空一事冷嘲熱諷，弄得林府上下好一陣子都沒臉見人，可汝陽王府卻沒幫忙說兩句公道話。

根據趙月紛的說法，後來她發現鄭意濃此人心機頗深，便向汝陽夫妻告誡，誰知趙卉雲無腦偏心自家女兒，跟趙月紛翻臉，於是這份恨意便綿延不絕了。

隨著林度遠的官位越爬越高，這仇恨不僅沒有消散，反而日益加重。

從趙月紛身上，沈蒼雪驗證了一句真理：恨比愛長久。

這日，趙月紛得意洋洋地回府之後，迎頭便碰上了沈蒼雪。

她正愁沒人分享呢，一見沈蒼雪便立刻抓住她的手，迫不及待地炫耀起來。「今日陸夫人比昨日更厭惡鄭意濃了，真不枉我苦心地同她分享情報，值了。」

沈蒼雪看趙月紛一雙眸子都在發光，便知曉她是真的高興。罷了，高興就好。

她為趙月紛倒了一盞茶。「再過些日子，鄭意濃便要嫁入陸家了。」

「那才是她不幸的開始呢，陸家可不是汝陽王府，更沒有一對沒腦子的爹娘不分是非黑白地慣著她！」

趙月紛想了想，還覺得不夠，她不能只在陸家這邊使勁，趙家那兒也得努力。

趙家族人只怕也聽到了風聲，只是以她那好長姊的性子，是絕對不會承認的。

她不妨回去揭開真相吧，如此才能在鄭意濃成婚時給她添個妝！

趙月紛這邊上下蹦躂，鄭意濃在汝陽王府過得也不安穩。

本來她只要在家安心待嫁就成了，可不知怎的，鄭意濃那外出辦事的兄長鄭棠遲遲不回京。

鄭毅催了數次，王府的這位世子才不急不慢地從外頭回了京。

然而，王府上下很快便發現，世子爺對大郡主的態度似乎變了。

從前世子爺多寵大郡主啊，便是要星星要月亮，也會想辦法給她摘來，可自從出了一趟遠門，原本親密無間的兄妹兩人便生分了。

鄭意濃也感受到了兄長的變化，她不甘心，日日都要做點心或吃食挽回這段岌岌可危的兄妹之情。

不想她做的那些，反而將對方給逼到了沈蒼雪眼前。

沈蒼雪望著突然出現在林府的青年，面露難色，因為對方一直盯著她的臉看，有些失禮。

趙月紛聽聞動靜後從裡頭趕來，見到那青年，便快步走下臺階道：「阿棠，你怎麼來了？」

「姨母。」沈蒼雪面前那位青年徐徐朝趙月紛作揖，一面分出心神觀察沈蒼雪。

沈蒼雪心想，汝陽王府除了鄭意濃這個郡主，還有個世子，名叫鄭棠，應該就是這一位了吧。

趙月紛很快給了沈蒼雪答案。「棠兒快來，這是你妹妹蒼雪，你過來想必就是尋她的吧。蒼雪，快給妳兄長見禮。」

沈蒼雪先是一愣，旋即行禮道：「世子安好。」

是「世子」，而不是「兄長」……鄭棠不禁微怔。

趙月紛有些不好意思地看向鄭棠，不過她立刻設法緩和氣氛。「都怨你那拎不清的父母，是他們寒了蒼雪的心，否則也不至於這樣。」

趙月紛將他往大廳帶，一邊走一邊說：「原以為你還要好些日子才能回京，不想今日就過來了，不是說事情還沒辦完嗎？」

「父母催促，也只能先放下那頭的事情了。」鄭棠嘴上這麼說，但實際上卻是他刻意延後返京時間。

「不是姨母嘮叨，你父母總是這樣不知輕重，那鄭意濃又不是王府的親女兒，為什麼不斷催你回京，給人長臉也沒必要折騰自己兒子吧？」

趙月紛對待鄭意濃如同仇人一般，可是對鄭棠卻又態度親暱，沈蒼雪見狀，便知道他這位便宜兄長應當不是個糊塗人。

趙月紛深知這外甥是王府裡唯一一個腦袋清醒的了，她好不容易逮著人，自然要多上些眼藥。

「你既然回京了，那有些事便得說清楚。你父母同你那毫無血緣關係的妹妹做出的荒唐事，你可曾聽說了？」

鄭棠垂眸不語，萬般思緒湧上心頭。

趙月紛知道，這件事無論擱誰身上，只怕都接受不了。她舊事重提沒有別的意思，就是想給鄭意濃添堵。「這些事原本該是你父母告訴你的，只是他們偏心，應當只會替鄭意濃瞞著你。」

「我知道。」鄭棠輕聲說道。

趙月紛這才止住了嘮叨，問道：「都……都知道了？」

「嗯。」

「那買兇殺人的事，也知道？」

鄭棠語調低沈。「也知。」

趙月紛點了點頭。這孩子雖然好一陣子不在京城，不過這事他倒是沒落下。也好，省得她再費口舌。

其實，正因為心知肚明，鄭棠才覺得自己實在無顏過來，然而沈蒼雪是自己遺失在外的血脈至親，不知情也就罷了，如今她人在京城，還被王府如此怠慢，他若是再不露臉，這個妹妹跟他們就真的毫無關聯了。

鄭棠想著，遂行至沈蒼雪面前，突兀地行了大禮。

沈蒼雪受了不小的一驚，匆忙避讓。「世子這是做甚？」

鄭棠羞愧難當道：「我代父母向妹妹道歉。」

他只說代鄭毅和趙卉雲道歉，卻絕口不提鄭意濃。歸根究柢，全是因為鄭意濃行事太出格也太狠毒了。

當初聽到鄭意濃身邊兩個丫鬟談話時，鄭棠便心生懷疑。一個人的性子是自小養成的，若非遭逢大難，怎會輕易改變？可妹妹卻說變就變，就連身邊的丫鬟對此諱莫如深。

鄭棠原本想調查清楚，無奈碰上朝廷差遣，只得離京。

誰知沒過多久，家中便產生了巨大的變化，原來他們家疼了十多年的姑娘並不是親生的。如此也就罷了，畢竟多年的情分不是擺設，他們王府並不在乎多一位郡主，可是錯就錯在鄭意濃下手太狠，為了自己的榮華富貴，竟然買凶殺人。

雖說曹管事一肩承擔了所有，可是這背後究竟是何人主使，稍微動點腦子就知道了。

鄭棠真心實意地道歉。「還請妹妹見諒，父母疼愛意濃多年，一時半刻只怕還調整不過來。我知他們前段時間做了不少錯事，寒了妹妹的心，只盼妹妹能再給他們一次機會。等意濃出嫁之後，我會好好規勸他們，來日定會以汝陽王府嫡長女的名分迎妹妹入府，讓一切重回正軌。」

這些是鄭棠這幾日深思熟慮的結果。已經錯了的事，不能由著它一錯再錯了。

沈蒼雪總算知道趙月紛為何對他另眼相待了，這位便宜兄長是個難得的實在人。汝陽王府裡有個能辨善惡之人可真是太不容易了，不過沈蒼雪對汝陽王府偏見已深，不是他寥寥數語便能動搖的。

她說道：「世子，我不說什麼場面話，此番進京我只是想為自己討一個公道，並不是奔著汝陽王府來的。我原先的爹娘待我極好，縱然他們已經離世，可也養育我多年，這份恩情無論如何都捨不掉。王爺與王妃選擇了鄭意濃，我亦選擇了自家弟弟妹妹，誰也不欠誰，只除了……鄭意濃欠了我一條命，這一點，遲早要還。」

她是沒死，可鄭意濃確實殺人未遂，沈蒼雪不會善罷甘休。

趙月紛在旁邊聽得焦急，沈蒼雪這丫頭可真是一點軟和話都不會說啊，要是換了她，怎麼都得說幾句，先將鄭棠拉到自己陣營裡再說。

沈蒼雪不會，便由趙月紛出馬了，她道：「你也別怪你妹妹，她是沒得選，且你父母百般維護鄭意濃，在得知真相之後依舊只認她，著實傷人。千錯萬錯，都是你父母的錯，也是他們溺愛，教壞了鄭意濃，養成了她這歹毒心腸。」

聞言，鄭棠頭低得厲害。

趙月紛又唱起了戲。「你妹妹入京許久，你們家也就只有你來探望她。若你家那兩位姨娘沒犯錯，你們便能一起長大，感情自當親密無間，何至於鬧到這般田地？唉……真是陰差陽錯、天意弄人。好在還有機會，蒼雪從前吃了不少苦頭，除了我沒有旁的親人疼她，你這個做兄長的往後少不得要替她撐腰，免得教那些歹人再害了她。」

說得不好聽，但確實是這個道理。

鄭棠也擔心鄭意濃會繼續對付沈蒼雪，雖然他不明白鄭意濃怎會有如此大的改變，但她確實不如以往那般天真善良了。

另外，最讓鄭棠警惕的，就是鄭意濃與泰安長公主的關係。

恰好趙月紛說到了這一點。「你們王府裡的那位郡主，總是自作聰明。汝陽王府是大不如前了，可往日餘暉尚在，怎會淪落到舉家投靠長公主殿下的地步？介入皇權之爭，一個不慎，滿盤皆輸，別以為王府是皇親國戚便能逃過一劫，真犯了錯，誰也逃不了。」

鄭棠心頭的巨石又重壓幾分。是啊……真到了那時候，誰逃得了呢？

趙月紛總結道：「說來說去，都是那個害人精惹的，王府若是遭逢大難，也是她招來的。」

鄭棠來這一趟本是為了心安，可不僅未曾有片刻安寧，反而越來越焦慮了。

親生妹妹不認他，對他也是客氣有餘、親暱不足，鄭棠並不怪她，任誰被至親如此對待，都會心有不忿，如今妹妹只是對他冷淡了點，並不算什麼。

目前最重要的是，汝陽王府該拿出怎樣的態度，自己又該扮演怎樣的角色。

回府之後，鄭棠得知鄭意濃今日又來找自己，淡笑一聲，不以為意。可在聽聞鄭意濃帶著自己一雙女兒嬉笑玩鬧了一下午後，他卻是心一緊。

若是以往那個鄭意濃，鄭棠自然不會在意，可如今他這好妹妹已經迷失了本心，為達目的不擇手段，她連父母都能利用，還有什麼是不能做的？

鄭棠交代妻子董欣。「往後妹妹再來，拒了便是，不能再讓她跟兩個孩子共處一室。」

董欣替他撫平了眉頭，緩緩道：「一直躲著她，只怕也不好。」

「有何不好？是她自己執迷不悟，犯下了大錯，如今讓她以王府嫡長女的身分出嫁，已經是仁至義盡了，還要如何？難道要讓咱們同父王跟母妃一般，無底限地縱容她？」

鄭棠說話時不自覺地帶了幾分怒意。「再由著她胡鬧，興許整個汝陽王府都要覆滅。」

董欣打了一個寒顫，說道：「應當不至於吧。」

話雖如此，董欣也明白參與皇權爭鬥這種事，不是大好，便是大壞。

夫妻兩人對視一眼，皆是愁容滿面。

鄭棠心想，好在兩府婚事已近，只要鄭意濃出嫁了，他便能一心一意將這對失了智的父母拉回正軌。

第五十二章　婚儀插曲

婚前整整一個月，鄭意濃都未能與鄭棠和解，她委屈地向趙卉雲告狀，可趙卉雲別無他法。

她心疼女兒，兒子卻理智得很，每每提及此事都會讓他大表不滿。趙卉雲說一句讓他善待鄭意濃，鄭棠便要讓他們親自將沈蒼雪接回侯府，久而久之，趙卉雲也怕了。

到了鄭意濃出嫁前幾日，兄妹兩人仍未見面，更別說好好談一談了。

趙卉雲懶得再插手，不見就不見吧，只要婚禮那日在就行。

可趙卉雲這邊才對兒子鬆了手，那頭趙家卻又打上門來了──又是趙月紛動的手腳。回娘家之後，趙月紛將鄭意濃做的禍事同汝陽王夫妻不認自己的親女兒，反倒將別人的女兒捧在手心的荒唐事全都抖了出來。

趙老夫人一怒之下，這就帶著人來問罪了。

鄭意濃想要進去探聽，可趙家的人甚是霸道，外面又有趙月紛守著，她如何進得了屋內？

如今鄭意濃也不想對趙月紛擺什麼好臉色，見她擋著自己，自然不快。「姨母就非得讓我難堪嗎？」

趙月紛笑道：「不修福報，這都是妳應得的。」

「好啊。」鄭意濃眼中掠過一絲狠色。「那就看看，沒有福報的人究竟是誰！」

趙月紛抱著胳膊，論打嘴仗，她還真沒輸過。「趙家只有福報，妳呢，該是惡有惡報，而且報應馬上就要來了。」

這回趙月紛準備從鄭意濃的婚事著手，其一是帶著趙家人抵制她，其二便是要扣下她的嫁妝。

汝陽王府的家產幾乎都要留給鄭棠，可趙卉雲疼女兒，將自己大半的嫁妝都填了進去。

趙老夫人得知此事之後，對趙卉雲劈頭蓋臉就是一頓罵，直言道：「妳若是真敢把這些嫁妝都給一個外人，回頭就別認娘家的人。」

聞言，趙卉雲扯著趙老夫人的袖子，幾近崩潰。「母親，何至於此啊？」

趙老夫人恨得捶胸頓足道：「這得問問妳自己，我怎麼養了妳這麼個蠢女兒？親生的不疼，反倒一心護著那個殺人凶手，我看妳是昏了頭了！她若是德行上佳便罷，看在往日的情分上，妳便是給她嫁妝，我也會睜一隻眼、閉一隻眼，全了妳們多年的母女之情。可她這般心腸歹毒之人，斷不配享趙家餘蔭！」

趙卉雲怒火中燒道：「那是我的嫁妝，我願意給誰便給誰！」

「那是趙家給妳的嫁妝，是趙家幾代留下來的財產。妳要給她，我們母女此生的情分也就盡了，妳，看著辦吧。」

趙卉雲頭一次覺得娘家人如此面目可憎。「母親，意濃是您看著長大的，便是沒有血緣，也有多年的情分在。她與陸家長子是聖上賜婚，若是嫁妝寒酸，豈不是打了聖上的臉面？」

可趙老夫人一點都沒動搖，她冷漠異常，甚至甩了甩袖子不讓女兒碰自己。

「妳不必與我說這些，更用不著拿聖上來壓我。我此番前來，為的是表明趙家的態度，妳大可以捨了趙家，左右妳不是已經捨棄了一個親女兒嗎？捨棄了一個被養女弄得遍體鱗傷、受盡委屈的親女兒，自然也可以捨棄妳的雙親，捨棄生妳、養妳的娘家！似妳這般涼薄的母親，難怪會養出鄭意濃那樣心狠手辣的養女來，她行差踏錯，都是妳教養無方！」

這些話讓趙卉雲心一顫。

趙老夫人這番指責，恰恰擊中了趙卉雲心中最不願意正視的那一塊陰影。午夜夢迴的時候她也曾反思過，意濃為何會變成這樣？是不是她沒教好？

這般被人戳穿，趙卉雲頓時惱羞成怒，口不擇言起來。「她本就是王府的嫡長女，便是養成這大逆不道的樣子，我們夫妻也認了。母親，您口口聲聲說我偏心，可你們何嘗不是？看了這麼多年的外孫女，卻比不過素未謀面的陌生人，真是可笑至極。便是養條狗，也處出了情分，何況是個人？」

趙老夫人聽了，顫巍巍地指著趙卉雲，一時說不出話。

不過趙卉雲還不打住。「我知道，您向來都是站在小妹那頭的，一母同胞，她受寵，我受欺。如今她護著沈蒼雪，您當然得替她搖旗吶喊。可您忘了，我如今是汝陽王妃，不是趙家那不得寵的長女了，這是汝陽王府的家事，與你們毫無關係，我的嫁妝要給誰也跟你們不相干，休想控制我！」

「好……好得很！」趙老夫人氣血上湧，她敲了一下枴杖，怒視女兒。「妳翅膀硬了，母親教育不了妳。也罷，從此往後，妳就守著這個歹毒心腸的養女過日子吧！」

她不願意再多看趙卉雲一眼，起身上前推開門，衝著院子裡的趙月紛道：「走，這汝陽王府再沒有咱們趙家人的立足之地了。」

趙月紛掃了長姊一眼，見她面色亦不善，知道這兩人談崩了。她長姊還是護著鄭意濃，母親沒能讓長姊迷途知返。

鄭意濃見狀，對著趙月紛冷笑了三聲。

趙月紛瞪了她一眼。「蠢貨！」

這會兒還得意呢，不知道她母親為了她捨棄了整個趙家嗎？沒有趙家照拂，僅憑一個汝陽王府，談什麼在陸家站穩腳跟，就憑她投靠的那位長公主？

陸家可未必看得上鄭鈺！

她這個長姊啊，從小性子執拗，如今寧可要養女也不要娘家。可她也不思量思量，這樣的她，養出來的女兒能是什麼好東西嗎？

歹竹出好筍，有一個鄭棠就已經是老天保佑了，不會再出第二根。

趙月紛扶著趙老夫人離開了，鄭意濃也提著裙襬走到趙卉雲身邊安慰。

然而，趙卉雲才與母親爭執過，這一切都是因鄭意濃而起，哪怕趙卉雲不願意遷怒，可此刻一看到她，便想起方才母親絕然離去的背影，想到經此一事，自己便再也沒了娘家，不由得心灰意冷。

值與不值，她也分不清了。

趙卉雲捂著額頭，一臉倦容。「意濃，妳先回屋去吧，母妃想休息休息。」

鄭意濃伸出去的手沒能碰到她母妃，趙卉雲自顧自地轉身離開了。

這變化讓鄭意濃心中一慌，母妃她……該不會怨上自己了吧？

可她這回真的什麼也沒做啊！

鄭意濃擔心了幾日，不過後來曬嫁妝的時候卻發現東西並未減少，母妃還是將自己從趙家帶過來的大半嫁妝都填到了這裡來。

瞧著長長的嫁妝單子，鄭意濃這才滿意了些。

看來，母妃還是護著自己的。

成婚當天，鄭意濃穿上自己準備了一年有餘的嫁衣，歡歡喜喜地等著夫君前來迎接她。

這一刻，鄭意濃已經等了兩輩子。

前世的婚事，不是陸祁然求的，也非聖上賜婚，她與陸祁然更沒如今這般情分。

她跟沈蒼雪互換身分之事真相大白時，陸夫人因不喜歡她，便作主退了親。不能與心上人相守，是鄭意濃最大的遺憾，所幸，這一世再無此憾事。

汝陽王府今日熱鬧得緊，府裡上上下下都在忙活，可真正高興的，也就只有鄭意濃一個。

鄭毅在招待客人，一上午過去已是精疲力盡；鄭棠見到長公主送來的添妝之後便一直憂心忡忡，恨不得當場同她撇清關係；趙卉雲本來就因嫁女兒而耗費心神，等了一日後，依舊沒見到娘家一個人影，心更是涼了半截。

她想過母親會大怒，但她沒料到娘家竟然一個人也未出席。子孫繁茂的趙家找不出一個人來觀禮，簡直是明晃晃地打王府的臉，也在告知所有的賓客，趙家並不支持這門親事。

趙卉雲有多糟心，可想而知。

面對眾人打量的目光，趙卉雲像吞了黃連似的，有苦說不出，外頭鑼鼓喧天，她卻如墜數九寒冬。可饒是如此，卻還得硬裝出一副歡喜的模樣來，箇中苦楚，只有她一人知曉。

鄭意濃還以為母妃是在心疼自己，出嫁前一刻，她安撫道：「母妃您放心，女兒一定會照顧好自己的，您不必擔心了。」

趙卉雲心中百感交集，聽了這話，半晌後才輕撫女兒面頰說：「好，母妃只有妳了。」

成婚的禮節繁複且冗長，母女倆沒說上多久的話，陸祁然便帶著迎親的隊伍出現在王府門前。

明明是大喜的日子，可陸祁然卻是隱藏了許多心思，臉上的笑容並不純粹，不過鄭意濃壓根兒瞧不見。

上了花轎，一路樂聲開道，鄭意濃坐在轎裡時仍在想著，自己上輩子的心願算是了卻一樁，可還有一件事不知何時能了結。

算起來，前世再過一陣子長公主的私兵就會抵達京城，準備逼宮了，不知這一世進展得如何。若是長公主早些逼宮、早日掌權，她在陸家的日子也能好過許多。

至於陸夫人梅啟芳，倒也是個奇人，陸家與汝陽王府辦婚宴，她竟然邀請沈蒼雪跟趙月紛前來觀禮。

趙月紛其實很想去汝陽王府那頭瞧瞧，看她那位不知死活的長姊是如何一步步走到眾叛親離的地步，然而她又不願意以趙家人的身分給鄭意濃長臉，所以硬生生忍住了，只帶著沈蒼雪去陸家看熱鬧。

出乎意料的是，陸家今日來的人並不算多。

這親事是陸祁然自己求來的，雖然並未悔婚，可梅啟芳卻不願意大操大辦，哪怕成婚的是她的親兒子。

鄭意濃在下轎入府時，便感受到了細微的差別。不同於汝陽王府的精心準備，陸家簡直可以用敷衍了事來形容。

梅啟芳同陸亦修端坐在高堂上時，臉上的笑容也是肉眼可見的勉強，甚至賓客說了幾句吉祥話，他們也只是微微點頭，還算客氣地應付了過去。

趙月紛在下面看得嘴都要笑歪了，她一副幸災樂禍的模樣，歡喜地同沈蒼雪咬耳朵。

「看吧，我就說她進了陸家會倒楣的。」

原是平淡的一場普通婚禮，卻因為一人的到來有了波動。

陸亦修兩口子見到泰安長公主過來觀禮時，連表情都不知該怎麼給了，尤其是梅啟芳，趁人不注意時不善地瞪了新兒媳一眼。

這個喪門星，剛進門就招了一個煞星來府上，當初他們就該拚死不讓兒子去御前請旨求婚，也好過如今被長公主盯上！

雖說不喜長公主，但是該有的禮節仍不可免，陸亦修夫婦不得不親自上陣，畢恭畢敬地將鄭鈺給迎上來。

「長公主殿下怎麼親自來了？」

「小輩成婚，自當前來討杯喜酒喝。」

紅蓋頭下的鄭意濃不禁勾了勾嘴角，覺得自己總算是討回了些臉面。

瞧瞧吧，縱然陸家人不喜歡她，但只要長公主替她撐腰，陸家便是再傲也無濟於事。

鄭鈺這會兒倒是低調，興許是要拉攏陸家，做足了禮賢下士的架勢。

一邊假意逢迎，一邊故作姿態，沈蒼雪看著深感無趣。她在琢磨，聞西陵究竟何時回京、他所做的是不是同鄭鈺有關、是否有危險、她能不能幫忙？

思緒太過繁雜，以至於沈蒼雪完全沒留意到另一頭發生了什麼事。

就在鄭意濃得意長公主的到來為自己添光，欣喜於夢寐以求的婚禮能圓滿結束時，意外卻悄然而至。

在場的每個人都沒想到，這場儀式竟會以天大的鬧劇收尾。

禮成之後，外面忽然人頭攢動，間或傳來一、兩聲驚呼，連一對新人也驚動了。

不久後，一個小廝跑進大廳，他神色匆匆，一副發生了大事的模樣。

沈蒼雪湊近問趙月紛。「這也是您的安排？」

趙月紛茫然地眨了眨眼睛。「沒有啊……」

她是想給鄭意濃好看，卻沒打算在這大喜之日給陸家找不痛快，畢竟她還打著跟梅啟芳交好、以便讓她仔細對付鄭意濃的念頭，斷不會在這個時候添堵……也不知到底發生了什麼事？

很快的，有人替趙月紛解惑了，小廝匆忙趕至，瞥了鄭鈺一眼，才道：「老爺、夫人，外頭來了一位陌生姑娘，說是……說是要找長公主殿下。」

鄭鈺蹙眉道：「可留了姓名？」

「她說她叫鄭頤。」

鄭鈺一聽，猛然起身大步向外走去。

小廝緊隨其後。他知道，京城有頭有臉的大戶人家裡，壓根兒沒有鄭頤這號人物。這姑娘帶了兩個丫鬟，瞧著通身的氣派，非富即貴，張口就說要尋長公主。小廝怕出狀況才將人給攔下，可她竟執意闖入，這才起了爭執。

原本鄭鈺想趕緊帶走女兒，儘量不要讓她顯露於人前，可是鄭頤竟然先她一步跑了進來。

鄭頤是匆匆忙忙趕過來的，她找了許久都沒能找到自己的母親，幾近崩潰，如今總算見到了人，尚未開口，眼淚便先掉了下來。「母親，您快救救父親吧！」

圍觀的賓客同時倒抽了一口涼氣。好傢伙，長公主什麼時候生了個女兒？她的生父又是誰?!

趙月紛一臉興味，不自覺地掏出荷包，裡頭裝的是沈蒼雪特地給她炒的零嘴，又香又脆，比外頭賣的不知好吃多少倍，她有事沒事便會嗑一嗑。這會兒一邊看好戲，一邊嗑零嘴，別提多暢快了。

真沒想到啊，她不過就是帶著外甥女過來湊湊熱鬧，誰知碰到了這樣刺激的事！

不愧是長公主啊，直接跳過成婚這個步驟，將孩子給弄出來了，嘖嘖……

只可惜，這對母女倆不痛快，遲遲不說出最要緊的名字。

鄭頤一下撲進鄭鈺懷裡，哭得鄭鈺心都碎了，可聽明白鄭頤說的話之後，鄭鈺又迅速冷靜下來。

元道嬰怎麼會出事？女兒還偏偏在這個時候尋了過來，該不會是有人設局陷害吧？

鄭鈺安撫道：「莫慌，咱們回去說。」

她一把拉過鄭頤，心裡卻閃過千百種念頭。

今日此事發生得突然。她沒料到女兒會這樣出現在人前，更沒想到女兒驚慌之下會當眾暴露她們之間的關係。幸好，女兒沒說出元道嬰的名字，否則便是想遮掩都難。

為今之計，只能先回去收拾爛攤子了，往後的事情往後再說。她位高權重，便是名聲有礙也無妨，誰敢當面指責她的不是？

這母女倆匆匆地來，又匆匆地去，將一票觀眾的心給提得高高的。待這驚天八卦的當事人離開，剩下的人就沒心思關注婚禮了，畢竟婚禮不管哪一天都能辦，但是這樣「令人興奮」的消息可不常見。

一時間，眾人都議論紛紛，說最多的，便是長公主背後的那一位。

有人猜測，那人興許是長公主私下養的面首；

亦有人推斷，那是長公主早年間的相好；

更有腦袋靈光的，不知為何，一下就猜到了元丞相頭上。

沈蒼雪一愣一愣的，靜靜地聽著那人說話。聞西陵費了好一番工夫才發現的事，原來竟是這般顯而易見？

趙月紛連零嘴都不嗑了，問道：「你怎麼知道是元丞相？」

「您大概是不清楚，元丞相未婚時，同長公主殿下可是郎才女貌的一對璧人，先皇甚至一度要賜婚，可惜婚事未成，教不少人遺憾。之後元丞相另娶他人，長公主殿下卻一直未成親，不過同元丞相關係還不錯。」

第五十三章　陣腳大亂

當時趙月紛遠在西北，並不知道這些事，沈蒼雪當然也沒告訴過她。

趙月紛聽八卦聽得津津有味，若是可以的話，她真恨不得直接跟在長公主身後，好好瞧一瞧方才那位姑娘的生父究竟是誰。

實在太教人好奇了！

鄭意濃還站在大廳中，可是賓客們已經沒人再瞧著她了。方才那姑娘石破天驚的一句話，讓所有人都對這場婚禮失去了興趣。

明明是今日的主角，鄭意濃卻不再是焦點，她挺直地杵在那兒，被人冷落。

她心中甚慌。上輩子長公主事成之時，她早就因為陷害沈蒼雪而被雙親厭惡、被夫家退親，甚至還被打入大牢。她只在牢中得知長公主掌權的事，並不知箇中曲折。

前世的長公主，有女兒嗎？她女兒曾公然出現在人前嗎？

鄭意濃所糾結的點，不在於長公主有沒有女兒，她在意的是，自己所篤定的結局會不會因此而更改。

梅啟芳嫌棄她礙眼，沒多久便讓人將鄭意濃扶進了房間裡。她多少還是有些慶幸的，慶幸長公主今日出席，意外掀起了這場軒然大波。

有長公主在前面擋著，來日就算真假千金的事情被揭露了出來，也沒有長公主未婚生子的消息引人注目。幸好，幸好……他們陸家算是被長公主救了一把。

後面的酒席眾人都沒怎麼吃，匆匆應付幾口之後便離開了，只有回了自己家，才方便打聽長公主那邊的消息。

鄭鈺自陸府出來後，便往城外的別院趕。

被自己的母親好一頓安撫之後，鄭頤才漸漸收了哭聲，不過說起話來依舊抽抽噎噎的。

「……父親來看我，喝了一盞茶後忽然口吐鮮血。我請了大夫，可是大夫說，父親病危，他亦無力救治，還道父親中的是劇毒，若不早日解毒，恐有性命之危。我不知道怎麼辦，又找不到母親，嚇壞了。」

鄭鈺輕撫女兒的後背，不住地安慰道：「沒事的，妳父親福大命大，便是中了毒，也會化險為夷。」

「可是大夫說那毒十分難解。」

「不怕，母親這就給妳父親找太醫來，有太醫在，不管什麼毒都能解的。」

鄭鈺掌權已久，在太醫院也有人脈，不聲不響叫個精通醫理的太醫前往別院解毒，並不是什麼難事。

民間的大夫對元道嬰的毒束手無策，可宮中的太醫卻見多識廣，且經驗豐富，一劑重藥下來，元道嬰的病情便穩住了許多。

鄭鈺笑了笑，同女兒道：「瞧，妳父親不是快好了嗎？」

直到這個時候，鄭頤才收起了淚意。

女兒冷靜下來了，可鄭鈺卻陷入了沈思。

她不在意元道嬰的生死，不過他不能在這個時候出事，便是要死，也該在她大權在握、徹底站穩腳跟的時候再死。況且，這回事發突然，她擔心幕後之人還會有其他招數。

不知此事出自誰的手筆……聞家？還是她那個好皇兄？

可不論如何，元道嬰繼續留在這個地方，始終是個禍患。

就在鄭鈺遲疑應該找個什麼由頭將元道嬰送回元府時，元家人卻突然打上門來，教人猝不及防。

一切都太巧了，環環相扣，擺明了是要置鄭鈺於死地。

鄭鈺得知後，立刻吩咐。「速召輕衛兵前來。」

說完，鄭鈺便讓女兒留在內院，準備親自會一會「那個蠢婦」。

季若琴攜數十人抵達別院，打算接回自家丈夫，不過人未進門便被攔下了。她也不急，直接差人將別院整個圍住，還讓人將附近方圓幾里的人家都叫過來。

之所以這麼做，是怕鄭鈺直接下令誅殺他們所有人。此事聽來天方夜譚，然而以鄭鈺的狠辣，她未嘗做不出來。

因此，今日之事鬧得越大越好。鄭鈺能殺一百，還能殺一千、一萬？她敢嗎？

季若琴將能叫過來的人都叫來了，就連那一雙兒女，也被她逼著來到別院門外，等著接回元道嬰。

元荻懷疑自己的母親瘋了。「娘，父親這些日子本就繁忙得很，興許是在外辦公，您帶咱們來這兒做什麼？這不知是誰的宅院，咱們就這樣圍住別人家，豈非失禮？」

季若琴掃過這別院的一圈高牆，冷靜道：「這是長公主的院子，你父親就在此處。」

「您這又是哪裡得來的消息？父親不都已經跟您澄清了無數遍，他同長公主並無私情。」

元蓁也說：「即便父親真的在此，也不能說明他們兩人有私，興許只是為了處理公事。您這樣突然造訪，反倒會將事情弄得越來越糟。娘，咱們還是快些回去吧，若是被父親知道您來這鬧事，定會大發雷霆。」

他們過去實在受夠了家宅不寧的痛苦，最近好不容易才平靜下來，現在一心只想要季若琴停手。

雖說季若琴下定決心讓元家覆滅，已經無心計較那麼多，可是見自己一雙兒女當眾為那對姦夫淫婦說話，她還是忍不住發怒。

「你們便這般信任那對狗男女?!」

元荻跟元蓁惱了，喊道——

「娘！」

「當心禍從口出！」

鄭鈺在聽到季若琴公然侮辱自己時，直接推門而出。

別院大門敞開，門裡與門外之間一道半人高的臺階，為兩人劃出一道涇渭分明的界線。

鄭鈺站在門裡，睥睨著階下的季若琴，眼神一如既往的蔑視。

季若琴站在階下望著鄭鈺。她想，從前自己是嫉妒她的，出身上的差距，以至於她得仰視這個搶了她夫君的人。

可是如今不同，她已經不在乎了，什麼身分、地位、名譽、情愛，於她而言都如過往雲煙。她已無所畏懼，不論是鄭鈺還是元道嬰，都陪她一同下地獄吧。

鄭鈺從未將季若琴放在心上，也未曾對她有過半分愧疚之情。她與元道嬰感情甚篤時，還沒有季若琴的事呢，而且這種只知道拈酸吃醋的內宅女子，向來是鄭鈺最不屑的。

她端著身分，冷聲道：「元夫人好大的威風，要橫要到本宮的別院來了，來日若是心中不快，是否還要進宮撒潑？」

除了在那個好皇兄跟前需要裝一裝之外，鄭鈺從不需要在他人面前掩飾自己的狂妄跋扈。

元家兄妹兩人顏面無光，元荻立刻勸說母親趕緊就此收手。「今日之事若是鬧開了，明日元家便會成為京城的笑柄，母親，您何必呢？」

「一口一句笑柄，我就讓你們瞧瞧，真正的笑柄究竟是誰？」季若琴推開攔著她的兒子跟女兒，往前走了兩步。

鄭鈺居上，季若琴居下，可季若琴並不畏懼鄭鈺的威勢，她看著逐漸圍過來關注此事的人，朗聲道：「長公主殿下還是少費些口舌，快些將我夫君交出來。」

「元夫人這是何意？」鄭鈺依舊不肯讓他們進門。方才她也是匆匆回府，還沒來得及查清元道嬰到底是怎麼中毒的，若是由著這人鬧騰，還不知事情該如何收場。

不過季若琴卻死咬著不放。「我元家的家丁親眼看著自家老爺進了這座別院，還會有假？接待他的是一位十幾歲的小姑娘，他進了這裡後便沒再出來。」

季若琴讓人拉出一個家丁，正是元道嬰的貼身小廝。

她指著人道：「自家人豈會認錯？我家老爺分明在這兒，長公主殿下卻遲遲不肯交出他，究竟打的什麼算盤？我今日必得接回我家老爺，長公主殿下一日不交，我便一日守在這裡。左右我不過一介內宅婦人，既無政務，也無差事，耗得起。」

「放肆！」鄭鈺身後的嬤嬤見不得季若琴如此囂張。「殿下面前豈容妳張狂?!」

季若琴高聲質問。「我一心惦記自己的丈夫，何錯之有？速速將我家老爺交出來，否則別怪我鬧到御前！」

這女人是瘋了不成？鄭鈺愣了片刻，腦子裡蹦出一個荒唐的念頭——元道嬰被毒害，該不會是他妻子下的手吧？

鄭鈺想從季若琴臉上看出一些蛛絲馬跡，可是卻什麼都沒能看出來，季若琴臉上除了憤怒，再無其他。

再見那小廝跪在地上，一副不敢見人的樣子，便知道必定是被人收買了。依鄭鈺的脾氣，恨不得將在場的人殺盡，然而瞧著越來越多農戶圍了過來，她不得不按下這個念頭。

今日若是大開殺戒，她也逃不掉，不僅如此，更會坐實她與元道嬰有私情，女兒將來很難在人前立足。

片刻後，鄭鈺勾了勾嘴角，稍稍退讓。「本來也不是什麼大事，元丞相今日跟友人同遊，誤食了髒東西，出於無奈登門求救。如今人正在裡頭救治，元夫人若是擔心，本宮便將他抬出來送回貴府。」

元家兄妹互換了一個眼神，彼此皆甚是詫異。原來父親真的在這兒啊，母親這回竟不是胡謅。

季若琴道：「不勞長公主殿下費神，我家夫君，我親自進去接。」

鄭鈺轉著手上的翡翠扳指，定定地看了季若琴一眼，粲然一笑道：「也好，元夫人請自便。」

是她自己自投羅網的。

進了她的地盤，是生是死還不由著她？殺上千人動靜太大，可若是只對元家這幾個人動手，易如反掌。

下毒，抑或是當場誅殺都行，至於理由，回頭再想便是。

鄭鈺施施然地往後退了一步，也令家丁讓出了一條路。「請吧，元夫人。」

「不急。」季若琴忽然變了態度。

元荻不解，元蓁還傻乎乎地說：「娘，您不是急著接父親嗎？他如今病著，咱們還是快些將他接回府上吧。」

「急什麼？」季若琴這會兒按兵不動，是因她等的人還沒到。

京兆府並未讓季若琴等太久。

不過片刻，路邊傳來了陣陣馬蹄聲，聲音越傳越近，馬蹄揚起了路邊的塵土，一大群人呼嘯而至。

鄭鈺瞇了瞇眼，認出了帶頭的人——那位不可一世的京兆尹楊鳳鳴。

楊鳳鳴親自帶人來此，便是季若琴的籌謀。她是打算魚死網破沒錯，可她也不會雞蛋碰石頭，明知這裡是鄭鈺的老巢還要羊入虎穴，唯有京兆尹親自出面，季若琴才能放心些。

也是巧得很，京兆尹楊鳳鳴恰好跟鄭鈺有仇，接到這樁委託，便帶著人馬來了。

他從前著過鄭鈺的道，十分清楚她到底有多麼心狠手辣，因此特地多帶了一些人。

有他這個朝廷命官坐鎮，鄭鈺不敢輕舉妄動，臉色也冷了下來。

偏偏楊鳳鳴像是沒注意到似的，還問道：「長公主殿下，元夫人報案，有人毒害元宰相，下官特帶人過來徹查此事，想必您不介意下官等人同往吧？」

鄭鈺聲音冷硬地問道：「楊大人這是懷疑本宮？」

楊鳳鳴反問道：「元丞相人在此處，長公主殿下這兒自然也得查一查，怎麼，您不肯讓京兆府查案？可是另有隱情？」

鄭鈺深吸了一口氣，回道：「並無。」

「那便恕下官失禮了。」楊鳳鳴對後面招了招手，眾人便提著刀守住了大門，往前開出一條路來。

季若琴緊緊跟隨楊鳳鳴身後，只是剛進了門，還未走遠，便被鄭鈺拉住了胳膊。

鄭鈺壓低聲音問道：「妳下的毒？」

季若琴故作不知。「長公主殿下這是哪裡的話？」

「妳這麼做會害死他的！」

「害他的，從來都不是我。」

在鄭鈺憤恨的目光中，季若琴用力掰開她的手，快步跟上楊鳳鳴，至於兒女如何，她已經完全拋到腦後了。

說實話，楊鳳鳴並不在意元道嬰的死活，他更想仔細搜一搜別院裡面有什麼見不得人的東西。可惜鄭鈺防人防得緊，許多地方楊鳳鳴無法仔細查看，勉強問了幾句，也沒得到什麼結果。

過沒多久，楊鳳鳴跟季若琴就找到了元道嬰。

剛進房門時，元道嬰身邊還有個小姑娘，誰知那小姑娘看到他們過來時，便立刻閃身躲進了一旁的屏風後頭。

楊鳳鳴提醒道：「這房間裡還有旁人？」

鄭鈺警告地看了他一眼道：「接了人走便是，難道本宮身邊負責照顧貴客的人你也要盤問？」

楊鳳鳴笑了笑，說：「下官不過是公事公辦。」

鄭鈺甩了袖子道：「若真想審本宮，大可以請聖上出面。」

楊鳳鳴在心中冷笑，誰不知道聖上一直偏袒這位惡貫滿盈的長公主？

他同鄭鈺盤問，季若琴卻盯上了房間裡的一套茶具，且準備讓人收走。

後頭跟著的元家兄妹見到父親毫無生氣地躺在床上，擔心得立刻上前查看。

元蓁問道：「父親，您怎麼了？」

一旁的元荻更直接問鄭鈺。「大夫可曾來過？」

鄭鈺連一個眼神都不屑給他，翻了個白眼，未曾開口。

元荻尷尬異常，轉身同妹妹商量。「父親這毒只怕不好解，咱們還是趕緊帶他回去吧。」

屏風後頭的鄭頤聽著兄妹兩人的對話，不禁心生羨慕。

元道嬰疼她、寵她，鄭頤對元道嬰這位生父也敬重崇拜。她之所以羨慕這對兄妹，是因他們可以光明正大地親近父親，反觀自己，無論做什麼都只能偷偷摸摸的。她也想親自照看父親，也想看著父親化險為夷。

可她做不到。

季若琴讓人收走了茶具，鄭鈺瞧見她這個舉動，認定今日的事情就是她一手策劃的，遂伸手攔住。「元家是少了妳一副茶具不成?!」

「長公主殿下是怕我查出什麼？」

「笑話，又不是本宮害了他。」

季若琴淡笑道：「長公主殿下不信我，我亦不信您。夫君原本好好的，如今卻要死不活地躺在您的別院裡頭，若不查清楚，往後只怕有礙殿下名聲。也罷，不如請太醫來此，咱們當場驗一驗，我家夫君究竟是不是在您這兒中毒的？」

她話音剛落，元荻跟元蓁卻忽然大驚失色道——

「父親，您怎麼了？」

「怎麼會這樣?!」

眾人循聲望去，只見元道嬰忽然睜大眼，生生吐出一口血。

屏風後的人嚇得動了一下，不小心碰倒了屏風，在後頭藏著的人，終於顯露在了人前。

季若琴不由分說地走上前去，一把拉住鄭頤。

鄭鈺一個眼神，身邊的人便立刻要制止季若琴；可楊鳳鳴一個轉頭，官差隨即站出來阻止對方。

雙方人馬在季若琴身旁對峙，劍拔弩張，氣氛一瞬間緊張起來。

鄭鈺喝道：「季若琴，還不放手！」

季若琴目不轉睛地盯著鄭頤這張神似元道嬰的臉，還有那雙同她女兒幾乎一模一樣的眼眸，真真熟悉到令她憎惡。

她慶幸鄭鈺跟元道嬰將這丫頭養得不諳世事，單純得如同一張白紙，正因為如此，才會扯她父母的後腿。今日若不是有她，事情豈會這般順利？她該好好謝一謝她才是。

季若琴不理會鄭鈺，直接將鄭頤拉了過來。

床上的元道嬰見女兒受難，掙扎著要阻止，卻被自己的一雙兒女給按住了。

他想叫妻子別胡鬧，可因為中毒太深，根本說不出一個字來，只是一個勁地咳嗽。

殊不知，元荻跟元蓁眼下心境也不太平。

這樣一個肖似父親的小姑娘出現在眼前，很難教人不多想。

第五十四章　顛倒是非

鄭頤茫然無措地站在房間正中央，她還是頭一回被人這樣對待，瞧眾人的目光皆在自己身上，嚇得眼淚都出來了，連忙跑到母親身後躲好。

見女兒這般慌張，鄭鈺牽起她的手護著她，怒道：「季若琴，趁早帶著妳夫君離開，否則休怪本宮手下不留情！」

季若琴步步緊逼，問道：「長公主殿下不解釋解釋這位姑娘的身世？」

「無可奉告。」

「好一句無可奉告！」季若琴指著奄奄一息的元道嬰道：「長公主殿下不妨看看，這姑娘到底長得像誰？他們兩人如此相似，若說不是父女，當真有人肯信?!」

鄭鈺好笑道：「這世上容貌相似的人多得去了，倘若每一對都是父女，豈非荒謬至極？」

為了女兒，鄭鈺絕不會認下這樁事，哪怕對方胡攪蠻纏，哪怕證據就在眼前，她也絕不承認。

鄭鈺抬著下巴，有恃無恐道：「依我看，元夫人分明是疑心病過重，這是有多不信任自家夫君，才會篤定他在外頭育有兒女？恕本宮直言，若這般不放心妳丈夫，不如找根繩子將他綁起來，日日夜夜抓在手心裡好了，免得教妳再生出這些不知所以然的猜疑。」

季若琴豈是她三言兩語就能應付過去的，她本就是為了將事情鬧大才來，便道：「此事甚是蹊蹺，長公主殿下一日解釋不清，她便同元家一日劃清不了關係。她與我夫君如此相似，多半是元家的子嗣，我身為當家主母，自然不會眼睜睜地看著元家的血脈流落在外。」

說著，季若琴越過鄭鈺走向鄭頤道：「或許，該滴血認親以驗明真相。」

鄭頤懼怕地又往母親身後縮了縮。

她既害怕又不安，已經察覺到自己這回做了件要命的錯事。父母向來不希望她顯露於人前，鄭頤雖然對此有所不滿，可她聽話慣了，從未反抗過。今日父親遇難，她實在著急，這才罔顧母親交代，跑出去尋人求救。

方才聽聞季若琴到訪，她就該聽從母親的吩咐，趕緊找個地方藏好，無奈她動作慢了些，才照顧好父親準備離開房間，外頭的人已經湧了進來，四處搜查。

鄭頤現在十分掙扎。她既想要一個光明正大、堂堂正正的身分，一如元家兄妹那樣，可以自在地陪在父母身邊，可她又不願暴露自己的身世，讓天下人恥笑她的雙親。

若是……當初同父親成婚的是她母親就好了。

鄭頤緊緊地牽著母親的手，微微顫抖著，鄭鈺還得分出心神安慰她。

楊鳳鳴此刻卻忽然談論起了一件事。「下官前來此處時聽聞了一件事，今日陸家與汝陽王府辦婚事，誰知陸府卻突然闖進一陌生姑娘，當眾喚長公主殿下為母親，還道自己父親狀況危急，迅速將長公主殿下給請走了，那位姑娘怕不就是這一位吧？元丞相也中了毒，正好對得上，實在巧得很。」

季若琴聽到這裡，勃然大怒，指著元道嬰道：「好啊，虧我多年來替你打點內宅，讓你在外無後顧之憂，結果你竟然養了外室，甚至連孩子都有了？真該叫整個京城的人都過來看看，他們口中潔身自好的元丞相究竟是什麼一副鬼德行！」

鄭鈺怒不可遏，直接上前一巴掌甩在季若琴臉上。「若再敢胡言亂語，當心妳的腦袋！」

「母親！」元荻與元蓁連忙扶起季若琴。

他們是不滿母親鬧事，可現在這狀況著實讓人看不懂，只知道父親興許不是他們了解的那樣。

元道嬰在榻上躺著直喘粗氣，想說什麼卻說不出來。

楊鳳鳴笑著問：「元丞相這是替您夫人抱不平，還是責怪她當眾戳破這層窗戶紙，讓您沒了面子？」

鄭鈺冷笑著看向他道：「楊鳳鳴，你也想死嗎?!」

楊鳳鳴不甚在意地拱手做揖。今日這齣戲，還真是精采。

季若琴靜靜地注視著這對野鴛鴦，怒極反笑。「他當然是怪我多嘴了，畢竟他裝情聖裝了這麼多年，現下卻被我給毀了，自當恨我入骨。」

元道嬰原本一臉憤怒，待觸及到季若琴滿是嘲諷的目光時，忽然瑟縮了幾下。

季若琴以平靜掩飾自己心中的恨意，一字一句控訴。「只是我不服，憑什麼你們有私情，一切苦果卻要我來背。元道嬰，我並不欠你，被你冷待多年尚且幫你穩住內宅，可說是仁至義盡。你貪心不足，既想在外頭快活，又想要高尚的名聲，在外同我舉案齊眉，回府便對我冷眼相待。你總說自己同鄭鈺無半分私情，可你如何解釋這個姑娘?!」

元道嬰心頭一凜，下意識地移開了視線。

這就是她曾經深愛了多年的人，不僅矯言偽行，還全無擔當，季若琴譏笑道：「旁人只道我疑心病重，豈知我在府中過著什麼樣的日子？你心悅於她，我不惱，可你不該將我視作傻子。

「我季若琴不是沒有家世，不是沒有文采，當年來我季家求親的人亦是踏破了門檻。元道嬰，當年是你三書六禮將我迎回府中，許諾要一輩子對我好，可你是怎麼待我的？你元家上上下下又是怎麼瞧我的？」

元道嬰無言以對。

他過去無非就是仗著季若琴對他有情，這才將她掌控得死死的。如今真相被拆穿，他無顏也無言反駁。

「今日之事，我絕不會輕易罷休！」季若琴說完，倏然轉身離開。

鄭鈺正要攔住她，卻被楊鳳鳴給阻止。

雙方人馬再度槓上。鄭鈺這邊占有地利，不過楊鳳鳴帶來的人也不是吃素的。眾人拔刀相向，場面眼看就要失控。

楊鳳鳴並不懼怕，只是冷靜地反問道：「長公主殿下真要當著這位小姑娘的面動手？」

鄭鈺擔心女兒，最終只能抬了抬手，讓人退下。

不過，她絕不能坐以待斃，季若琴已經瘋了，她要早點想好對策才行。

楊鳳鳴見鄭鈺的人退下，這才收了手，帶著人離開。

至於所謂的下毒一案，楊鳳鳴很聰明地沒再提起。元丞相這毒中得很蹊蹺，直接引出了他與鄭鈺有私情並育有一女的事實，很難不教人懷疑這是有心人做的引子。

這是元家的家事，要是季若琴不追究，他便閉嘴，免得誤了她的大事。

元荻與元蓁看了自家父親一眼，進退兩難。兩人商議了一下，方決定一人將父親接回府，一人跟著母親，以免母親想不開，做出什麼極端的事來。

季若琴離開鄭鈺的別院之後，真的將「極端」兩字發揮得淋漓盡致。

她竟然直接進宮，在聞芷嫣面前狀告元道嬰與鄭鈺私通，元荻攔都攔不住。

在有人瞧見季若琴進宮告狀時，關於元丞相與泰安長公主「不得說的二三事」便以排山倒海之勢迅速席捲京城。

季若琴可沒給他們留餘地，路上碰見熟人也不遮掩，大肆宣揚這些見不得光的消息。便是元荻就在一旁，也不能直接摀住自己母親的嘴。

過去季若琴一直給人一種疑心病很重的印象，剛開始有人還不願意相信元道嬰會做出這種事，然而見到京兆尹楊鳳鳴跟在她旁邊，卻毫不加以阻攔，眾人的八卦心又被炒了起來。不少人直接派人守在宮門口，就是為了打聽第一手消息。

因為鄭頤跟季若琴鬧的這一齣，鄭意濃的婚禮徹底全毀了。她今日成婚，原想讓整個京城的人都知道自己是如何風光大嫁、如何讓汝陽王府與陸家結兩姓之好，可她才進了門，便先後被這兩人搶走風頭，現下外頭議論的都是元家之事，何曾在意她鄭意濃有無嫁人。

想好好展現一番的機會沒了，還是被這樣為人不齒的消息給蓋了過去，鄭意濃心中別提有多憋屈了。

梅啟芳與陸亦修卻不由得慶幸。經過今日這場風波，陸家這個剛剛辦過喜事的人家便低調了起來。

酒席結束之後，梅啟芳讓人把陸祁然從新房叫了過去，不放心地叮囑道：「我觀長公主殿下那邊似乎不太平靜，你這些日子將媳婦兒看好了，倘若她不聽話，執意與長公主殿下聯繫，便禁足吧。我不指望她能給陸家增光，只求她不要給咱們帶來滅頂之災。」

陸祁然也意識到問題的嚴重性，立即道：「母親放心，我自會盯著。」

梅啟芳說完，又好奇道：「不過話說回來，這元夫人也真冤，背了這麼多年妒婦的名頭，結果丈夫竟然同長公主殿下廝混在一塊兒。現在進宮，還不知能不能有個好結果。」

陸亦修說道：「只怕很難，皇家可不允許有什麼醜聞。」

「可我瞧元夫人是魚死網破之勢，只怕此事皇家想遮掩也做不到。」

梅啟芳所好奇之事，沈蒼雪全程目睹了。

也是湊巧，今日婚禮結束後，她剛想回林府，便被皇后身邊的大宮女給請進宮了。

聞芷嫣自從見了沈蒼雪便一直記掛著她，擔心鄭鈺又欺負她，或是汝陽王府怠慢她，特地召她進宮問話。

之所以選擇今日，是因為汝陽王府高調嫁女，同為汝陽王府的女兒，聞芷嫣擔心沈蒼雪心中不平，想親自安撫兩句。

她弟弟出遠門辦事，自己這個做姊姊的，得替他照看好心上人。

沈蒼雪也意識到皇后對她格外在意，想來是因為聞西陵額外交代過。

這著實令沈蒼雪感激不已，自從她進京之後，受聞家照拂之處實在太多。她無以為報，正想做幾道菜給皇后跟太子嚐嚐，轉頭便聽聞季若琴進宮拜見皇后。

命婦進宮必須先遞拜帖，然而季若琴來得突兀，顯得狀況不太尋常。

沈蒼雪與季若琴相識，聞芷嫣沒讓她迴避，於是沈蒼雪便目睹了季若琴告夫的整個過程。

完全不知內情的聞芷嫣，聽得目瞪口呆。

長公主同元丞相有私情?還生了一個姑娘?就養在京城外?!

季若琴字字泣血。「皇后娘娘，臣婦知道此事一旦鬧開，必會傷及天家顏面，可他們兩人實在欺人太甚!夫君與長公主殿下在十多年前便已育有一女，一直養在城外的別莊，未曾見過外人。

「今日夫君中毒，那姑娘才出了府，尋其母親尋到了正在辦婚事的陸府。她抵達之時，親口喚長公主殿下為母親，還道生父命危，生死難料——這一點，於陸府觀禮之人皆是見證。

「臣婦得知夫君出事，匆忙趕去別莊，無意中撞見了那位姑娘。她眉眼處與夫君一模一樣，臉型則隨了長公主殿下，皇后娘娘若是不信，可以召她進宮，我與他們一家三口當庭對辯!」

聞芷嫣呼吸不禁重了幾分。「此事牽扯重大，元夫人可看清楚了?」

若真如此，那鄭鈺這回便是有三頭六臂，也別想脫身!她藏了這麼多年，可謂下了一番工夫，卻被季若琴給當眾揭穿，這也是她的報應。

季若琴賭咒發誓道：「臣婦與京兆尹楊大人親眼所見，絕無半句虛言，那姑娘分明就是夫君與長公主殿下的孩子!夫君每日都要前去探望，對這私生女疼愛有加。只恨這麼多年他們裝得像模像樣，自己立身不正，反倒將妒婦的帽子扣在臣婦身上，白白替他們擔了這麼多年的惡名。臣婦別無所求，只盼一個公道，還請皇后娘娘明鑑!」

連楊鳳鳴都撞見了，此事鄭鈺不認也得認。聞芷嫣既興奮又激動，這樣好的把柄落在手上，她豈能放？

即便季若琴半途而廢，她也要將此事弄到滿城風雨。

聞芷嫣穩住情緒，一開口便是不容置疑。「來人，將泰安長公主同那位姑娘帶進宮來，再前往丞相府將元丞相請來。」

「若長公主殿下不來？」

「便說這是皇家的命令。」

待宮人領命下去，聞芷嫣又對一名公公說道：「去將聖上請來，就說有要事相商。」

「是。」

叮囑完畢，聞芷嫣站起身，走下臺階親自將跪在地上的季若琴扶起，寬慰道：「元夫人放心，若此事當真如妳所言，本宮必會替元夫人討回公道，還妳一個清白名聲。」

季若琴泫然欲泣。

一旁的沈蒼雪坐也不是、站也不是。她當然知道季若琴可憐，也明白她的為難，甚至想跟著罵元道嬰跟鄭鈺幾句，不過她早就知曉這件事，此時倒是替季若琴擔心，因為今日的一切，分明是季若琴策劃的。

沈蒼雪如今明白，聞西陵為什麼會把季若琴當成一顆重要的棋子了。

夫君與她離心，還同外人有了孩子，真不知道季若琴這些日子是怎麼熬過來的。

她能破釜沈舟、奮起反抗，沈蒼雪深表欽佩，因為不是任何人都有她這樣的魄力。然而，她實在不知這件事到底會怎麼收場，只盼季若琴能如願吧。

鄭鈺在天黑之前趕到了宮中。

在此之前，鄭頲已被請了過來，連中了毒、只能躺在擔架上的元道嬰，也被召進了宮。鄭頲臉色鐵青，見鄭鈺同鄭頣進殿，亦沒有好臉色。這件事鄭鈺從未告訴他，若是早就知情，此時他還能幫忙壓一壓，可現在鬧得滿城風雨，皇家的顏面全丟盡了。

此刻，鄭頣站在她母親身後，面對皇帝舅舅投來的目光，她整個人瑟縮起來，不敢抬頭。

聞芷嫣不讓她輕易逃避，只道：「鄭頣，抬起頭來。」

鄭頣心一緊，整個人僵在原地。

可她隨即發現母親拍了拍她的手背，小聲說：「放心，不會有事的。」

興許是鄭鈺有恃無恐的語氣安撫了她，鄭頣這才緩緩抬頭。

上首的帝后對視一眼，相顧無言。

這姑娘長相不俗，最重要的是，臉上能清楚瞧出元道嬰跟鄭鈺的影子。

鄭頲本來有心替鄭鈺說情，可是看到眼下這情況，也不知該如何開口了。

聖上不說話，只能由皇后來問。

聞芷嫣讓鄭頤上前，示意她莫要驚慌。「叫妳過來，不過是想問一問，妳同元丞相是何關係？」

鄭頤遙遙看了面色蒼白的父親一眼，半晌後，囁嚅道：「是，是……」

「元丞相乃頤兒的義父。」鄭鈺打斷道。

季若琴勃然大怒道：「好一個義父，長公主殿下莫不是把我們都當成傻子？哪個義父會疼愛養女疼到每日探望，風雨無阻？他對自家孩子都沒這般上心！我先前只以為他是心繫朝政，這才荒廢了對兒女的教養，如今看來，他並非不教養，只是不管我生的兒女！」

元道嬰撇過頭，羞愧難當。

鄭鈺道：「季若琴，妳胡言亂語也要有個限度。有何證據證明，頤兒是本宮同元丞相的孩子？」

便是季若琴早就知道鄭鈺無恥，也沒想過她能無恥到這個地步。不過她不需要什麼證據，只是想藉著這個由頭將事情鬧大罷了，能不能證實，季若琴無所謂，想來外頭那些看好戲的人也不會在意。

季若琴轉向元道嬰，說道：「丞相大人，你說，你同這小姑娘到底是什麼關係？」

第五十五章　落人話柄

剎那間，所有人的視線都集中到一個人身上。

元道嬰一顆心重若千鈞，抬眼瞧著自己的女兒。他何嘗不想光明正大地將女兒帶在身邊，可他不能。一旦承認，自己勢必前途盡毀。

鄭頤讀懂了他的眼神，空前的失落縈繞在她心間，她明白她爹娘的選擇是什麼了。自己到底是一個見不得光的私生女。

方才休息了一會兒，元道嬰總算能說話了，他違心地擠出一段話。「頤兒是……我的養女，她同我……同長公主殿下並無血緣關係。當初收養她，不過是瞧她模樣可愛，這才養了這麼多年。」

季若琴冷冷一笑，這就是她曾經心悅的男人，到了這個時候仍是選擇斷尾求生。

鄭鈺道：「皇兄，頤兒的確是我同元丞相收養的，她身子不好不太能外出，我便將她長久地養在別院之中。至於元丞相常去探望，也是因為頤兒體弱多病，需要人時時照看。頤兒天真乖巧，便是外人瞧著也會喜歡，更何況是元丞相這養父了。至於元夫人方才那親生女之說，完全是子虛烏有。」

現在的鄭頤有些掙扎，心想要不就這樣算了。養女總比親生女兒好，雖然旁人不信，但好歹維護了皇家的威嚴。

元道嬰臉色稍霽，他大抵覺得這便夠了，可季若琴的目的並不是證明是非對錯，她只想將事情鬧大，讓他們身敗名裂。

季若琴痛斥兩人道：「果然是一張顛倒黑白的巧嘴。元道嬰，當初是我瞎了眼才嫁給你，你身為人臣，卻同皇家公主牽扯不清；身為人夫，多年來冷落妻子，動輒出言羞辱；身為人父，卻未盡一日教養之責，反倒對著這所謂的『養女』極盡疼寵。

「如今東窗事發，你一句『養女』便想打發我，莫不是把我當作三歲小兒糊弄？你們這話堵得了我的口，卻堵不住悠悠眾口。世人心中自有一桿秤，你們兩人立身不正，往後休想再踩著我的名聲行苟且之事！」

聽到這番話，鄭頙兄妹倆臉色難看至極；聞芷嫣卻覺得季若琴拿得起放得下，是個性情中人。

季若琴說完，忽然轉身，直挺挺地跪在地上，道出驚人之語。「似元道嬰這般不仁不義之人，不配做我季若琴的夫君，還請陛下與娘娘成全，容臣婦同他和離！」

元道嬰的臉色瞬間黑成了鍋底。

這個季若琴，還嫌事情鬧得不夠大是嗎？

除了季若琴以外，其他人的表情多少都有些凝重。

沈蒼雪替季若琴揪心。目前來看聖上是站在鄭鈺那邊的，打著大事化小、小事化無的心思，季若琴此舉會不會徹底激怒他？

鄭頙的確不悅。

季若琴執意將事情鬧大，是他不願見到的。倘若同意他們和離，旁人興許會猜測皇家以權勢壓人，逼迫他們夫妻為皇家讓位。

思及此，鄭頙勸道：「一夜夫妻百日恩，你們攜手多年，便是元丞相平日怠慢了夫人，也不至於鬧到和離的地步。況且並無證據能直接證明，這位姑娘乃是元丞相的親生女。」

季若琴聽笑了，果真是一家人，連這樣荒唐、偏袒的話都說得出來，可見眾人口中稱讚的仁君也不過如此。

她道：「陛下，再多的恩情，也被這日復一日的冷落給消磨殆盡。外人都道，元丞相對其妻情根深種、疼惜有加，豈知他在府中根本視妻子於無物，寧願宿在書房，也不願於臥室就寢。

「至於顧及妻子而不曾納妾，更是可笑至極。臣婦從前提過納妾一事，是他自己寧願『守身如玉』，可轉頭又將一切錯處歸咎於臣婦，指責臣婦性情多疑、容不下他人。」

季若琴刻意加重了「守身如玉」這四個字。

竟是如此……聞芷嫣瞥過元道嬰，眼裡寫滿了輕蔑。

眾人皆知元丞相愛妻，若非季若琴自揭瘡疤，誰能想到這「愛妻」的背後還有這麼多齷齪心思？

既然對鄭鈺情根深種，當初就別與其他女子成親啊？說一套、做一套可能是男人面對女人時的劣根性，可在元道嬰身上，便成了最大的錯處，只因他標榜自己高風亮節。

元道嬰從前指責季若琴有多狠，如今便被她譏諷得有多難堪。過去那些強加在季若琴身上的惡評此刻報應在他身上，誰看到了不說一聲「活該」呢？

鄭頲有些為難，他凝神思索片刻，又說：「元夫人哪怕不記著夫妻恩情，也得為了孩子考慮，你們日後和離，府上的公子與姑娘該如何自處？」

季若琴突然露出些許不耐煩。「正是為了孩子，才更應該和離。有這樣的父親，孩子們難道立得正？是學他冷落髮妻，還是學他與人苟合，抑或是學他東窗事發後毫無擔當？就該早日和離，也好讓兩個孩子知道，這般表裡不一的人，配不上別人真心相待。」

話是不假，可說得實在難聽。

鄭鈺方才已解釋自己同元道嬰沒有私情，可季若琴還是一句一口苟合，簡直沒將她的解釋放在心上，她罵道：「都說了，沒有證據就不要信口開河，誣衊皇家人，妳有幾顆腦袋能掉？」

季若琴怒回。「沒有證據？她那張臉不是證據？元道嬰日日都去妳的別莊不是證據？他多年來為了妳冷落髮妻不是證據？如今還道你們兩人清清白白？好啊，妳敢拿妳女兒的性命賭咒發誓？發誓你們絕無私情，發誓你們沒有無媒苟合，發誓妳沒有珠胎暗結?!」

鄭鈺彷彿被扼住了咽喉。

季若琴雙目猩紅，憎恨與憤怒在身體裡沸騰不止，像是要將人吞噬。「妳敢嗎，泰安長公主？」

鄭鈺踉蹌地後退了半步。

一旁的鄭頤揪著帕子，不敢再看季若琴的臉，生怕被她的恨意灼燒。便是不諳世事如她，也知道是她父親背叛了季若琴。

沈蒼雪在心裡替季若琴歡呼。就該這樣，對付不要臉的人，還要給他們留什麼情面？

半晌後，鄭鈺移開目光，嘴硬道：「妳少在這裡含血噴人了。」

鄭鈺自然不會拿鄭頤賭咒發誓，舉頭三尺有神明，她自己無所謂，卻害怕傷了這個寶貝女兒。

季若琴閉上眼睛，壓抑住情緒，手上卻青筋暴起。

方才替鄭鈺說話的鄭頲尷尬得很。都到這個地步了，大家也不過就是揣著明白裝糊塗，不能明說罷了。

若今日場中無他人，鄭頲真要臭罵鄭鈺幾句。當初先皇欲賜婚，這兩人拒絕了，既然如此，怎麼後來又攪和在一起？簡直丟人現眼。

然而鄭頲目前還用得著鄭鈺，不好下手懲治她。

聞芷嫣觀望了半天，發現聖上坐視不管，只得由她來主持公道了。她問季若琴。「妳當真要和離？」

「懇請皇后娘娘成全。」

「當真不悔？」

「不悔。」

聞芷嫣嘆息一聲。她倒是可以成全，只是覺得這樣委屈了季若琴。她年歲已大，和離之後只怕再難覓得良緣。

不過，既然是她真心所求，聞芷嫣也不好拂了她的意，於是道：「也罷，事已至此，再將就只會鬧得家宅不寧，本宮允了你們兩人和離。」

「皇后娘娘！」元道嬰一激動，連咳了好幾聲，聲音大得讓人皺眉。

可在場的人除了鄭頤，無人為他擔心。只是鄭頤被鄭鈺拉著，無法過去照料。

兩旁的宮人生怕元丞相把自己給咳沒了，連忙過去照看。

聞芷嫣對元道嬰產生不了一絲同情，不過待他平復下來之後，仍多問了一句。「元丞相可還有什麼話要交代？」

元道嬰又咳了一聲，艱難道：「微臣不同意和離。」

季若琴氣得雙目噴火。「元道嬰，別欺人太甚！你有什麼資格說不同意?!」

「我們夫妻多年……」

季若琴立即打斷他。「縱然夫妻多年，你又對得起誰？你對不起我，對不起一雙兒女，也對不起元家的列祖列宗！元家世代清流，祖輩皆一身傲骨，怎麼到了你這邊偏偏做盡了下作之事？

「元道嬰，我替你生兒育女，替你背負罵名，但凡你還有一絲良心，便該趁早了斷，放我回季家。今日自請和離原是不想生事，也是給你一份體面，若你給臉不要臉，那我便休夫！」

鄭頙以手作拳，咳了一聲，替元道嬰作出決定。「元丞相，此事便到此為止吧。」

元道嬰還想掙扎，可是看聖上漸漸不耐，心中的火焰也逐漸熄滅了。和離之後，他的清譽將毀於一旦，可聖上不在意這些，他所在意的，只有平衡與挾制。

和離是和離了，只是聖上另有交代，今日之事，不許再生波瀾。他雖是對著殿中所有人說這句話，可看的卻是季若琴。

季若琴淡然一笑。這是意料之中的結局，想也知道皇家會偏著誰。泰安長公主乃聖上一母同胞的親妹妹，她身上有污點，便是皇家有污點。

幾乎沒有猶豫，季若琴答應了。

她不再鬧事，可從今往後外頭那些流言蜚語，可不是她能左右的，旁人要議論、要揣測，與她季若琴又有何關係？

一場鬧劇落幕了。

散場時，鄭頙讓鄭鈺母女留下，至於元道嬰，時不時就要吐一口血，鄭頙唯恐他死在宮中，回頭越發扯不清，便差人將他送出宮。

元道嬰被抬進宮，又被抬回去。

經過季若琴身旁時，元道嬰停了許久，抬眸凝視著對方，眼裡是道不明的情緒，他輕聲問：「妳早就知道了，是不是？」

季若琴並未回答。

元道嬰的表情滿是痛苦。「妳竟如此心狠。」

季若琴勾了勾嘴角，漫不經心地轉過身道：「比起丞相大人，尚有不足。」

「妳就這般恨我？成婚多年，我並未虧待妳。」

「呸，我難道不該恨你？別裝出一副情聖的模樣，怪教人噁心的。」

她已經懶得再同這人多費唇舌了，提步便走，心中希望下回見面時，是元道嬰同鄭鈺走向刑臺那一日。

沈蒼雪跟季若琴一同離開，在他們走出宮門的時候，季若琴的一雙兒女正守在此處。

他們多少聽到了動靜，默默看著季若琴，未有任何表示，選擇陪著元道嬰離開。

沈蒼雪小心地瞧向季若琴。

面對這意料之外的結果，季若琴無力地輕扯嘴角道：「走吧。」

大戲落幕，這一日宮中發生的事也不脛而走，譬如元丞相夫婦和離，譬如元丞相同長公主收養了一位義女。前者是事實，後者是障眼法，若非今日京城不少貴人看到了鄭頤，她的身分必須對外給個說法，鄭頙甚至會將鄭頤的存在完全抹除，不洩漏分毫。

然而這樣的解釋簡直是欲蓋彌彰、下下之舉，有腦子的人誰會相信？

沈蒼雪心想今日時辰已晚，宮外應該不會有什麼風浪，真正熱鬧的是明天。明天一早，這個消息便會傳遍京城各處，到那時鄭鈺同元道嬰才會真正迎來反噬。

一個是光風霽月的丞相，一個是高高在上的長公主，一夕之間從雲端跌至泥裡，這轉變，真教人期待。

沈蒼雪從不會小看流言蜚語的破壞力，畢竟謠言可不在乎什麼證據，人們只在意自己看到的，並不斷散播那些訊息。

季若琴並未回元家收拾行李，而是直接回娘家，至於那一雙兒女，他們既然選擇了自己的父親，她也不會再記掛他們了。從前她為了這三人委曲求全，卻沒有一個人感激，她早該停止付出了。

沈蒼雪親自將季若琴送至季家，途中曾不止一次表達自己的擔憂。「這回得罪了鄭鈺，來日只怕她會報復得更厲害，夫人還得多加小心才是。」

「我若真是怕她報復，也不會豁出性命將這兩人拖下水了。天理昭昭報應不爽，老天爺不會讓這對狗男女風光多久的。」

聞言，沈蒼雪心中狐疑，難不成她還有後招？

季若琴當然不可能透露元道嬰與鄭鈺私底下做的那些事，這是她最後的籌碼跟武器。

沈蒼雪陪季若琴下了車，這才發現季家老太爺與老夫人竟親自守在門口。

忽然見到他們，季若琴不自覺地涕泗橫流。她在別院沒有哭，在宮中沒有哭，和離時沒有哭，但如今見到爹娘，委屈一瞬間湧上心頭，眼淚不值錢一般地流了下來。

季老夫人拍著女兒的背，自己也哭得傷心，卻不住地安慰道：「回來就好、回來就好，天底下沒有過不去的坎。」

看著這一幕，沈蒼雪內心湧現漫無邊際的孤獨感。父母無條件的疼愛，她上輩子並未擁有，而這輩子則是錯過了。至於汝陽王府的那兩位，他們對子女有愛，可惜這份愛並不是對著自己的。

沈蒼雪抬頭望了望天邊，她興許就是孤家寡人的命，天生沒人疼。

季若琴並非孑然一身，孑然一身的另有其人。

她穿越了千百年的時光逆流而來，禁錮在這副軀體中，被動地接受著這裡的一切，或許早晚有一日，她也會被這個朝代同化，畢竟誰都無法憑一己之力對抗時間。

季家人十分感激沈蒼雪陪季若琴返家，想留她吃頓便飯，沈蒼雪卻搖頭拒絕了，只說林家那兒等著她回去，約好過兩日來探望季若琴，便離開了。

別人一家團聚，她怎好打擾呢？

回到林府，沈蒼雪被趙月紛追問了半天，尤其是殿中的細節。趙月紛不願放過當事人任何一個眼神或動作，甚至要沈蒼雪表演給她看。

聽了將近半個時辰，趙月紛仍舊興頭不減，津津有味。

若不是夜已深，由沈蒼雪強行中斷這場「分享大會」，趙月紛只怕會拉著她的手問一整晚。

夜涼如水，沈蒼雪正打算就寢，吳兆卻帶了兩封信給她。

一封是聞西陵的平安信，他寫道，事情進展順利，讓她不必掛心，還說自己不日便能返京。

沈蒼雪撫平了信，慎重地收好，卻嫌棄地皺了皺眉頭，輕聲道：「誰掛心了？」真不要臉。

第二封信，是吳戚替沈淮陽跟沈臘月送來的，兩個小傢伙寫信來的時候總有說不完的話，十張紙也寫不完，通篇瑣事，紙背上都透著他們對自己的思念。

不同於汝陽王府，這兩個小孩才是自己的家人，待塵埃落定，她還是趕緊回去照顧他們吧。

沈蒼雪溫柔地笑了笑，心裡踏實了許多。

翌日一早，沈蒼雪甫一出門便碰上興致勃勃的趙月紛。

趙月紛昨日聽得不盡興，今日又拉著沈蒼雪出府，準備去酒樓跟茶館裡頭再聽聽別人是怎麼罵的。她向來對這些別人家的流言格外感興趣，這回的兩位，一個是長公主，一個是元丞相，都是地位顯赫的主兒，教人追起八卦來更有勁。

不僅趙月紛這麼想，京城裡其他人的看法也是如出一轍。

其實昨晚風波就起來了，只是後來加上了宮裡發生的那一齣，謠言頓時滿天飛，連說書先生都有了現成的題材。

茶館裡頭，說書的先生繪聲繪影地說著陸府娶媳婦兒時發生的事情。陸府的賓客非富即貴，可這位說書先生卻言之鑿鑿，彷彿自己親眼所見一般，聽得眾人一愣一愣的。

至於季若琴帶著京兆尹楊鳳鳴去長公主的別莊，撞見照料中毒的元丞相的那位姑娘一事，也被他說中了七七八八，雖稍微誇大了些，但與實際情形出入並不大。

第五十六章　近墨者黑

沈蒼雪心道，京城中果然沒什麼秘密可言，人人都是耳報神。待說書先生後面提到那位姑娘只是元丞相跟長公主的養女，季若琴不能接受怒而和離時，群情激憤。

「什麼養女，當別人都是傻子嗎，若是養女，怎會日日前去探望?!」

「都說知人知面不知心，誰曉得光明磊落的元大人竟也會行這般見不得人的爛事。虧我之前還跟著罵過元夫人，覺得她是個妒婦，誰知她才是有苦衷的那一個。」

「可別再叫她元夫人了，人家已經和離，想必不願同丞相府再沾上半點關係。不過，那位養女的身分……就這麼定了？」

那些人不敢公然議論皇家之事，壓低了聲音。

沈蒼雪豎起耳朵，便聽他們猜測皇家會不會封給這養女一個縣主的名號，雖說現在對外宣稱她是長公主的養女，可實際情況如何，眾人心裡再清楚不過。

他們甚至在琢磨，元丞相與前妻已經和離，長公主會不會乾脆下嫁到丞相府。左右他們已經偷偷摸摸來往了這麼多年，如今有機會光明正大做一對夫妻，何樂而不為呢？

男女風月之事總能引起熱議，古往今來都是如此。

沈蒼雪聽他們說著說著便不正經起來，就拉著趙月紛離開了。

趙月紛戀戀不捨，若不是顧忌著貴婦人的身分，她甚至想親自造謠。

不只趙月紛對此上心，京城裡的貴婦人這兩日也看足了熱鬧。如梅啟芳這般不苟言笑的，也差人偷偷打聽元家跟公主府的消息。

新嫁娘一早拜見陸家宗親時，滿屋的人都拿這件事當聊天的話題，將正經新嫁娘撂在一邊，讓鄭意濃好生沒臉。

這跟她想像中的完全不同。

在鄭意濃看來，她才是萬眾矚目的焦點，陸家上上下下就該圍繞著她運轉，可惜，不僅僅是今天，連昨天也是一樣。

梅啟芳目睹鄭意濃生了半天的悶氣，不以為意，等送了親友離開之後，就讓鄭意濃留下立足了規矩，等她撐不住、搖搖欲墜的時候，才慢條斯理地教訓了幾句。「我知妳與長公主殿下私交甚密，不過如今她深陷風波，妳還是少與她接觸為妙。」

鄭意濃低著頭，眉眼間滿是不馴。

這老婆子知道什麼？長公主便是目前陷入低谷，往後一樣登高顯赫，此刻正是她接近長公主，為她分憂解難的最好時機。錦上添花易，雪中送炭難，若不把握這個機會，來日長公主怎麼會記住她的好？

鄭意濃知道陸家並不站隊長公主，甚至不打算讓她再同公主府有所牽扯，不過他們反對是他們的事，自己有手有腳的，還能被他們束縛住？

京城中的風言風語一直未曾斷絕，不論兩家怎麼解釋，也撇不清跟彼此的關係。一旦旁人有了先入為主的想法，再想澄清，簡直比登天還難，何況這兩人原本就不清白。

有小道消息說，這兩日公主府裡摔碎的東西沒上千件也有幾百件，府中上下見了長公主猶如老鼠見到貓一般，驚懼不已，唯恐自己被遷怒。

又聽聞，元丞相府也亂成一團，從前季若琴雖不得寵，卻將整個丞相府管理得井井有條，如今她不在，府裡沒了主心骨，自然亂成一鍋粥。

元道嬰被外頭的流言蜚語氣得吐了好幾回血，毒雖解了，卻沒了精氣神，整日纏綿病榻，頗有些不敢見人的味道。

鄭鈺對季若琴恨得牙癢癢，依她的脾氣，就該讓季若琴千刀萬剮謝罪。無奈上回鄭頙下了命令，絕不讓她對季若琴動手。

其實鄭頙也惱怒她給皇家丟臉，若非他身子不好，還要用鄭鈺平衡朝堂，他壓根兒不願意管她死活。

鄭鈺假意答應，心裡卻已打定主意要讓季若琴死無葬身之地，等風頭過去了，她再動手也不遲。

此事影響的不僅僅是鄭鈺，連鄭頤也被牽扯進來。從前她只是不得出門，如今是不敢出門。她沒再去別莊，而是留在了母親的公主府。

雖然不出門，可鄭頤卻聽說了外頭的紛紛擾擾，也親眼見到了母親勃然大怒的模樣。

鄭頤本就有心結，又出了這樣的事，神色一日比一日憔悴。

哪怕身邊的人都在安慰她，可鄭頤也知道自己這回做錯了事，還有，她的存在本來就是不被期待跟允許的。

鄭頤深深地記得當日在皇宮中，那位皇帝舅舅看她的眼神，若非有母親護著，只怕她活不了。舅舅對母親心軟，對她卻沒有半點感情，只將她看成累贅。她將自己關在屋中，唯有這樣才有些許安全感。

原本鄭意濃計劃要去公主府拜見，可惜一直沒能尋到機會，三朝回門時，她本想著讓娘家也使點力氣，結果卻意外聽到一件讓她火冒三丈的事。

「您說趙家要為沈蒼雪辦宴席？」鄭意濃不敢置信地問道。

趙卉雲默默點了點頭。

鄭意濃拍案而起，怒道：「憑什麼?!」

趙卉雲苦笑，就憑她們母女已經被趙家徹底放棄了，趙家想給沈蒼雪長臉，她們也沒臉摻和。

沈蒼雪在趙月紛的陪同下，第一次踏入趙府的大門。

最近元家跟公主府的事鬧得轟轟烈烈，沈蒼雪見季若琴這般豁達，也不甘心落後。她來京城就是為了報仇，鄭意濃雖說嫁了人，卻不妨礙她繼續打臉。

按照趙月紛所言，趙老夫人從前待鄭意濃也不錯，畢竟從前鄭意濃是皇室子孫，雖然嬌蠻任性了些，卻還天真可愛。可是如今不一樣了，在趙月紛辛勤的灌輸下，鄭意濃的名聲在趙家算是徹底崩解了。

去趙府之前，趙月紛還不忘叮囑沈蒼雪，讓她不要多慮。「趙家雖旁支眾多，親戚更是多不勝數，可妳初來乍到的，不必一一認識，只要討妳外祖母喜歡就夠了。趙家到底還是以妳外祖母為尊，旁人如何評論都無所謂。」

沈蒼雪咀嚼著「外祖母」這三個字，覺得新奇。

她被趙卉雲影響，本來對趙家沒什麼期待，不過趙月紛同趙老夫人母女情深，常在沈蒼雪跟前說趙老夫人的好話，沈蒼雪聽多了，便在心中刻畫出了一位慈祥老婦人的形象。

待進入趙府見了真人之後，果然同她想像的相差無幾——一位頭髮花白的老人家，膝上伏著一隻大橘貓，牠被趙老夫人逗弄著，發出「呼嚕呼嚕」的嗓音。

在場的還有幾位身著錦衣華服的貴婦人，皆是趙家的親戚。

趙老夫人見外孫女過來，不慌不忙地將愛貓交給丫鬟，不等沈蒼雪行禮便叫停，還要她坐到自己身邊。

趙月紛酸道：「有了外孫女，便不要女兒了嗎？」

「多大的人了，還這般貧嘴。」趙老夫人嗔怪地懟了一句，目光輕輕地落在沈蒼雪身上，眼眶透著濕意。「好孩子，妳一路辛苦了。」

她從趙月紛那兒得知沈蒼雪曾帶著一雙弟弟妹妹從建州逃難去了臨安城，又白手起家置辦起了事業，一介女流之輩卻能撐起一片天，可知受了不小的委屈，更吃了不少苦。

沈蒼雪不好意思說除了早起一些，自己其實過得還不錯，只能低著頭故作乖巧。「幸有老天保佑，得遇貴人良多，並未怎麼吃苦。」

「唉……」趙老夫人一聲長嘆，唏噓不已。

因為自家那個不省心的女兒虧待了這個孩子，所以趙老夫人總覺得對沈蒼雪有所虧欠。別看她之前對趙卉雲說得那樣決絕，可母女之間的情分哪能說斷就斷？縱然不想管王府裡的糟心事，趙老夫人也不想讓女兒後半輩子無人依靠。

汝陽王府那兩個孩子，鄭棠為人正直，只怕已經對母親生了隔閡，至於鄭意濃……不提也罷，白眼狼一個。如今等來了有出息的沈蒼雪，趙老夫人便想著善待她，往後還能給那不爭氣的女兒留一條後路。

趙老夫人有心抬舉，拐彎抹角地誇沈蒼雪。趙家上下縱有不平的，也不敢當眾挑沈蒼雪錯處，或是對她的身分指手畫腳，很有默契地認下了她這個小輩。

給自家外孫女了準備了好些見面禮，趙老夫人猶覺不足，甚至打定主意要辦一場熱熱鬧鬧的宴席，將沈蒼雪介紹給跟趙家交好的人家認識。

汝陽王府不認這個孩子，他們趙家認。

趙月紛聽得心花怒放，她可太喜歡這種將汝陽王府的臉皮扒下來往地上踩的事了，遂親熱地挨著趙老夫人坐下，自告奮勇道：「這辦宴席啊，我是最熟悉的，母親不若將此事交給我，有我在，保准將這宴席整治得既漂亮又有排場。」

這個么女一張嘴，趙老夫人便知道她是什麼路數，但也睜一隻眼、閉一隻眼，回道：「妳既將這活給攬了去，回頭若是辦得不好，委屈了我的外孫女，唯妳是問。」

「瞧您這護短的勁，我便是委屈了誰也不會委屈她，也不瞧瞧這陣子是誰照顧她的。」

趙月紛說完，想起沈蒼雪還做了東西帶過來，遂招呼道：「說了半晌，倒把這麼重要的事給忘了，蒼雪在家時便記掛著這邊的親戚，尤其想著您老人家，所以特地做了些好消化的點心，母親您帶大夥兒嚐嚐如何？」

趙老夫人詫異地看向沈蒼雪。

沈蒼雪自謙。「手藝不精，還望您不要見怪。」

趙老夫人笑得溫柔，撫著沈蒼雪的面龐，不住地點頭道：「咱們家蒼雪真是個細心的孩子。」

唉……是她那不爭氣的女兒豬油蒙了心，錯把魚目當珍珠了。

幾個丫鬟將沈蒼雪帶來的食盒打開，趙老夫人自個兒留下兩碟，剩下的都分了出去。

幾位夫人原是抱著給面子的心態嚐嚐的，誰想到嚐過一口便欲罷不能，驚訝得差點掉下巴。

「好精巧的手藝！咱們在別處可都沒吃過，今日沾了老夫人的光，真是大飽口福了。」

「聽說蒼雪在臨安城開了家酒樓，難怪生意好，有這樣精湛的手藝，換了誰都得日賺斗金。」

沈蒼雪聽她們未對自己開酒樓一事心存嘲諷，反而真心實意地讚美，對趙月紛跟趙老夫人更是感激了。

凡事最珍貴的莫過於「用心」兩字，為了讓她能壓過鄭意濃，趙月紛同趙老夫人著實費心。

沈蒼雪在趙家過了整整一日，將趙家的親眷也認了個七七八八。

待她要離開時，趙老夫人不禁有些捨不得，想留沈蒼雪在趙府住，不過趙月紛同樣捨不得，說什麼都要帶沈蒼雪回林府，氣得趙老夫人跺腳罵道：「都是討債鬼！」

趙月紛「嘖嘖」了兩聲。她長姊才是討債鬼，她可不是。

從趙府回林府的路上會經過京城最繁華的一條街，沈蒼雪全程掀著車簾欣賞。

晚上的京城比白日更繁華，臨街的一條商鋪買賣晝夜不絕、人聲鼎沸，拋開吃喝一類不提，玩樂的去處也是多不勝數，吹拉彈唱、歌舞小戲、賣藝雜耍，比臨安城熱鬧了不知道幾分。

不過，最讓沈蒼雪意動的，還是街上最大的一間酒樓。

趙月紛見她一直打量那一處，忍不住潑了一盆冷水。「這家就別瞧了，鄭鈺名下的產業，想來是不賣的。」

沈蒼雪笑吟吟地問道：「姨母怎麼知道我想買？」

趙月紛挪了挪身子。「相處這麼久，若還不知道妳是什麼性子，那我也白活了。」她這個外甥女啊，天生就跟其他大家閨秀不一樣，別人在意身分跟地位，她眼裡只有賺錢跟做生意。

原以為沈蒼雪到了京城，見識到這繁華的富貴鄉以後，能改一改她一門經商的心思，不想這「發家致富」四個字就像是刻在她腦子裡一樣，壓根兒抹滅不了。

可是她盯上什麼不好，偏偏瞧中這一個？

「這是鄭鈺手下最賺錢的產業了，妳便是有這個念頭，也別教人知道了。鄭鈺此人一向小氣，自己的東西哪怕不要、丟了，也不會拱手讓人。」

趙月紛的確對鄭鈺不齒，這些天也看足了鄭鈺的笑話，可她並不會傻傻地認為鄭鈺會就此一蹶不振。

她告誡沈蒼雪。「別的酒樓跟飯館都可以動心，這個妳暫時別打什麼主意，免得引火上身。」

「知道了。」沈蒼雪嘴裡應著，但眼神還是沒移開。

淮陽正在讀書，往後說不定要考科舉，若是在朝中當了官，京城沒點產業怎麼行，靠那點俸祿能幹什麼，回頭都不好娶媳婦兒。

依她看，這家酒樓就不錯，若是來日能得手，那就真的高枕無憂了。

沈蒼雪心裡打著算盤，可趙月紛的話她聽進去了，再怎麼心動，也沒有到不知好歹的地步。

趙府辦宴席，所邀之人皆是京城的達官顯貴。

鄭意濃早就聽說了這件事，甚至連她婆母都收到了帖子。

梅啟芳沒打算去，她知道趙家這是給城陽郡主抬身分，若是兒子沒娶妻，她肯定有這個心思去瞧一瞧，無奈兒子娶了冒牌的王府千金，她哪有臉去參加趙府的認親宴，真去了，還不被人笑話死？

陸祁然費了極大的力氣才請來聖旨，誰知求娶的王府大郡主竟然是假的，這事不論誰聽了都覺得可笑。

梅啟芳沒有自討苦吃的毛病，可是對兒媳婦卻更加厭惡了，讓鄭意濃立規矩的時候越發嚴苛起來。

「也不知趙家會不會將妳們兩人的身分公諸於眾，若是趙家鐵了心要撕破臉鬧一場，不僅汝陽王府沒臉，咱們陸家的顏面也會被丟盡！」

梅啟芳怒視鄭意濃，起身抽出案桌上的幾卷經書擲到鄭意濃腳邊，道：「給我去祠堂跪著抄經，這些日子若無事便不要出門，省得丟人現眼，再生事端。」

鄭意濃被逼得快瘋了，天知道她這些日子究竟立了多少規矩、抄了多少佛經。

最讓她擔憂的，不是眼前的佛經，而是兩日後的趙府宴席。父王和母妃會替她隱瞞，那趙家呢？會替她瞞住嗎？

鄭意濃害怕自己為了隱藏身分辛辛苦苦所做的努力，會在那一日徹底化為烏有。

為什麼沈蒼雪總要同她作對？她該如何是好？找長公主嗎？

鄭意濃自作主張去尋了鄭鈺。

她找上了門，讓鄭鈺備感意外。這陣子除了她的心腹，其他人無一不是繞道而行，恨不得徹底與她劃清界線，就連元道嬰也暫時同她斷了聯繫，免教旁人非議，沒想到這個嫁入陸府不久的新嫁娘竟敢私自登門。

出於好奇，鄭鈺放了人進來。

鄭意濃跟鄭鈺接觸了這麼久，知道該怎麼給這位長公主順毛。她打著探望的藉口，再三安撫長公主，讓她千萬不要介意外頭的流言蜚語，還說自己帶了好些東西要送給鄭頤。

這更出乎鄭鈺的預料了。

鄭意濃同鄭頤是同一輩的，且年紀也差不多，向鄭鈺說明來意後，鄭意濃大著膽子問：

「長公主殿下，請問頤姑娘可在府上？」

聞言，鄭鈺抬了抬眼，問道：「怎麼了？」

「無事，只是心想頤姑娘常在府裡待著，只怕是悶壞了，長公主殿下若是不嫌棄，我便去陪頤姑娘說幾句話。我倆年歲相近，應當能說到一塊兒去，也能給她解解悶。」

第五十七章　冥頑不靈

鄭鈺見鄭意濃的態度熱切，又想到了老是關在屋裡的女兒，便未加以拒絕，而是挑了個丫鬟，讓她帶著鄭意濃前去找鄭頤說話。

這是鄭頤頭一回跟她年齡相仿的姑娘相處，又聽說鄭意濃同她母親一向走得近，便先存了幾分好感。

鄭意濃是善於偽裝的人，為了討好鄭頤，更是使出了十二萬分的本事，句句都在哄對方高興，鄭頤喜歡什麼，她便說什麼。

由於鄭頤個性單純，加上從來沒交過朋友，沒多久便對鄭意濃放下戒心。

兩人一下午相談甚歡，到了傍晚時分鄭意濃才告辭，鄭頤依依不捨地將人給送了出去。

人走之後，鄭鈺將女兒叫到身邊，詢問鄭意濃的來意。

鄭頤不知道母親為何要問這些，但還是事無鉅細地告知。「……意濃姊姊為人體貼，琴棋書畫樣樣精通，她花了不少時間指導女兒的琴藝，後來還陪著女兒一道看了遊記。

「意濃姊姊的學問比女兒深多了，各種典故張口就來，簡直比女先生更博學。女兒同她格外投契，還約她過些日子再來府中小聚。」

鄭鈺蹙了蹙眉道：「她沒提自己家裡的事？」

鄭頤先是搖了搖頭，接著又說：「不過我看她有時候愁眉緊鎖，似乎是有心事的樣子。我問她為何不高興，意濃姊姊也只是苦笑。她才剛嫁人不久，卻這般心事重重，怕不會是……夫家待她不好吧？」

聽了這些話，鄭鈺冷冷一笑，夫家待她好才是見鬼了呢。別看陸家人表面上頗為和善且注重禮節，其實最看不慣身分低賤之人。鄭意濃的身分雖沒那麼低，卻遠遠沒有陸家人原本以為的那麼高。

鄭鈺身分貴重，可仍舊被她那位好皇兄壓了一頭，所以她想清楚了，出身是次要的，手中有沒有權力才最要緊。

「她還有沒有說別的？」鄭鈺又問。

鄭頤使勁想了想，忽然憶起了一件事。「意濃姊姊離開前還問趙府有沒有給咱們家遞帖子，我說沒有，她便長吁了一口氣。」

這話瞬間解開了鄭鈺的疑惑。原來是為了這一樁啊……

鄭意濃這個小丫頭想必是怕了。也難怪，趙家如此不給汝陽王府面子，她害怕自己的身分被暴露也在情理之中。

對鄭鈺來說，趙家人根本不算什麼，鄭意濃所擔心的，無非就是沈蒼雪將來會擋了她的道，這種小事，根本無須掛心。

她輕撫著女兒的頭髮，問道：「妳很喜歡同鄭意濃相處？」

鄭頤用力地點了點頭。

「好。」鄭鈺笑了笑。既然女兒喜歡，她幫襯鄭意濃一把又有何妨？

鄭意濃今日出門是打著回娘家取東西的藉口，臨走前她甚至還花了點心思買通下人。她自以為做得萬無一失，沒想到回陸家之後卻立刻露餡，人也被帶去了梅啟芳房中。

剛一進去，鄭意濃尚未站穩便被兩個人壓住，用力讓她往地上一跪。

「咚」的一聲，鄭意濃感覺自己的膝蓋疼極了。果然是老婆子身邊的嬤嬤，手段真是狠毒。

鄭意濃瞪了她們一眼，正待反抗，抬頭便撞上梅啟芳盛怒的面龐。

瞧見那眼神，鄭意濃心頭一緊，頓時不敢輕舉妄動。

梅啟芳險些被這蠢貨給氣死，怒道：「妳若嫌自己命長，不如一頭撞死在這裡，也算是死得其所，總好過來日給陸家招來滅頂之災！」

鄭意濃有些心慌地說：「母親何故說這樣狠心的話？」

「別叫我母親，我可沒有妳這樣不省心的兒媳婦！三令五申地警告妳，讓妳別挨著長公主殿下一家，妳倒好，非得巴巴地貼上去，妳自己想死便罷，可別將陸家拖下水。」

鄭意濃跪在地上，暗暗後悔自己沒能再小心些，怎麼就教這老婆子抓到了把柄呢？

兩日光景一瞬即過。

今日趙府設宴，接到請帖的幾乎都赴宴去了。長公主同元丞相最近閉門不出，他們不好看熱鬧，但是趙家同汝陽王府過招，他們卻能近距離觀賞。

之前大理寺卿林度遠的夫人領著城陽郡主進宮時，便引起了不小的轟動。女肖母常見，但是像成這樣的可不常見。

這回趙府設宴，上次好戲沒看夠的人都來了，不等開席，人便已到齊。

談笑間，便聽聞趙老夫人領著自家外孫女過來見客。眾人望了過去，只見一對祖孫相攙而至，老者精神矍鑠，姑娘家身形窈窕，容色卓絕。

最讓人訝異的是，這對祖孫從臉蛋上看竟有些相似之處。原來城陽郡主不僅僅是像趙卉雲，趙家幾人的樣貌多少也沾了一點啊。

大夥兒全露出心照不宣的笑容。

趙老夫人領著沈蒼雪見過幾個多年好姊妹，炫耀自己有一個極為貼心的外孫女。

沈蒼雪什麼都不用做，只要在旁邊頷首微笑便夠了。

原本沈蒼雪還擔心會有人故意問趙老夫人，她這個外孫女是哪個女兒生的，可她終究低估了京城人對人情世故的通達，跟著趙老夫人走了一圈，仍是沒聽到有一個人問。

倒是有人提及才嫁入陸家的鄭意濃，趙老夫人冷著臉未說話，趙月紛卻心直口快地說了一句。「真的假不了，假的真不了。」

眾人全靜默了。好傢伙，那個竟然是假的，他們本來還抱著說不定是雙生子的猜測呢。

既非親生，那麼汝陽王府圖的又是什麼？

認完一群人，沈蒼雪覺得有點累了，趙月紛便同她道：「累了就去歇著，這裡我替妳招呼就是了。」

「我能尋個人少的地方歇著嗎？」她想休息休息。

趙月紛「噗哧」笑了一聲，道：「怕應酬？」

沈蒼雪誠實地點點頭。

當初做生意的時候，沈蒼雪也是八面玲瓏，甚至還能豁出面子賣力吆喝，但是那些人跟京城這些夫人、姑娘們畢竟不同，她總不能拿出原本那一套來應付她們。歸根究柢，她們不是一路人。

趙月紛點了點她的額頭。「罷了，今日已經打足了鄭意濃同我長姊的臉了，也不必妳再露面，妳若真不習慣，便下去歇著吧。」

沈蒼雪尋了一處僻靜的亭子，雖然地方偏僻，東西卻齊全，見桌上螃蟹正肥，甚至還有一壺溫好的白酒，她便伸手剝了一隻準備嚐嚐。有酒有蟹，人生美哉！

鄭棠不知何時靠了過來，直接在沈蒼雪身邊坐下，瞧她在吃螃蟹，伸手探了探，發現白酒有些涼了，便要小廝拿去溫一下再送回來。

沈蒼雪的動作未停，鄭棠卻停頓了好半天才醞釀好了話。「父王同母妃並非有意不來的。」

話剛說完，他便後悔了，畢竟這話連他自己都不信。

沈蒼雪心中激不起什麼波瀾，只道：「他們不願同我沾上關係，不來也正常。」

鄭棠急道：「不是這樣的！」

沈蒼雪挑眉，靜靜地看著對方。

鄭棠有些尷尬，結巴道：「他們只是……只是還未想好如何與妳相處。」

沈蒼雪哭笑不得地說：「世子倒是挺會安慰人的，不過你多慮了，我其實不在意他們如何對我。」

鄭棠心中悵然。若是在意，便說明這個妹妹還是記掛著親人，可她不在意，就代表她與王府的緣分實在極淺，往後只怕也沒有冰釋前嫌的機會了。

他替自己的父王和母妃感到惋惜，希望他們年老之後想起妹妹時，不會後悔。

他們兄妹兩人在亭中交談，雖自以為隱蔽，但還是有目擊者。

鄭棠這個汝陽王府的世子對沈蒼雪照顧有加，再次證實了沈蒼雪同汝陽王府的關係。

趙家與汝陽王府未來的掌權人都站在沈蒼雪這邊，旁人自然也知道該怎麼選了。

於是不久之後，沈蒼雪便收到幾位千金的邀約——

「五日過後，長元寺有圓通大師講經，郡主可願同咱們一道前往？」

「是啊，想來郡主還不曾去過，不如跟我們一起吧。」

趙月紛不曉得打哪兒現身，補充道：「圓通大師講經可是難得一見，屆時只怕京城一半的人都會去上香，一同去吧，瞧一瞧也好。」

京城一半的人都要去？沈蒼雪皺著眉頭，這麼多人湧去寺廟，不會有什麼危險嗎？

趙月紛告訴沈蒼雪，整座山都是長元寺的地盤，地方大著呢，光是講經的佛堂便能容下萬人，不會有什麼危險。她還道機會難得，京城的達官顯貴都會去上香禮佛，可以藉此多認識一些人。

沈蒼雪雖然還是有些擔憂，然而見她們都是一副興致勃勃的模樣，也不好掃眾人的興頭，遂應了。

宴席過後，鄭棠來向沈蒼雪辭行。

他原有差事在身，因鄭意濃成親才請假返京，如今親已經成了，親妹妹也認了，外頭的差事卻依舊棘手，等著他回去解決。

鄭棠對沈蒼雪只有抱歉。「妳才入京不久，原該留下來好好陪妳的，只是另有公務在身……」

「無妨，還是公事要緊。」

「我只是擔心意濃跟母妃她們會再行錯事。」

雖然是自己的母親跟妹妹，不過鄭棠對她們實在不放心。這兩人從前便能犯糊塗甚至行惡事，往後難保不會捲土重來。

沈蒼雪確實提防著這一點，然而只要汝陽王府認鄭意濃一日，鄭意濃便有辦法同她作對，防是防不住的，只能以攻為守了。

這些話不好同鄭棠明說，是以沈蒼雪便用趙家來讓他安心。「如今外祖母同姨母都護著我，有她們在，你還擔心什麼？好好將事情辦好吧，如此才能早日回京。」

鄭棠心想也是，有趙家在，總好過妹妹一個人單打獨鬥，只是他仍遺憾道：「若是妳有夫家相護就好了，意濃同妳年歲相當，都已經嫁到陸家去了，妳倒好，如意郎君連個影子都沒有。」

沈蒼雪不服輸地說道：「誰說沒有了?!」

鄭棠氣笑了。「那妳倒是說一個出來，只要家世相當，我立刻上門說親去。」

沈蒼雪頓時閉上了嘴。

這……不好說。

見沈蒼雪沒再說話，鄭棠便以為他妹妹方才是在信口胡說，幽幽地嘆了一口氣道：「都這麼大了，怎麼還是不開竅？」

當初鄭意濃可是早早就為自己選定了夫君，眼明手快，壓根兒沒讓王府操心。

鄭棠倒是挺想為沈蒼雪操心的，可眼下的情況是皇帝不急太監急，他也沒招。

對著沈蒼雪一番交代，等鄭棠回府以後，天色已晚。

趙卉雲等候兒子多時了，她焦急地打聽趙家的事，偏偏兒子不如她的意，對那邊的事情三緘其口。

她氣狠了，口不擇言。「你是故意同我作對是吧？別忘了你是哪個府上的人，又是誰給了你世子的身分？」

鄭棠嗤笑道：「我這身分自然是承自父母血脈得來的，難不成是偷來或搶來的？」

趙卉雲面含慍色道：「你就這麼容不下你妹妹？」

「是您非要縱容她，縱得她不知天高地厚，膽敢殺人放火了。意濃從前也是個乖巧的小姑娘，若不是母妃不分青紅皂白地偏著她，她哪有如今的膽量？」

趙卉雲心一緊，不滿道：「千錯萬錯，都是我的錯？」

鄭棠冷下臉。「妳與父王皆難辭其咎。」

趙卉雲深吸一口氣，不願再看到親兒子這張臉。

哪怕她知道這個兒子明日就要離京，作為母親，在他臨行前務必要好生叮囑，可是再深厚的慈母心，也被他這冥頑不靈的態度給冷了個徹底。

「你既然看不上你父王跟母妃，便趕緊出京吧，往後我也不指望你了。」

鄭棠一言難盡，靜靜看了他母妃許久，最終一句話也沒說，轉身便離開了。

他實在不懂母妃的選擇，鄭意濃對她的親生女兒起了殺心、動了歹念，縱然有十幾年的情分，也不該如此護著，難道她就不怕日後追悔莫及？

趙卉雲想不到那麼遠的事，她只覺得現在事事不如己意。娘家同她離了心，兒子也對她心存不滿。

說真的，趙卉雲甚至不知道自己做錯了什麼，她只是護著自己的女兒，不想讓她受傷，僅此而已。

趙家人同鄭棠的選擇，在她看來才是真正的冷酷無情。

趙卉雲不好受，鄭意濃更難受。

她被陸家人關了兩天，好不容易得以出門透個氣，結果身邊人都換了一批，原先用得順手的人都沒了，換上陸家的家生子。這些人表面上是在伺候，實則是監視，生怕鄭意濃再跑去公主府。

鄭意濃想到跟鄭頤曾約定再見面，正想要赴約，卻苦於這些人死守緊盯，最後只能尋了個藉口，找從前幾個手帕交聚一聚，好解解悶。

可這悶沒解，反而多了一肚子的氣。

世人都是看人下菜碟的，鄭意濃風光無限的時候，身邊跟著的人都以她為尊。這回趙府擺過宴席之後，大家嘴上不說，但心裡都明白了，這位陸家夫人、汝陽王府表面上的大郡主，其實是個冒牌貨。

過去的阿諛奉承，那是對著王府嫡長女的，沒了這個身分，便不必供著她，幾人說話時都隱隱帶了些輕蔑。若鄭意濃為人和善倒也罷了，可過去她向來恣意驕縱，本就不是那麼能服人，現在又陰陽怪氣的，當然惹人不快。

鄭意濃向來對旁人的情緒格外敏感，當然察覺到了她們的怠慢，交談的過程中她尚且忍得住，但是分別的時候便不可避免地拉長了臉。

那些千金們注意到鄭意濃離開時面色不悅，不禁有些費解。

對於鄭意濃的身分被拆穿這件事，她們沒落井下石，也沒出言諷刺，反而陪她說了好一會兒的話，已經算是很客氣了，她到底還有什麼不滿意的？

有人說道：「難道她還指望咱們像從前一樣捧著她？」

另一人笑著搖了搖頭道：「被人捧得高了，只怕早就忘了自己有多少斤兩。罷了，往後還是少同她往來吧，免得一時失言害她丟了臉面，惱羞成怒反過來罵我們就不好了。」

「是這個理。」

鄭意濃尚不知自己失了人心，她在得知圓通大師要講經之後，便琢磨著長公主會不會也去。一想到這裡，她便按捺不住，想碰一碰運氣。

平常陸家人盯得實在太緊，她壓根兒找不出機會私下與長公主見面，可若是在寺廟中偶遇，便沒人攔得住了。

要是在人前攔著，這不是擺明了打臉長公主嗎？

這回講經，她無論如何都要去。

長元寺乃百年古剎，相傳為前朝所建，原先香火並未這麼鼎盛，甚至不叫這個名字。朝代更迭之際，京城內外無數人民遭難，寺中僧人大開寺廟，庇護流離失所的百姓，為此散盡財產。本朝太祖皇帝獲勝後，得知此寺義舉，遂賜名為「長元」，並撥款予僧人們，讓這座搖搖欲墜的古寺重獲生機。

寺中的圓通大師已是八十高齡，卻還身體健康，時常在外頭遊歷，幾年才回一次長元寺，每次歸寺，都引發香客大量聚集長元寺的盛況。

季若琴也被家人勸著去長元寺走一走。

自從季若琴與元道嬰和離之後，便一直縮在家中，季家人都急壞了，說什麼都要帶著她一塊兒去寺裡，好散散心。

季若琴推拒不了，只能隨了她們。

然而，隨著時間接近，她內心卻無端升起一股不安來。

第五十八章　落入圈套

這日一早，沈蒼雪便穿戴整齊，隨趙月紛一同出門。

林府的馬車在趙府稍停了一會兒，同趙家人會合，一道去寺中上香拜佛。

趙月紛賣力地為沈蒼雪介紹。「這寺中有一棵菩提樹，相傳只要在上面繫一根求姻緣的紅籤，不出三個月便會紅鸞星動。京城裡頭的姑娘都去那棵菩提樹下求姻緣，待會兒我也給妳求一根姻緣籤，回頭妳好繫上，記得誠心一些。」

沈蒼雪的注意力明顯偏了。「京城裡頭的姑娘都繫？」

「自然。」

「這習俗大概是從什麼時候開始的？」

趙月紛說道：「幾十年前便有這樣的傳聞了，靈驗得很呢。妳年紀已經不小，再不找如意郎君就遲了。好男兒只有這麼多，本就是打著燈籠都難找，妳如今不上心，等想找的時候連個好夫君都擇不到，屆時便後悔去吧。」

沈蒼雪卻耿直異常。

「這個暫且不提，我只是覺得，這幾十年來每日都有人往那樹上頭繫紅籤，那加在一起的紅籤都能把那棵樹給壓塌了吧。」

趙月紛翻了一個白眼道：「同妳說這些真是白費口舌。」

對於這般不解風情的人，趙月紛再也不肯同她分享寺中那些神奇的傳說了。

趙月紛猜測蒼雪這丫頭肯定不信佛，所以性子才這樣拗，連長元寺的菩提樹都敢開玩笑，幸虧遇上的是她，若是換成旁人，定要臭罵她一頓。

可不管怎麼說，到了寺中，趙月紛跟趙老夫人還是押著沈蒼雪去求了一支姻緣籤。

沈蒼雪不信道、不信佛，更不信這毫無根據的籤，不過因為有人「強烈要求」，便隨手搖了一支。

抽出來一看，上頭寫著——

風弄竹聲，只道金佩響；月移花影，疑是玉人來。

應當是好籤吧。

沈蒼雪還在琢磨，趙月紛已經迫不及待地將她的籤拿走，遞給旁邊的僧人了。

「問什麼？」

「問姻緣！」

僧人對著籤文笑了笑，說道：「恭喜施主，這恰恰是姻緣將近的上吉籤。」

聞言，趙老夫人雙手合十，微微躬身道：「大善，多謝師父。」

趙月紛追問道：「那姻緣在何處？」

「遠在天邊，近在眼前。」

趙老夫人又問道：「幾時能遇見？」

「已經遇見了。」

趙月紛思索了起來。已經遇見了？原來是個故人呢，只不知是哪個故人，更不知何時才能再見面。

兩人謝過僧人之後，鄭重其事地接過了籤，趙月紛回過頭來還叮囑沈蒼雪。「好好將這寶貝繫到樹上，既是姻緣將近，想必不久之後便能見到如意郎君了。」

沈蒼雪有句話不吐不快。「姨母，您還真信這個？」

「大家都信，說明還是靈驗的，那我為何不信？」她強硬地掰開沈蒼雪的手，將這籤放上去，再握住她的手。「左右這吉籤已經在妳手上了，且看看這三個月到底有沒有良緣，若是等不到，還有我同妳外祖母在呢，必會讓妳盡快找到一個四角俱全的好人家。」

雖然沈蒼雪同她們在觀念上有些不同，也覺得自己不會留在京城，但是對於趙月紛和趙老夫人的這份好意，她還是感激的，需要珍重待之。

沈蒼雪她們是來得較早的那一批，天還未全亮便已抵達，現在日頭升起，人漸漸多了起來，香火越發旺盛，求籤的人也排起了長龍。

其中沈蒼雪看到了不少熟悉的面孔，有好些是趙府辦宴時認識的，她們各自跟著家人前來。大家上回說好一起上香，沈蒼雪便去打招呼，幾個人上完香後聊了起來。

過了一會兒，沈蒼雪就發現這些日子未曾見過人的季若琴跟鄭鈺都來了，鄭鈺身後還跟著那個名喚鄭頤的小姑娘。

鄭鈺母女現身沒多久便被寺中的僧人請去了佛殿之中，外頭的人不得窺見分毫，但是僅僅這一下子，便已足夠讓人議論紛紛。

沈蒼雪耳邊便全是關於這對母女的話題——

「長公主殿下怎麼敢公然帶著這位姑娘出府？難道就不怕流言更甚？」

「只怕她們如今已經破罐子破摔了。」

「依我看啊，她們應當是有恃無恐。元丞相同他夫人和離是被誰逼的，大家心裡有數。就這麼著，還有人護著她們母女兩人，可見她們不怕。在府上閉關一陣子，不過是為了平息流言，現在看外頭的流言稍稍有退散之勢，自然迫不及待地出門了。」

沈蒼雪朝季若琴的方向遙遙一望，好在季若琴並未被那兩個人影響，依舊同她的母親與弟妹小聲說話。

不只沈蒼雪她們瞧見鄭鈺，陸家人也見到了。

梅啟芳不由得後悔，早知道鄭鈺會來，她便不該帶上鄭意濃的。

誰知道她這蠢兒媳婦待會兒會不會在大庭廣眾之下「偶遇」長公主？

梅啟芳告誡鄭意濃身邊的嬤嬤。「給我好好看著夫人，絕不能讓她靠近長公主殿下。」

「夫人您放心好了。」

「放心？她這個人沒帶腦子，只怕我這輩子都放心不下。」

他們陸家有底氣，壓根兒不必拴在長公主那條船上。梅啟芳實在不懂，鄭意濃是真沒腦子還是裝作沒腦子，為何一定要扒著長公主不放，長公主到底是給她什麼好處了？

說來說去還是後悔，若是沒讓鄭意濃進門，陸家何必為了這件事擔心受怕？

鄭意濃確實正在摩拳擦掌，準備去找鄭鈺。

她此行本就是為了碰一碰運氣，如今運氣真的來了，怎可錯過？

可惜，長公主進了佛殿之後便不見了身影，她也不好突兀地尋上前，且陸家這些該死的下人看她又看得緊，害她行事十分不便。

沈蒼雪從趙月紛口中得知，長元寺的齋飯堪稱一絕。她對此很感興趣，打算中午的時候買上兩份，吃個痛快。

然而未到中午，寺裡已經快被塞爆了，人潮幾乎只進不出，教人實在擔憂。

沈蒼雪有些不安，便問趙月紛。「圓通大師返京講經，總是有這麼多人進來嗎？」

趙月紛答道：「多是多，但哪有這麼誇張？今日不知怎麼的，一窩蜂都跑了上來。」

怪哉。沈蒼雪心頭隱隱浮現出不祥的預感。

她的直覺一向挺準的，沈蒼雪轉身便同趙月紛道：「要不咱們先下山等著，待大師講經的時候再上來。」

「這多麻煩？」

「可是在這兒待著也沒事做。」

她話才說完，忽然有人高聲喊了一句。「大師出來了！」

緊接著，又有人附和。

有一人帶頭，其餘的人便會不自覺地跟上，人群不可避免地朝同一個方向擠了過去，沈蒼雪她們不得不被迫往前走。

強烈的不安漫上心頭，沈蒼雪總覺得要出事了。

果不其然，人群越來越擁擠，前面的人似乎未曾推進，後面的人卻持續往前走，以至於空間越來越少，人卻越來越集中。

不知有多少人高聲警告別再擠了，卻還是有許多人盲目擠上前。

混亂間，只聽得到此起彼落的尖叫聲。

沈蒼雪正要握緊趙月紛的手往旁邊避讓，忽然眼前一黑，失去了知覺。

倒下的那一刻，沈蒼雪痛恨自己沒有重視直覺。

方才就應該下山了，而不是繼續在這兒磨蹭。也不知道這回要她性命的人是誰，鄭意濃還是鄭鈺？

長元寺發生了踩踏事件，眾人推擠之下，許多人被踩傷了。寺中的僧人們沒能維持好秩序，還是圓通大師得知此事後親自出面，才讓陷入癲狂的人群冷靜了下來。

趙月紛也被擠散了，待人潮漸漸散開之後，才找到自己的兩個丫鬟，又尋到了趙老夫人。

雖然趙老夫人被家丁護著，但是也扭傷了腳，她正坐在石墩子上，臉色鐵青，直喘粗氣。

趙月紛上前關切地問了幾句之後，又往四周看了看，可依舊沒看到沈蒼雪的人影。稍微平復了一些的趙老夫人抹了抹汗，也注意到情況不對。「蒼雪呢？」

趙月紛神色凝重道：「我正讓人在找，方才人群急匆匆往前推，把我跟她給沖散，也不知道她被擠到哪兒去了。」

「不好，快去找人！」來上香的可不僅僅只有女眷，還有不少男子。若是碰上了不懷好意的男人，那可就要吃虧了。

趙老夫人讓趙家的人都去找，結果找了一圈依舊一無所獲。

幾個人急得夠嗆，趙月紛轉身之際，發現季家也火急火燎地在找人。

趙月紛上前詢問道：「你們家也有人不見了？」

「我們家大姑奶奶被擠散，四處都找了，仍舊尋不到。」

季家的大姑奶奶便是同元道嬰和離的季若琴。

季家人怕季若琴在府裡憋壞了，這才勒令她跟著，結果這一跟卻跟出了事，季老夫人別提有多後悔了。

剛說了兩句話，另一頭又傳來消息，說長公主也在尋人，尋的便是鄭頤。鄭頤剛才出來求籤，不見了蹤影，鄭鈺正帶著人在找。

失蹤的人看來已經有三個了，這事再次驚動了寺方，整個長元寺的僧人傾巢出動，為的便是早日找回這三位貴人。

然而長元寺所處的山頭實在太大，不僅占地廣，山體又高，陡峭處更是懸崖絕壁，地勢險要，想找出三個失蹤的人如同大海撈針，極其困難。

鄭鈺一直板著一張臉，下屬過來回話說沒找到人，鄭鈺便當眾大發雷霆。「不中用的東西！若是小姐找不回來，你們脖子上那顆腦袋也別想要了！」

住持聞言，轉了轉手中的佛珠，念了一句「阿彌陀佛」。

鄭鈺壓根兒不在乎寺中戒殺生，她本就性格暴戾，人人皆知，她亦不想遮掩。

趙月紛知道鄭鈺的女兒也走失了，她正不斷發脾氣。雖說鄭鈺看起來是個受害者，可是趙月紛仍然懷疑鄭鈺，心想她是不是做賊的喊捉賊。

但轉念一想，鄭鈺相當疼惜自己的女兒，應當不至於做到這個地步才是。

趙月紛現在只盼著做這件事的人圖的是財，只要他們給夠了錢，對方便會將人放回來。

再次醒來時，沈蒼雪仍覺得後腦勺有鈍痛感。她緩緩睜開了眼睛，記憶逐漸回籠，也想起了自己暈倒之前發生的事。

耳邊傳來對話聲，沈蒼雪轉過頭去看，才發現自己身邊還有人，而且是兩個熟人——一個是季若琴，一個則是鄭頤。

鄭頤明顯受到不小的驚嚇，明知道季若琴不待見她，卻還一直對著季若琴碎碎念，企圖給自己壯膽。

季若琴根本懶得理她，鄭頤自己嚇自己，嚇得夠嗆。

待看到沈蒼雪醒過來，鄭頤這才眼淚汪汪地找上了她，說道：「城陽郡主，妳終於醒了，咱們被賊人抓進來了，他們不知道要對咱們做什麼呢。」

聞言，沈蒼雪打量了一下周圍，她們被關在一間封閉的屋子裡，地上墊著茅草，側邊有一扇天窗，位置開得很高，尋常女子根本爬不上去。

這裡什麼也沒有，靜悄悄的，教人害怕。別說鄭頤了，就連遇過兩次追殺的沈蒼雪都覺得這裡令人心慌。

鄭頤哭哭啼啼道：「城陽郡主，妳趕緊想想法子啊，等那些賊人進來可就遲了。」

沈蒼雪被她哭得心煩。「妳聲音若是再大些，他們就真的要過來了。」

鄭頤捂住嘴，幾乎頃刻間就收了聲音。

沈蒼雪嗡嗡作響的腦袋總算有了片刻安寧。她的手腳都被綁了起來，可這不妨礙她挪動身體靠近季若琴。

季若琴情況比她更糟，右半邊臉高高腫起，嘴邊甚至殘留著血跡，腿也傷到了。

「夫人，您還好嗎？」

季若琴虛弱地靠在牆角道：「還能動，妳呢？」

「我腦袋後挨了一棒，如今還疼。」沈蒼雪很想揉一揉頭，無奈手腳被綁住，動彈不得。

她們倆一個比一個狼狽，可鄭頤卻好端端地坐在那兒，雖然也被綁著，但是拴著她的繩子鬆鬆垮垮的，似裝飾一般。再看她那張臉，乾乾淨淨的，連一根頭髮都沒亂。

沈蒼雪想了想，抬頭問道：「鄭姑娘，妳可曾傷著哪兒了？」

鄭頤搖了搖頭說：「應該沒傷到。」

她並未察覺到自己有哪裡不舒服，只是很害怕。

沈蒼雪朝她安撫地笑了笑。「別著急，還沒到最壞的地步，妳先告訴我，方才妳是怎麼失蹤的？」

鄭頤眨了眨眼道：「不知道，我本來是去求籤的，結果還未走遠，忽然被人從背後捂住口鼻，沒多久便失去了意識。」

「沒有人打妳腦袋？」

見鄭頤搖了搖頭，沈蒼雪心裡有數了。

一旁的季若琴不知道在摸索什麼，半晌後，她發現腳邊有一塊石頭。季若琴下意識地學沈蒼雪挪動身子去碰那塊石頭，可身體不靈活，她試著用腳勾，問題是她傷到腿，一動便鑽心的疼，只能放棄。

季若琴只好對沈蒼雪使了一個眼色。

循著她的視線看過去，沈蒼雪就見茅草中露出一塊黑色的石頭，有稜有角。

沈蒼雪會過意，小心地湊了過去，背對著鄭頤，悄悄用石頭磨起了手上的麻繩。

拴著她們的麻繩極粗，既結實，還硌手，每磨一次，沈蒼雪都能清晰地感受到麻繩割裂手腕傷口的痛。

可她別無選擇，與其坐以待斃，不如放手一搏。

就在沈蒼雪快要磨斷麻繩之際，外頭忽然響起了腳步聲，接著門發出「吱呀」一聲，有人從外面打開了這扇門。

兩個身材魁梧的中年男子走了進來，一把拉起地上的季若琴，直接帶著人出去，又關上了門。

沈蒼雪忙問道：「你們要帶她去哪兒?!」

那兩人自顧自地帶著季若琴離開，完全不理會沈蒼雪的呼喊。

「他們給你們多少錢？只要放了我們，我必百倍奉上！」

門外傳來了一陣輕蔑的笑聲。

沈蒼雪一顆心逐漸往下沈，她加快了手上的速度。終於，麻繩就快被割斷了。
然而那兩人偏偏在此時去而復返，再次打開門，將目光放在沈蒼雪身上。
沈蒼雪嚥了嚥口水，明知不可能賄賂成功，可求生的本能依舊驅使她開口。
「放我走，一切好說，不管幕後之人是誰，只要放過我，我必能護你們周全，後半輩子衣食富足。」
其中一人冷冷地開了口。「這些話，妳還是留著說給閻王爺聽吧。」
沈蒼雪心裡一個「咯噔」，太陽穴突突直跳，恐懼之下，她不知道從哪裡生出了力氣，竟掙開了腳上麻繩的束縛。
兩名男子被這變故給嚇了一跳，正要逮住沈蒼雪，可沈蒼雪早有預料，奮力一踹，將兩人給踹倒在地。
鄭頤大叫。「城陽郡主救我！」
是啊，沈蒼雪可不是正要「救」她嗎？
她迅速起身奔向鄭頤，同時扯斷手上的麻繩。
鄭頤感激涕零，覺得沈蒼雪實在心善，真的來救她了。「城陽郡主放心，我定會報答妳的。」
誰知剛說完，她的脖子邊便多了一根金簪。
「別動！」沈蒼雪警告。

鄭頤呆住了，她不知沈蒼雪為何要這麼做，正要求饒，卻發現那兩個男子沒了動作。

原來，這話並不是對著她說的。

第五十九章　自食惡果

兩個男子從地上爬起來以後，本來要衝過去找沈蒼雪的，這下全止住腳步，變了臉色。

沈蒼雪見狀，斷定自己想的沒錯，她用金簪劃破鄭頤脖頸處的皮膚，再拿金簪貼著鄭頤的臉，慢悠悠地說道：「若再往前一步，我便讓她血濺而亡。」

鄭頤嚇得腿軟，不知道沈蒼雪為何突然挾持自己，忙道：「城陽郡主，我同妳往日無冤、近日無仇，妳為何要害我？」

「那就得問妳的好母親，泰安長公主了。」沈蒼雪輕笑一聲。「妳母親還真是捨得，為了掩人耳目，將妳也關了進來。可惜她到底捨不得讓妳受罪，這才露了馬腳。」

鄭頤瞪直了眼，不敢相信這個事實。

不過沈蒼雪不準備多說廢話，直接威脅他們兩人。「將季夫人交出來，再送我們出去，否則別怪我要了你們家小主子的命。」

兩名男子方寸大亂，不過想到周圍全是他們的人，且長公主已經在趕來的路上，便有恃無恐。

即便讓季若琴回來，不過是多了一個手無縛雞之力的弱女子罷了，怕什麼？左右這兩個人的命，他們今日是一定要取走的。

鄭頤愣愣地盯著那兩人，不知是否該相信沈蒼雪。

她這呆呆傻傻的樣子教人看著好笑，城府極深、心狠手辣的長公主，加上助紂為虐、道貌岸然的元丞相，竟生出這樣一個天真到近乎愚蠢的孩子，稱得上是報應了。

可鄭頤既然是他們兩人的孩子，便不無辜，沈蒼雪對她亦不會手軟。見那兩人遲遲沒有動作，沈蒼雪直接對著鄭頤的脖頸狠狠一刺，頓時血流如注——她避開了要害，鄭頤暫時保住一條小命。

「啊——」伴隨著鄭頤的痛呼，那兩人終於慌了神，調頭將季若琴給拎了回來。

季若琴被扔回來時，整個人蜷縮在地上，痛得直不起腰。剛才離去時雖說本就狼狽，但也只是嘴角處有血跡，如今回來，全身都是血，一雙手更是被夾得血肉模糊，十個指甲翻了六個，不難想像她有多痛。

沈蒼雪看著不忍，第一次親眼目睹鄭鈺的陰狠毒辣。她應當是想讓季若琴死的，但是死前卻不給她一個痛快，要讓她嘗遍酷刑，生不如死。

無奈眼下手裡還有人質，沈蒼雪不好過去扶季若琴起身，只急促地喚道：「夫人，您站得起來嗎？」

季若琴重重地喘了兩口粗氣，縮了縮手指頭，忍著劇痛，踉踉蹌蹌地扶著牆邊，費勁地站了起來。

五臟六腑都像移了位一般，渾身疼痛不堪，但求生的意志還在。季若琴不願意就這麼死在鄭鈺手下，她可還沒有看見鄭鈺跟元道嬰下地獄！

「能站……」她喘了幾口氣，抿了一下嘴角，瞧起來卻像是在抽搐一般，神色可怖。待穩住身子後，她繼續道：「也能走。」

沈蒼雪拍了一下鄭頤的臉，怒道：「睜大眼睛仔細瞧瞧，妳那好母親陰毒到這個地步，妳看了不覺得愧疚嗎？」

鄭頤全然忘記反應，她飛快地看了季若琴一眼，嚇得移開視線，不敢再多看。

其實鄭頤一直知道母親行事有些偏頗，但是母親從不在她面前處置下人，在她面前，母親向來溫柔且強大，可這段時間發生的一切，已經徹底打碎了她對母親的全部印象。假的，都是假的。母親為了躲過別人的猜疑，甚至將她丟進這恐怖的地方，不聞不問。一瞬間，鄭頤感覺自己的世界整個變得灰暗。

沈蒼雪跟季若琴可沒有她這傷春悲秋的勁，這兒是鄭鈺的地盤，她們想逃，只有挾持鄭頤，方有一線生機。

季若琴雖然步履維艱，但咬咬牙還能走，沈蒼雪挾著人質在前開道，季若琴在背後為她盯梢。

兩人一前一後，為的就是防止其他人反撲，若是鄭頤被他們搶走了的話，她們今日就真的死無葬身之地了。

走過昏暗的林間長道，幾個人眼前終於豁然開朗。

沈蒼雪飛快地觀察了一下四周，兩側都是高山，想來離長元寺並不太遠。

不知道鄭鈺策劃了多久……方才她們被關押在一處廢棄的舊屋，地方不大，但是容納她們卻綽綽有餘。若不是早有準備，怎麼知道那裡有地方能關人？

剛打量完，幕後之人便現身了。

鄭鈺原本不打算露面的，等折磨夠那兩人再殺了便是。她大可以做得神不知、鬼不覺，還能藉著女兒也失蹤輕鬆洗刷嫌疑，可鄭鈺沒想到派出去的人如此不頂用，不僅沒能要了季若琴的命，還將她的女兒也搭了進去。

心急之下，鄭鈺馬不停蹄地趕了過來。

待看到女兒，鄭鈺頓時怒火中燒，恨不得將沈蒼雪給生吞活剝。她放在手掌心、視若珍寶的女兒，竟然流了這麼多血！

早知如此，就該先解決掉沈蒼雪！

「果然是妳。」季若琴緊緊攥著雙拳，關節咯咯作響，血液順著她的指尖流到了地上。復仇的慾望剝奪了所剩不多的理智，季若琴甚至感受不到軀體上傳來的疼痛。

她恨鄭鈺，是她跟元道嬰毀了她本該順遂平安的一生。「鄭鈺，妳作惡多端，如今更拿自己親生女兒做筏子，妳就不怕遭天譴嗎？」

鄭鈺的目光一片冰涼。「沒權沒勢的人，才會指望所謂的天譴。」

「妳當真狠毒！」

「彼此彼此，妳不是也對著成親多年的丈夫下手嗎？為了洩憤，不惜毀了他經營許久的一切。季若琴，妳也不比我心軟多少。」鄭鈺不願同她再囉嗦，直接道：「速速放了頤兒，本宮可以既往不咎，放妳們一條生路。」

「妳當我們都是傻子嗎，沒了她，我們還能活著回去？」沈蒼雪死死地扣著鄭頤，這是她們唯一的籌碼，可不能放，她同鄭鈺談條件。「馬上安排一駕馬車。」

「本宮若不願呢？」

沈蒼雪凝神注視她片刻，忽然將金簪移到鄭頤眼前，語氣平靜到像是在討論今日吃什麼一般。「長公主殿下不希望這雙眼眸從此失明吧？」

金簪與眼珠正對著，近到只要往前一分，便能刺瞎鄭頤的眼睛。

「不要……」鄭頤身子不停地往後縮，高聲呼救。「母親，救我！我怕！」

她不老實，沈蒼雪也擔心扣不住她會給對方可乘之機，心道對不起了，直接一簪刺進鄭頤的小臂處。

鄭鈺雙目猩紅，吼道：「沈蒼雪，妳找死！」

沈蒼雪不為所動。「若再不備好馬車，您這嬌滴滴的女兒就得步上黃泉了。」

兩人對峙，鄭頤成了砧板上的魚，只能任人宰割。

沈蒼雪將簪子繼續往鄭頤的肉裡戳，她從未害過人，如今為了自己與季若琴的性命，完全拋開了負擔。

聽著鄭頤的痛呼，沈蒼雪對著鄭鈺道：「長公主殿下，您多猶豫一下，妳的寶貝女兒便多疼一分。」

良久，鄭鈺終究先退了一步。「來人，給她們備一輛馬車。」

沒多久，馬車便備好了。鄭鈺的人要駕車，季若琴卻先他一步上了馬車，坐在前頭掌著轡繩。

鄭鈺看著她那雙血淋林的手，嘲諷道：「這麼多年養出來的容忍度，就是跟別人不同。」

季若琴沒搭理鄭鈺，口舌之爭占上風並無用處。雖然她已在倒下的邊緣，但還是不願讓鄭鈺的人過來駕馬，她害怕路上出亂子。

她們的機會不多，她跟沈蒼雪對這一帶人生地不熟，能否順利逃生，就要看鄭鈺對這個女兒有幾分疼愛了。

沈蒼雪押著鄭頤上了馬車後，見季若琴身形不穩地牽著轡繩，不免擔憂道：「您的手……能駕車嗎？」

「不礙事。」與其用鄭鈺的人，將性命交到魔鬼手中，還不如她忍一忍，等到平安返家，便能結束這一切了。

季若琴沒駕過車，不過她精通馬術，很快便能熟練地駕著馬車往前了。

此處是山中，只有一條小道，季若琴別無選擇，只能沿著這條路前進。

她知道鄭鈺仍跟在身後，也知道鄭鈺不會輕易讓她們逃脫，一旦被抓住了，就是死。

拐過長道，季若琴朝裡頭的沈蒼雪道：「看看後面是不是有人？」

沈蒼雪掀開車窗的簾子一瞧，道：「一直跟著。」

「鄭鈺也在？」

「在。」

兩人心裡都壓著一塊巨石。鄭鈺敢這樣光明正大地跟在後面，必有後招，而且鄭鈺完全不怕她們回去之後告狀。

這裡都是鄭鈺的人，鄭鈺的女兒還跟著她們一道遇難，不管怎麼說都不會有人相信。況且當今聖上袒護鄭鈺，不論是出於親情還是出於利益，只要他還護著鄭鈺，沈蒼雪她們便拿鄭鈺沒辦法。

正因如此，鄭鈺才敢如此行事，是聖上助長了這個毒婦的氣焰。

季若琴發狠道：「若是待會兒出了意外，一定要趁鄭鈺沒抓到我們之前，宰了這個孽種。」

鄭頤一聽，身子縮了一下，瑟瑟發抖。

她想說自己是無辜的，可是眼下這個情況，她說這種話根本沒說服力。

季若琴一語成讖，沒過多久，鄭鈺便動了手。

剛出了山林，眼前變成一片曠野，路邊兩側全是草地。

季若琴正駕車疾馳，身側忽然飛出一支冷箭，正中馬蹄，馬車瞬間失控。

沈蒼雪跟鄭頤被甩出車廂，摔到一旁的草地上；季若琴也從車上摔下來，她艱難地從地上爬起身，回頭看了一眼。

兩側的人已經包夾過來，鄭鈺在不遠處，高傲地坐在馬上，輕蔑地望著她們。左右是已搭好弓的弓箭手，只要她開口，季若琴便會死無葬身之地。

反正都是死，死前也要讓鄭鈺後悔！

季若琴拿起沈蒼雪落在地上的金簪，忘記腿上傳來的痛楚，全力奔向鄭頤，使出全身的力氣，打算狠狠刺下去。

鄭鈺目眥盡裂道：「快放箭，殺了季若琴！」

一支箭劃破了長空，迅速朝季若琴的胸口襲去。

千鈞一髮之際，另一邊飛來一支箭，恰好撞上那支箭，導致那箭偏離方向，直挺挺地插進地裡。

季若琴見狀，高高地抬起手，用力一刺，將金簪扎進鄭頤的胸口。既然律法沒辦法整治鄭鈺，那麼讓她失去女兒，無疑是最好的抉擇。

鮮血染紅了季若琴的臉，也刺激了鄭鈺的心神，她不由自主地下了馬，一臉的不敢置信。

過了一會兒，鄭鈺才回過神，揪著身邊的侍衛大吼。「給我殺了季若琴！」

侍衛被嚇住，半晌才僵硬地轉過身喊道：「速速放箭！」

弓箭手正要放箭，卻見四周忽然跳出不少裝備整齊的護衛軍，一上來便與鄭鈺的人馬廝殺起來。

鄭鈺被這變故嚇得一愣，不敢靠近季若琴，更別說去救自己的女兒。

她見人越來越多，以為這是季家或是趙家請過來的救兵，暗暗後悔自己今日魯莽，竟然在季若琴面前現身。

鄭鈺生怕自己暴露在人前，趕忙爬上馬準備逃離，不料有人朝她那匹馬的腿上放了一箭。

馬兒受驚癲狂，將鄭鈺給甩了下來，鄭鈺身邊的侍衛及時扶住她，並未讓她真摔著。

此刻的鄭鈺慌了神。這支箭的力道跟準頭，不像是尋常人家的家丁該有的。

她正設法逃脫，忽然瞥見一個不該存在的人，手持長弓，正對著她的方向。這是……定遠侯府那個早死的小崽子？

鄭鈺瞪大雙目，錯愕地望著突然出現在此的聞西陵。

怎麼會呢？聞西陵怎麼沒死?!

鄭鈺抓住侍衛問道：「那是定遠侯府家的小子是不是？」

侍衛定睛一看，神色凝重地點了點頭道：「就是他。」

定遠侯府的父子倆，化成灰，他們都認識。

聞西陵放完冷箭後只是淡淡瞥了鄭鈺一眼，接著便搜尋起沈蒼雪的蹤跡。他飛身趕到沈蒼雪跟前，一把將她從草地上抱起來。

沈蒼雪咳了幾聲，虛弱地靠在聞西陵懷裡。

再次見到他，沈蒼雪亦是十分驚訝，一時之間忘了自己身上的疼痛，緩了緩才問道：「你怎麼知道我在這兒？」

「吳兆帶著我找來的。」聞西陵說完，仔細地審視起了沈蒼雪。見她一手的血，他以為那是她流的，一時慌亂起來。「妳怎麼——」

沈蒼雪見聞西陵呼吸漸重，立刻回握住他的手，語氣鎮定。「別急，這是別人的血，我雖挨了一棍子，卻沒大傷，幸虧你來得及時，否則我們今日必定葬身於此。」

「別人的血？鄭頤？」聞西陵回過神，低頭看向周圍。

季若琴剛才握著的那根金簪還插在鄭頤胸口。

鄭頤緊閉雙眼，直挺挺地躺在地上，胸口還在往外滲血，也不知是死是活。

聞西陵冷哼一聲道：「死有餘辜。」

他可沒忘記沈蒼雪被他們一家人牽連謀害的仇。

沈蒼雪注意到季若琴刺的是右胸，鄭頤多半是疼暈過去罷了。

鄭頤被她刺了幾下，又被季若琴重重地刺了一回，這姑娘實在被她母親連累得厲害。

季若琴坐在鄭頤身邊，看著她那毫無血色的臉，只覺得一陣痛快。她知道鄭頤並未做過惡事，今日也算無辜，可鄭鈺欺辱她至此，將她折磨得不成人形，她做不到毫不遷怒。

她季若琴並非聖人，剛才沒直接扎進鄭頤的心臟，是她最後的仁慈。原本她想弄瞎鄭頤的雙目，留給鄭鈺一個瞎子女兒，可如今得救，她便不想再髒了自己的手。

吳兆過去扶起季若琴，不過季若琴即便站得起來，腳也沒了力氣。

待吳兆看了看，便發現她這雙手的指頭皮肉都散了，腿上還有一道半臂長的傷口。手肯定要廢，但是腿還保得住。

吳兆向聞西陵稟報道：「世子爺，這位夫人得立即就醫。」

沈蒼雪先一步道：「速將季夫人送去醫館醫治，這裡交給我們。」

吳兆立刻抱起季若琴上馬，一路飛奔離開。

聞西陵這回帶過來的人都是上過戰場、能夠以一抵十的護衛。鄭鈺那點人手只能對付沈蒼雪與季若琴這般弱質女流，在聞西陵他們面前根本無力招架。沒多久，鄭鈺一干人等便全都被制伏。

鄭鈺一個養尊處優的長公主，平日被人捧慣了，頭一次遇上這樣憋屈的事，一邊掙扎還一邊威脅。「敢動本朝長公主？誰給你們的膽子?!」

聞西陵將沈蒼雪護在身邊，回道：「公然綁架朝廷郡主和季家大姑奶奶，又在長元寺煽動人群前進，以至於傷及許多無辜者，鄭鈺，又是誰給妳這個膽子的？」

鄭鈺嘴硬。「不是本宮做的，本宮不過是恰巧經過此處。」

「是非功過，留給聖上與朝臣們評斷吧！」聞西陵說著，讓屬下將鄭鈺等人帶走，隨他進宮面聖。

鄭鈺還在強調自己的「長公主」身分，然而經過鄭頤身邊時，又忽然想起自己是個母親，讓聞西陵速速將她女兒帶去醫館救治。

關心則亂，鄭鈺以為女兒凶多吉少，威脅道：「本宮的女兒若是有半點差池，必讓你們跟著一塊兒陪葬！」

聞西陵無視她的叫囂，沈蒼雪則淡淡說道：「妳還是自己跟著一塊兒陪葬吧。」

第六十章　步步進逼

鄭鈺咬牙切齒，從牙縫裡擠出幾個字。「沈蒼雪，妳真是好樣的！」

「比不得長公主殿下運籌帷幄。不過，您既然已經當了俘虜，還是聽話一點好，省得我一時氣上心頭，半路上就把您給殺了洩憤。」

「妳敢?!」

沈蒼雪走近，自上而下掃了鄭鈺一眼。高高在上的長公主，現在卻被人按著趴在地上，所謂的權勢滔天，其實也不過如此。

她冷冷一笑道：「您猜我敢不敢？」

鄭鈺不禁心頭一顫。此處是荒郊野嶺，方便殺人也便於埋屍。大抵是真的害怕自己會被棄屍荒野，鄭鈺選擇保住她那顆高貴的頭顱。

沈蒼雪的嘴角浮起一絲嘲弄。她還以為鄭鈺天不怕地不怕呢，原來也怕死啊。

眾人掉頭回京。鄭鈺擔憂女兒，執意讓聞西陵先帶人去醫館，聞西陵卻沒這副好心腸。他的人裡面有位隨軍的大夫，大夫為鄭頤簡單止血、說無性命之憂後，聞西陵便沒管了，任憑鄭鈺如何咆哮，他都充耳不聞。

鄭鈺失控，不光是擔心女兒，更是被聞西陵的突然出現給攪得心神不寧。

這麼久以來，鄭鈺早就以為聞西陵已死，聞家後繼無人了。正因如此，她對皇后跟太子的態度才會越來越放肆，可聞西陵卻安然無恙地回來了，更重要的是……

鄭鈺抬頭看向前面同乘一騎的兩人。更重要的是，沈蒼雪竟跟聞西陵攪和在一塊兒，他們莫非早就相識？聞西陵又在背後做了什麼？

此刻的鄭鈺，腦子如同一團亂麻。

而被她盯著的沈蒼雪推了一下聞西陵，道：「我還以為你會直接殺了她。」

聞西陵心不在焉地小聲回道：「狗皇帝對這個一母同胞的親妹妹很愛護，她若死了，狗皇帝哪怕沒證據，也會疑心聞家。聞家清清白白的，沒必要為了一個惡毒婦人髒了名聲。」

沈蒼雪覺得可惜。「多好的機會啊。」

聞西陵沒回答，他一手握著韁繩，一手虛扶著沈蒼雪的腰身，怕她摔馬。身前之人的腰不盈一握，聞西陵不敢收緊手，怕被沈蒼雪注意到，又不敢放鬆，怕她坐不穩會摔下去，可謂左右為難、備感折磨。

耳邊響起了沈蒼雪的碎碎念。「也不知道這回聖上會不會發落了鄭鈺。」

不會。聞西陵自認能掌握鄭頲的心思，他可肯定，鄭頲只會給鄭鈺一個不輕不重的懲罰罷了。

季若琴被吳兆送去醫館後，吳兆便通知了季家人。沒多久，醫館周圍便站滿了人，季家跟趙家人都趕了過來，隨行的還有許多今日在長元寺受了驚的女眷。

當季老夫人看到渾身上下都是傷的女兒時，當場痛哭。

趙月紛跟趙老夫人也不忍見此慘狀，可她們更擔心沈蒼雪的安危，連忙向吳兆打聽她的下落。

吳兆同他們解釋了前因後果，又說沈蒼雪已獲救，只怕正要入宮申冤。

「自當申冤！」季老夫人放下女兒的手，猛然起身，語氣冷冽。「受萬民供養的長公主殿下竟然如此蛇蠍心腸、十惡不赦，她膽敢傷我女兒至此，老身便是拚了這條命，也得給我季家討一個公道！」

趙月紛見大夥兒露出憤慨的表情，便加油添醋道：「林家跟趙家也不會放過這個毒婦！這樣的人，就該繩之以法！」

季若琴的遭遇讓人們心疼，趙月紛的話更點燃了大家的怒火。

於是，本來只有聞西陵帶著沈蒼雪入宮，演變成季家、趙家帶頭，攜眾人在皇宮門前跪著請願，要求嚴懲鄭鈺、還受害者公道的局面。

鄭頙才剛得知聞西陵帶著沈蒼雪前來告鄭鈺的狀，後腳便又聽聞不少高官家眷跪在宮門外頭，逼他下決斷。

接二連三的事情令鄭頙氣得發抖。「這個鄭鈺真是成事不足、敗事有餘！」她幾時變得這麼沈不住氣了？還被聞家的人捉到！

倘若只有聞西陵跟沈蒼雪，此事尚且能私下了結，可如今這麼多朝臣親眷結伴跪於宮門前，若不狠心處置鄭鈺，不僅難以服眾，更平息不了眼下的民憤。

然而，聞西陵已經展露於人前，聞家儼然勢不可擋。元道嬰幾乎廢了，到現在還不能上朝，若是再折了一個鄭鈺，朝中便再無人能平衡聞家的勢力了。他這個皇帝，也得屈居於皇后之下。

短短幾息之間，鄭頲心中已百轉千迴。他轉身往龍椅上一坐，對身邊的蘇公公說：「將定遠侯世子同長公主帶進來，再派人去宮外勸那些夫人跟小姐們先回府休息，長公主一事，待朕調查清楚後，自會給她們一個交代。」

蘇公公正要領命，又聽聖上道：「將皇后跟賢妃也請過來吧。」

他說話的聲音並不高，但字字清晰，提到皇后時，語氣別有一番意味，聽不出是喜還是怒。

蘇公公退下去傳話了。

沒多久，聞訊趕來的聞芷嫣同直衝皇宮的聞西陵一群人碰上了。

見到聞西陵，聞芷嫣有一瞬間的遲疑。「聖上交代你的事辦妥了嗎？」

聞西陵點了點頭。

他這回出京，是主動攬了一樁差事——替鄭頲調查境外的一樁貪污案。不過這貪污案不是聞西陵親自調查的，而是有人代勞，他不過藉著這個由頭做自己的事罷了。

鄭鈺本來一臉不屑地跟在聞西陵身後，聽到這姊弟兩人的談話，頓覺不妙。

原來皇兄早就知道聞西陵沒死，合著他們三人才是正經的一家人，只提防她一個？皇兄交代聞西陵做事，難道是為了對付她？鄭鈺瞬間警戒起來。

一入大殿，鄭鈺見鄭頤臉色陰沈，更覺得他們三人私底下已經達成共識，欲將她除之而後快。

為今之計，只有主動認錯了。鄭鈺立刻跪了下去，跪得毫不猶豫，連鄭頤都被她給跪懵了。

他們兩人關係親暱，鄭頤從未讓鄭鈺跪過他，哪怕他是一國之君、天下之主。

這乾脆求饒的態度，是在場所有人未曾預料到的，沈蒼雪等人本來還以為鄭鈺會死不認罪，不想鄭鈺下一刻便認了。「皇兄恕罪，泰安特來領罰。」

鄭頤用眼神巡了一圈，將眾人的神色盡收眼底，目光最終落在後方的擔架上。那上面躺著的，不是鄭頤嗎？

他問：「究竟是怎麼一回事，還不從實招來？」

「皇兄，是泰安鬼迷心竅，因憎恨元道嬰前妻出言不遜，在外散播流言蜚語詆毀臣妹名聲，這才差人綁了她，想給她些苦頭嘗嘗。」

這麼輕飄飄的就想揭過去了？沈蒼雪可不答應！「即使同季夫人交惡，又為何綁了小女去，還要害小女性命？」

鄭鈺神色微滯，但片刻間就想好了說辭。「原本只想抓季若琴的，不想他們抓錯了人，將妳也抓過去了。」

沈蒼雪被她的無賴給氣笑了。「長公主殿下覺得這樣的鬼話能服眾？」

「信不信由你們，反正事實如此，況且妳如今還好好地站在這兒，本宮若真的鐵了心要妳性命，只怕妳早就死了。」

聞西陵冷冷地開口道：「長公主殿下如此顛倒黑白，是覺得微臣同一眾侍衛都是睜眼瞎子不成？方才在山腳下，您故意弄翻季夫人的馬車，意圖殺人滅口一事，隻字不提？」

鄭鈺索性無賴到底。「吵什麼，她們不是沒出事嗎？」

說起這個，鄭鈺還有話要講，她哭著求鄭頲給她作主。「臣妹不過是嚇唬嚇唬她們罷了，並未真的動刀，可城陽郡主跟季夫人卻是實打實的瘋子。她們竟然綁架了頤兒，還將她傷成如今這般模樣！

「路上臣妹讓他們帶頤兒去醫館醫治，誰知這些人個個是鐵石心腸，恨不得親眼看著頤兒身亡。可憐臣妹的頤兒，她天真懵懂、從未害過一個人，她們怎麼下得了手？」

她一邊說，一邊啼哭不止。

鄭頲被她哭煩了，隨手招來內侍道：「將鄭小姐抬去偏殿，速請太醫醫治。」

聽到這句話，鄭鈺才止了哭聲，可依舊楚楚可憐，彷彿她才是受害者。

眾人冷眼看著她唱了齣戲，這顛倒是非黑白、胡攪蠻纏的功力，堪稱一絕。

沈蒼雪實在忍不了，她上前指著鄭鈺的鼻子一頓痛罵。「其一，鄭頤是被您關進去的，您為了擺脫嫌疑，不顧自己女兒的安危。別說她僥倖逃生，便是她丟了性命，也是您咎由自取，怨不得旁人。

「其二，您派人擾亂佛門淨地，惡意設計踩踏事件，致使數十人受傷，更有三人至今昏迷不醒，那些被您傷害的人又做錯了什麼？

「其三，您心思歹毒，先後綁架小女與季夫人，更在我們脫險之際起了殺心，若非聞世子及時趕到，我們早成了您的刀下亡魂。任憑您如何狡辯，殺人未遂的罪名都逃不掉。

「您身為一國長公主，上不能安社稷，下不能撫民心，做盡了丟人現眼的窩囊事，害得皇室顏面盡失，小女若是您，早就一頭撞死在殿上，免得來日受千夫所指！」

沈蒼雪罵完，大殿之上頓時落針可聞，只剩下她痛罵過後的餘音在殿內繚繞。

鄭頤原本便惱怒得很，聽完沈蒼雪的控訴，更覺得顏面無光。

聞西陵、聞芷嫣都跟沈蒼雪同仇敵愾，唯有賢妃葉憐雨擔憂地看著鄭鈺。她與鄭鈺有血緣關係，自從她生了四皇子之後，鄭鈺便傾盡全力支持他們母子，現在鄭鈺落難，葉憐雨當然緊張。

她生怕鄭鈺因為此事而一蹶不振，到時候她跟四皇子能拿什麼跟聞家對抗？

鄭鈺被罵傻了，待她反應過來後便怒火中燒，也不顧禮儀，伸手便要掌摑沈蒼雪，一如她之前對待季若琴一般。

巴掌高高地抬起，結果還沒落下，便被人一把握住了手腕。

鄭鈺掙扎著卻動不了，憤怒地瞪著聞西陵道：「放肆，給本宮放下！」

聞西陵甩開鄭鈺的手腕，讓她往後退了幾步，嘲諷道：「聖上還在上面坐著，不過一個長公主，也敢在聖上面前談『放肆』？」

說完，聞西陵朝鄭頙拱手道：「聖上，長公主殿下意圖謀害季夫人與城陽郡主性命是不爭的事實，今日在場之人皆能作證。若您不信，可差人嚴審長公主殿下所帶侍衛。此事影響甚深，還望聖上務必嚴懲，還眾人一個交代！」

聽到聞西陵企圖左右鄭頙的心思，鄭鈺顧不上教訓沈蒼雪，忙道：「皇兄，臣妹無意害人性命，不過是想給她們些苦頭吃罷了。」

鄭頙又不是傻子，豈會信這些？可他不得不保住鄭鈺。

正待開口，外頭忽然來了幾位公公，直接進入大殿，跪著討罰。方才聖上交代的事，他們不僅沒能完成，反而激發了矛盾。

蘇公公說道：「聖上，季老夫人等人執意跪在宮門外，如何勸說都不肯回。聽說長公主殿下已經進了宮，她們也想同長公主殿下當面對質，還說……」

鄭頙見不得蘇公公這欲言又止的模樣，怒道：「直說就是！」

「還說，若是聖上不忍見長公主殿下受罪，就交給天下人來審。季老夫人更說要將自家女兒抬到宮門外，讓百姓都來見一見長公主殿下的惡行。」

「她這是要噁心誰？」鄭鈺勃然大怒。「本宮的頤兒還被她們害得躺在床上，本宮沒向她們問罪，她們反倒來逼本宮？」

蘇公公完全沒理會鄭鈺，小心翼翼地說：「如今各處官衙散了職，聽說有不少大人已經得了消息，正往宮門外頭趕。」

龍椅上的鄭頙揉了揉眉心，知道這件事徹底壓不住了。若到時百官奏請誅殺鄭鈺，他不殺都不行……不，絕不能讓事態惡化！

鄭頙當機立斷道：「告訴宮外那些人，長公主交由大理寺審。」

「皇兄！」鄭鈺急了。大理寺卿夫人正是沈蒼雪的姨母，趙月紛若是吹一吹枕邊風，林度遠哪可能對她網開一面？想也知道不可能！

鄭頙板著臉道：「此事已定，莫要再提。來人，將長公主帶去大理寺，交由林大人問責。」

很快的，鄭鈺雙手被扣住，往殿外拖了出去。不過她離開之前，還來得及朝葉憐雨遞了一個眼神。

葉憐雨心頭直跳，瞥了聖上的神色一眼。雖說聖上動了怒，但更多的是嫌棄鄭鈺無用，並非真的放任她不管。

至於她自己，更要救鄭鈺，畢竟鄭鈺一倒，她們母子就沒依靠了。

如今能救鄭鈺的，葉憐雨頭一個便想到了元道嬰。

鄭頲不得不發落自己的親妹妹，心裡非但不好受，對聞家的忌憚又加深了一層。今日之事巧得出奇，難保不是聞家下了套，鄭鈺自己往裡頭鑽。

即便這件事是鄭鈺主導，他也認定聞西陵早有預備，否則沈蒼雪跟季若琴怎麼可能逃得掉。

此刻的聞西陵，確實正等著鄭鈺跟元道嬰出手。

即便他們乖乖等著大理寺審理，什麼都不做，聞西陵也不會讓這件事輕易被蓋過。他籌謀了許久，巴不得鄭鈺不惜一切代價自救，最好是破釜沈舟、孤注一擲，才方便他一網打盡。

鄭鈺被帶走之後，聞芷嫣有心安慰鄭頲兩句，可他興致不高，對聞芷嫣的關切也是敷衍了事。

聞西陵將一切看在眼中，深感失望。

狗皇帝解毒之後，剛開始還有心振作，可後來做的事卻一件比一件離譜。聞西陵有時候甚至會想，當初是不是就不該救這狗皇帝，任由鄭鈺毒死他。那會兒賢妃可沒有四皇子，太子即位名正言順，哪怕鄭鈺還能囂張，可聞家卻對付得了她，不像現在，要被這兄妹兩人聯手膈應。

聞西陵牽起沈蒼雪的手道：「走吧，我們出宮。」

見聞芷嫣的神色落寞，沈蒼雪注視了她一會兒，等出了大殿後才悄悄同聞西陵道：「皇后娘娘似乎很傷心。」

「她傷心的地方可多了，這件事旁人勸說沒用，得由她自己領悟。」

「我看皇后娘娘似乎對陛下用情很深。」

聞西陵揚起嘴角，笑意帶著顯而易見的嘲諷。「那是從前，如今再深的感情也被磨平了。他現下有賢妃，還有新的皇子，一顆真心都奉給他們，哪有空管皇后與太子的死活？男人就是這般，情深時恩愛不移，情淡後棄若敝屣。」

沈蒼雪認真地點了點頭道：「你說得對！」

聞西陵忽然反應過來自己說了什麼，連忙補救。「我不是那樣的。」

「什麼？」沈蒼雪眨了眨眼睛。

聞西陵臉上燒得燙，眼睛直直看著前方，有些費力地解釋。「我不會同他那樣見異思遷。」

沈蒼雪一怔，旋即看向兩人交握的手，會心一笑。

這人真的有點傻，不過還好，傻得讓人安心。

宮門外，那一票夫人還未離開，不僅她們沒走，這裡聚集的人還越來越多，縱有內侍再三解釋，眾人也不信皇家會秉公處理。

前一次季若琴同元道嬰和離一事，已經消耗了大夥兒對皇家的信任，這回鄭鈺又作惡，他們下意識覺得，聖上照樣會偏袒自己的親妹妹。

直到沈蒼雪同聞西陵露面，他們的焦點才被轉移。

第六十一章　風雨前夕

聞西陵這一現身，教眾人好生驚奇，一時之間都忘了討伐鄭鈺，跑來關心聞西陵，他便拿出早已準備好的說辭——

南下尋藥時遇上了刺客，雖沒丟了性命，但是也元氣大傷。前段時間一直在臨安城休養，最近身子大好才返回京城。今日原本要回定遠侯府，結果途經長元寺附近，剛好碰到鄭鈺想殺人，便出手救下了沈蒼雪跟季若琴。

對這個說法，不少人心中存疑，不過聞西陵能死裡逃生是件好事，定遠侯府後繼有人，往後朝廷也能多一員猛將。

聞西陵這邊圍得裡三層、外三層，水洩不通，沈蒼雪那邊也不遑多讓，趙家跟季家人第一時間過來確認她的安危。

沈蒼雪怕她們擔心，連忙道：「放心好了，我沒事，真的沒事，只是被抓的時候腦袋上挨了一棒。」

趙月紛摸著沈蒼雪的頭，著急道：「鄭鈺沒對妳下狠手？」

「她是想動手沒錯，不過被我看穿了，趁亂抓了鄭頤當人質，用她威脅鄭鈺放我們下山，隨後又遇上聞世子，這才得救。」

沈蒼雪說完，見季老夫人愁容滿面，想起季若琴的傷勢，有些擔憂地問道：「季夫人現在是什麼情況？」

季老夫人飛快低下頭，眼中閃過一抹恨意。「大夫已瞧過，她的雙手只怕是廢了，臉上也留了疤，腿倒是還保得住。」

趙老夫人跟著嘆氣，趙月紛更罵道：「鄭鈺實在是蛇蠍心腸！」

沈蒼雪安慰道：「所幸這個案子移交到了大理寺，只要大理寺秉公執法，季夫人的罪便不會白受。」

聞言，眾人卻靜默不語，心中越發沈重，就連趙月紛都不敢說大理寺一定會鐵面無私、秉公處理。

這天下說到底還是聖上的，他若想保一個人，別說大理寺了，就是三省六部、九寺五監加在一塊兒，也沒辦法對鄭鈺施以重刑。

不過季老夫人顯然是跟鄭鈺不死不休了，發了狠話。「老身便是拚了這條性命，也要從她身上撕下幾塊肉。」

季老夫人恨意難消，卻沒忘了眼前的恩人。

眾人散去之後，季老夫人攜一家老小拜謝聞西陵的救命之恩。今日她女兒能死裡逃生，不是老天有眼，是因恩人相助。

季老夫人道：「救命之恩，季家上下沒齒難忘，今後必當結草銜環，以報恩情。」

聞西陵趕緊將季老夫人扶起來，他沒接下這句話，只壓低聲音說了一句。「季老夫人所願，也是聞家所求。」

季老夫人先是詫異地看了聞西陵一眼，接著又點了點頭。之前傳言都說聞世子失蹤乃是鄭鈺所為，若真是如此，也不難理解他的態度。

聰明人說話，向來都是點到為止。

不過片刻，季老夫人已下定了決心，不管聞家想對鄭鈺做什麼，季家都會傾盡全力支持。放眼整個朝堂，唯一有能力扳倒鄭鈺的，恐怕也只有聞家了。

宮門外，沈蒼雪坐在馬車上同聞西陵揮了揮手，示意改日再見。

車簾落下之後，便瞧見趙月紛不再擔憂，只剩下滿臉的好奇。她湊過來，挨著沈蒼雪道：「老實交代，妳跟聞世子是不是老相識？」

沈蒼雪沒有猶豫便說出了實情。「我確實與他認識，也知道他並非失蹤，只是因為有隱情，不能顯露人前。之前怕誤了他的事，才未曾告知你們。」

「我知道，這些不必解釋。」趙月紛貼心地給沈蒼雪找好了理由。他們跟聞西陵非親非故，就算知道他安然無恙又有什麼用？這點小事，瞞就瞞著吧。

趙月紛不僅不生氣，反而樂觀其成。「怪不得你們倆看著如此親暱。」

沈蒼雪一臉狐疑地問道：「有嗎？」

趙月紛笑了。大概只有這兩個當事人不懂彼此之間的氛圍有多不尋常，明眼人一看便知道他們關係匪淺了。

不過話說回來，這長元寺的籤還真是準呢，今天上午她還在想，籤上說的故人到底是誰？什麼時候才會出現？沒想到轉眼間便有了一齣英雄救美的好戲。

趙月紛歡喜地拍掌道：「這下妳外祖母可不必發愁了。」

沈蒼雪不甚明白地問道：「愁什麼？」

趙月紛笑而不語。她怕沈蒼雪臉皮薄，說開了之後反而不好。

今日沈蒼雪出了事，教趙老夫人差點嚇死，為了安她的心，沈蒼雪在趙家歇了一晚。她累極了，又受了點小傷，回趙家之後讓大夫看過、洗漱了一遍之後，便躺下歇息。

陸府，鄭意濃今天依舊被罰跪祠堂。

早上在長元寺的時候，梅啟芳便看出了她有意「偶遇」長公主，當時雖未發作，可回了府之後便立刻下令，讓鄭意濃去祠堂裡跪著。

鄭意濃跪在那兒還不消停，時刻讓人留意外頭的消息，沒多久便聽說了鄭鈺殺人未遂這件事。

知道沈蒼雪安然無恙地回來，鄭意濃頗為遺憾。「若她能跟季若琴對調一下就好了。」若傷手傷腳的人是沈蒼雪，她就真的沒有後顧之憂了，可惜。

至於元道嬰，他是從管家口中得知此事的，管家憂心忡忡道：「誰知道禮佛竟會招來這樣的厄運。也是長公主殿下忒小氣了，記恨便記恨，怎能隨意傷人性命？聽說季夫人昏迷至今未醒，十根手指頭傷得極重，外頭的人都在罵長公主殿下狠毒，她的名聲算是徹底丟盡了。」

元道嬰放下筆，從案桌後繞了過來，追問道：「長公主殿下如今何在？」

管事不禁在心裡嘀咕。難道不該先問季夫人的情況嗎，怎麼反倒先關心起了長公主？哪怕元府的人過去嫌棄季若琴愛折騰，可得知自家老爺跟長公主的事情後，也替季若琴不值。

不過管家還是一板一眼地回覆。「長公主殿下被關進了大理寺，聖上已經交代了，秉公處理。」

元道嬰眉頭皺得能夾死蒼蠅。

秉公處理？難道聖上真的要捨棄鄭鈺？若鄭鈺不在了，誰替他制衡聞家？

元道嬰這些日子因為流言蜚語而不常出門，連朝都不上了，請長假在家，因而對朝中情況多有疏忽。忽然發生這件事，他竟有些摸不準聖上的心思了。

可元道嬰無法放任鄭鈺不管，他們兩人的牽扯實在太深，一旦鄭鈺失勢，他背地裡的那些動作將會無所遁形。保住鄭鈺，是他唯一的選擇。

元道嬰動作極快，不過一晚上的工夫，便疏通了大理寺的官員。

鄭鈺並不意外，若是元道嬰連這點本事都沒有，她也沒必要留他這麼多年。只是大理寺畢竟人多眼雜，帶話不易，鄭鈺只能長話短說。

「你回去告訴元道嬰，養在北邊的人是時候派上用場了。」

「就這一句？」

鄭鈺掃了他一眼。「行了，就這一句。」

隔天深夜，元府管事在書房外頭給自家老爺守夜，同守的還有一個小廝。

小廝拿坐墊讓管事歇著，又去小廚房端來茶水跟點心，兩人在門外邊吃邊喝，討論起了自家老爺的異常舉止。

「老爺待在書房裡頭有一日了吧？」

「沒一日也有半天。」

管事愁道：「老爺莫不是要想辦法救長公主殿下？」

「救便救唄，如今咱們老爺未娶、長公主殿下未嫁，說不定這一救，還能成就一段姻緣，給咱們府上救出一個女主……」

話還沒說完呢，他便被管事狠狠地拍了一下頭，斥道：「糊塗東西！你知道什麼？咱們家的少爺跟小姐都已經這麼大了，若是來了一個身分尊貴的長公主殿下，他們要如何自處？」

小廝摸了摸腦袋，頂嘴道：「可我覺得，少爺跟小姐不像是會在意這種事的人。」

也對……管事收了手，莫名替前夫人寒心。

他們家這對少爺跟小姐，實在讓人不知該怎麼說才好。出了這樣大的事，換成旁人早就去季家門前守著，將母親的安危擺在前頭。可這兩位被老爺禁止出門之後，便心安理得地守在府上，嘴裡說著如何擔心前夫人，可仍是沒見他們邁出半步，真是一個比一個涼薄。

少爺跟小姐本就同前夫人不親了，若是老爺娶了一個新夫人回來，前夫人同元家就真的徹底斷了聯繫。多年夫妻，一朝成了陌路人，怎不教人唏噓呢？

這兩個人還在閒聊，全然不知被他們牽掛著的老爺心裡在打什麼算盤。

元道嬰猶豫了一整日，最後在得知大理寺將鄭頤牽扯進去之後，終於下定了決心。

鄭頤本就無辜，也跟鄭鈺的諸多謀劃毫無關係，發生這樣的事，對她來說完全是天降橫禍，可大理寺卻不願放過鄭頤，不顧她的身體情況，執意要提審她。

元道嬰素來疼愛這個女兒，不忍心她受苦受難，這才想著要破釜沈舟拚上一回。

他拿出了鄭鈺的手令，找來心腹，叮囑道：「速去代州找知府戴洋，將這封密信交給他，記得速去速回，千萬不得耽誤。」

心腹領命下去。

人走了以後，元道嬰對著書房的燭光愣神許久。

元家世代忠良，到了他這一代，雖與鄭鈺共事，但大多時候都是身不由己，直到此刻才行了這等大逆不道之事，不僅有違良心，更有悖元家祖訓。

其實元道嬰說不清自己究竟是後悔居多，還是害怕居多，只是想著，若是早知會有今日，當初無論如何都不該同鄭鈺有所牽扯。到底是年少輕狂，有了鄭頤之後，他跟鄭鈺便不可避免地被綁在一起，再來一切就一發不可收拾。

若是事成，自然皆大歡喜；若是事敗……元道嬰不敢再往下想了。

漩渦與暗流，隱藏在平靜的外表之下。

聞西陵的「死而復生」在朝中掀起了小小的議論，不過這都沒有鄭鈺在大理寺受審一事引人注目，眾人將目光放在聞家片刻，之後便又盯著大理寺去了。

表面上，這些大臣們一個比一個沈得住氣；背地裡，各方勢力都動了手腳。

鄭鈺經營多年，並不是只有元道嬰這一個幫手，朝中大大小小的官員也網羅了不少。早年間她甚至開辦慈幼堂，資助無數乞丐、孤兒，這一舉動不僅讓泰安長公主的美名在民間傳開來，多年後的今天，那批孤兒長大成人之後，也為鄭鈺增添不小的助力。

有多少人想趁亂將鄭鈺摁死在大理寺，便有多少人想將她從裡頭救出來。

鄭鈺這些日子也受了不少折磨，大理寺卿林度遠同她有舊怨，加上鄭鈺做事一向囂張跋扈，縱然沒有這次的綁架、殺人未遂一案，查起來也有些罪狀。

林度遠現在就想將鄭鈺做過的事情都挖出來，數罪並罰，不信治不了她一個死罪。

鄭鈺在牢中受苦，鄭頲是知道的。

他派人盯著大理寺，一有消息便回稟。大理寺裡也有鄭頲的人，若不是有他護著，以大理寺那些官員的手段，鄭鈺早就被整得不成人形了。案件之所以到現在還沒什麼實際上的進展，也是他讓人暗中出力，保下了鄭鈺。

鄭頲是不滿鄭鈺行事惡毒沒錯，可再怎麼說她都是自己的親妹妹，為了穩固江山，鄭鈺不能死。

賢妃這陣子也時不時地為鄭鈺求情，與皇后唱反調。

這一日，葉憐雨故意當著聞芷嫣的面，陰陽怪氣地對鄭頲說：「皇后娘娘雖說跟您夫妻一體，可到底還是想著聞家多一些，並未設身處地替您著想。長公主殿下同您是血脈至親，您在這世上就她這麼一個親妹妹，便是犯了什麼錯，不過是一時糊塗，小懲大誡也就罷了，何必鬧得這麼厲害？要是傷了兄妹之間的情誼，那可就不好了，皇后娘娘您說是不是？」

聞芷嫣聽多了葉憐雨的冷言冷語，早就習慣漠視她的話，她懶懶地抬起眼眸，回道：「賢妃既然這麼有道理，不如去跟大理寺對峙？」

葉憐雨噘了噘嘴，朝鄭頲道：「聖上，皇后娘娘慣會欺負人。」

鄭頲臉一拉，同聞芷嫣道：「皇后先下去吧，留賢妃伺候便是。」

聞芷嫣毫不遲疑，立刻起身行禮，走得一點都不拖泥帶水。

望著這一幕，鄭頲覺得有些淡淡的違和。從前的皇后，絕不會對他跟賢妃獨處一室這般無動於衷，甚至偶爾還會說幾句醋話，從什麼時候開始，皇后對他跟賢妃完全不在意了呢？他該褒獎皇后的大度，還是該責怪她的冷漠？

葉憐雨嬌滴滴地靠過來道：「皇后娘娘都走了，您還在看什麼呢？」

鄭頙攬著她的肩頭道：「皇后似乎變了。」

葉憐雨捂嘴笑了笑，說道：「聞世子死而復生，皇后娘娘一顆心估計都撲在了聞家上，這才讓您覺得她變了。」

「是嗎……」鄭頙神情恍惚，不太認同她的說法。

賢妃不知道聞西陵並不是近日才死而復生的，他早就回京了。

皇后會有這番變化，是否代表著聞家已經對他不滿了？

又過了幾日，審問鄭鈺一事依舊沒有進展。

一邊有人要保她，一邊有人要她好看，兩方博奕的過程拖得綿長，鄭鈺在牢裡也過得越來越煩躁。

所幸，這一天她終於等到了元道嬰的回音。

成了，要有動作了！

鄭鈺一掃這些日子的怨氣，縱然被折騰得消瘦虛弱，精神卻瞬間恢復，臉上也有了光彩。

她豢養的私兵即將抵達京城，不出意外的話，明日便能占領京城，反了朝廷。京城各處的守衛配置，鄭鈺一清二楚，不僅僅是她，元道嬰也知曉。只要她挨過這一日，便能逆天改命了。

聞家、季若琴、沈蒼雪，還有她的好皇兄，加上朝中那些不知好歹的臣子，等明日一過，她都會逐個清算！

京城的波詭雲譎，沈蒼雪未曾深想，可她這該死的第六感依舊準得可怕。

傍晚時分，沈蒼雪的右眼皮又跳了起來。

她的院子裡多了好些人，看得見的是聞西陵送過來的吳兆，看不見的是躲在府上的數十名侍衛。

聞西陵沒明說，可沈蒼雪有了猜測。她叫來吳兆，問道：「現在方便見你們家世子爺嗎？」

吳兆猶豫了一下，隨即道：「我派人去問，若是世子爺得空，我便親自護送您過去。」

「好。」

沈蒼雪望著天邊的血色晚霞，心知要發生大事了。興許，她可以利用這一點，助鄭意濃一臂之力。

她不是喜歡依附鄭鈺嗎？那就依附個徹底吧。

約莫一個多時辰之後，沈蒼雪才等到了聞西陵。原是想著她去找聞西陵，結果聞西陵自個兒來了，約她在後角門處相見。

沈蒼雪拎著今日下午燉好的魚湯便過去了。

畢竟是在林府，趙月紛雖然不怎麼過問沈蒼雪的動向，但她可是當家主母，家中大小事，都難逃她的法眼。

若換成別人如此唐突，趙月紛早把他給打出去了，可這人是聞世子，不僅同蒼雪是舊相識，還救過她的命。這兩人待在一起時總有股說不清、道不明的味道，趙月紛非但不反對他們兩人私下相處，甚至還想撮合撮合。

「只管讓他們見面就是了，別讓其他人打擾，晚上若是有人要出去，走別的門。」趙月紛吩咐下人道。

第六十二章　帶兵謀反

沈蒼雪很快就發現，今天的後角門處格外安靜，竟無一人經過。

聞西陵美滋滋地喝完魚湯後，頓時通體舒暢。「自回京之後，就再沒有喝過這麼好喝的湯了。」

沈蒼雪見他喝得有些急，幾次讓他慢一些都不行，如今這碗裡頭的魚湯更是被喝得乾乾淨淨，便問：「你今日怕不是沒用飯？」

「忙了一天，是沒怎麼用。」

聽到聞西陵難得有閒暇的時候，卻還被她叫過來，沈蒼雪不禁有些愧疚。

聞西陵卻甘之如飴，他將碗筷放到食盒裡頭，自顧自地交代道：「鄭鈺的人手已駐紮在京外，最遲明日、最早今晚怕是會有動作，到時我忙著外頭的事，未必能顧及妳，妳在林府好生待著，不管聽到什麼、見到什麼，都不要信，也不要管，吳兆他們會護好你們的。」

沈蒼雪心頭一揪，脫口便問：「很危險嗎？」

聞西陵見她關心自己，拚命忍住上揚的嘴角，但是微微翹起的唇角還是洩漏了他的心思。他咳了一聲，正經道：「不危險，一切都打點好了。」

等到完全處理掉鄭鈺之後，有些事，也該給自己一個交代了。聞西陵轉過頭，深深地看了沈蒼雪一眼。

沈蒼雪低著頭未曾發覺，內心仍是不安。

鄭鈺跟元道嬰既然敢篡位，人手肯定是足夠的，聞家雖也厲害，但是兵戎相見，刀劍無眼，誰知道會發生什麼事呢？

這樣危險的當頭，她還要為鄭意濃的事煩他，真不應該。

聞西陵恰好問到這一點。「吳兆說妳有事要問我，似乎是關於鄭意濃的，她又怎麼了？」

沈蒼雪糾結著要不要說，並未開口。

兩個人並肩坐在老樹椿上，聞西陵用膝蓋碰了碰她，道：「咱們之間還用得著如此扭捏？她若是得罪妳，我現在就把她拎出來，讓妳打一頓出氣。」

「別鬧。」沈蒼雪搥了他的膝蓋一下。

聞西陵忍不住笑了。

沈蒼雪抿了抿嘴，還是說了。「我之前便發現，鄭意濃對鄭鈺格外信任，似乎已經篤定鄭鈺能力壓聖上，成為最後的贏家。倘若她知道鄭鈺即將起事，依她的性子，必定會賭上一把。」

聞西陵聽罷，便什麼都明白了。「多她一個也無妨，莫說是她了，便是整個陸家跟汝陽王府加在一塊兒，也不值什麼。」

「真的不會有影響嗎？」

「妳太小瞧聞家了。」聞西陵再次安她的心。「這件事我來處理，妳好好在林府等好消息就是了。」

沈蒼雪仰頭看著他，道：「多謝。」

聞西陵握了握她的手，一切盡在不言中。

如今聞家內外之事繁多，聞西陵匆匆地見了沈蒼雪一面便要回去。

聞西陵出門時，沈蒼雪站在原地，看著他的身影漸行漸遠，好像當初他離開臨安城一般。

聚散離合是人生常事，上一次分開只是遺憾，這一回分開，更多的是化不開的擔憂。

沈蒼雪希望他能安然無恙地回來。

聞西陵既打定主意處理鄭意濃的事，一回去便立刻準備好人手。他買通了陸府的丫鬟，在鄭意濃跪祠堂的時候向她透露了外頭的消息。

丫鬟正想著如何一步一步、順理成章地將長公主謀反這件事情引出來，沒想到自家少夫人聽了個開頭，便品出意思了。

看她神色緊繃，丫鬟不自覺地緊張了幾分——少夫人莫不是已經看穿了她的打算？

鄭意濃丟了佛經，只問一句。「今日可是十月十五？」

丫鬟懵了一下，半晌後才呆呆地點了點頭道：「是十月十五不假。」

可是這跟她要說的事有什麼關係呢？

「十月十五……十月十五，就是這一天！」鄭意濃從蒲團爬起來，眼睛直勾勾地盯著窗外，只見天空一輪滿月生輝。

上輩子，她在牢中藉著天窗見到這一輪滿月，外頭的人告訴她，今日是十月十五，長公主把持朝政的大日子。

一介衙役哪知道這件事的前因後果、宮中到底發生了什麼？不過是聽說變了天，現在一切都要聽長公主的，自以為得了大消息，便來他們這些牢犯面前炫耀。

那個人還說了些什麼，鄭意濃並沒記住，只記下了這個日子。

長公主翻身的日子，只要她能跟著長公主辦好大事，哪怕不能出太大的力，只要讓長公主看到她的忠心，她往後還怕翻不了身？

陸家的人敢欺負她，不就是因為她並不是皇室血脈嗎？可是只要長公主得勢、只要長公主還記著她，願意替她撐腰，區區陸家又算得了什麼？

還有沈蒼雪，過了今日，她便能讓沈蒼雪死無葬身之地了！想必長公主也是恨極了沈蒼雪吧？

鄭意濃扯著丫鬟的衣領，將她帶到自己眼前，語氣急促道：「妳還聽說了什麼？」

丫鬟憋得臉色通紅，支支吾吾道：「還……還聽說，如今城外忽然多了許多軍隊，京城裡頭人人自危，怕是要出事。少夫人，咱們今晚還是好好待在府裡，不要出門的好。」
「呵，妳知道什麼……」鄭意濃推開了丫鬟，整理了自己的衣裳一番。未盡之言，只有她自己知道。
陸家的人看著實在是礙眼，鄭意濃輕蔑地掃了丫鬟一眼，道：「妳先下去吧，今晚不用人伺候。」
丫鬟依令下去。
鄭意濃趕走了房間裡所有人，連心腹丫鬟也一樣。
夜間，陸家幾位主子都已經就寢，府上守夜的也昏昏欲睡，鄭意濃便趁這個時候偷跑出去，直奔大理寺。
京城平日這個時候都還算熱鬧，可今日卻格外安靜，甚至有幾分肅殺之氣。
鄭意濃還擔心自己會不會被人逮到，結果竟是出奇的順利，一路暢通無阻。不知是不是老天爺庇護，她抵達的時候，剛好碰上元道嬰帶人殺入大理寺，救出了鄭鈺跟鄭頤。
這對父母正愁著如何安頓鄭頤。
有聞家這樣的猛虎，今夜注定凶險，聞家的人對鄭鈺跟元道嬰各自的部下都瞭若指掌，鄭頤放在哪兒都不安全。至於帶在身邊，那更是萬萬不能，便是鄭鈺同意，元道嬰也捨不得。

鄭意濃剛一露面，便被人用刀架住了脖子，她嚇得立刻求饒。「長公主殿下，救我！」

「意濃姊姊？」鄭頤快步走了過來，讓侍衛將刀放下。「妳怎麼跑過來了？」

鄭意濃硬是擠出了兩滴淚水，她擔心這時候說謊會直接丟了性命，遂半真半假地道：「我偷聽了公婆談話，他們猜測長公主殿下您今日要、要……」

「要謀反？」鄭鈺嗤笑道。

鄭意濃低下頭。

元道嬰冷眼看著她，質問道：「妳既知道，便留妳不得了。」

鄭意濃一驚，趕忙跪下表忠心。「長公主殿下，您是知道我的，我向來站在您這邊。得知此事之後，連夜從夫家逃出來，為的就是助您一臂之力。」

對鄭意濃此人，鄭鈺有幾分好感，畢竟這小姑娘算是半個皇家人，又早早地歸順了她，更與她有共同的敵人，不過鄭鈺並不覺得她有什麼用處。「助力？妳能助什麼？」

鄭意濃指著鄭頤道：「我能照顧好頤兒妹妹，城外的宅院已經暴露，長公主府又是一個活靶子，她若是跟著您進宮，實在危險，不如放在汝陽王府，我必定護她周全。若您不信，大可派侍衛跟著，我若有半點私心，直接讓他們取我性命就是了。」

鄭鈺還在猶豫，元道嬰卻先一步作好了決定。

他取出一枚藥丸道：「只要服下此物，我便信妳。」

鄭意濃盯著那顆藥丸，內心閃過一絲掙扎，然而榮華富貴、出人頭地的執念終究還是打敗了未知的懼怕。

她深吸一口氣，從元道嬰手中接過藥丸，直接吞了下去。

鄭鈺緩和了臉色，摸了摸女兒的頭，溫聲道：「好好跟著妳意濃姊姊，爹娘明日就去接妳。」

聞言，鄭意濃擠出一絲笑容。有長公主這一句話，她這趟算是來值了，這段時間以來的奉承也沒有白費。

鄭頤滿腹憂慮地隨鄭意濃離開了大理寺，她爹娘則是一鼓作氣，兵分兩路，一路圍住定遠侯府跟幾個將軍府，一路帶兵直闖皇宮。

宮中內外皆無防備，誰能想到，前一刻還待在大理寺牢裡的長公主，下一刻會突然帶兵突破皇宮宮門，提劍殺進聖上的寢殿？

事情順利得令人訝異，就連鄭鈺都覺得勝券在握。皇宮的守衛實在太不堪一擊了，逼宮沒有他們想像中困難，只是元道嬰要解決聞家可能得花一些時間。

進鄭頤寢宮的前一刻，鄭鈺問身邊的兵部侍郎鄧英道：「元丞相可曾傳消息進宮了？」

鄧英答道：「尚未有回信，不過宮外的情況比宮中還要險峻，元丞相沒回音正常，興許等咱們這兒結束了，那頭才會有消息。」

前頭，鄭鈺的人跟御林軍對峙，她自己則跟鄧英待在後方，左右都有重重侍衛護著，等閒人近不了身。

鄭鈺豢養的私兵足足有三十萬人，這回傾巢而出，而京城的守衛軍不過十數萬，一部分駐紮在城裡，一部分駐守在城外。鄭鈺的人昨日便將城外的人控制住了，現在京城各方的守衛也被挾制，至於宮中守衛，總共不過幾千人罷了，不足為懼。

沒多久，鄭頲身邊的人都被解決了。

見他們已死透，鄭鈺再三確認殿中沒有侍衛後，這才放心地走了進去，進門前還不忘叮囑鄧英。「派人去找太子，找到後就地誅殺。再讓人將皇后綁過來，先不動她，留著她對付定遠侯。」

太子非死不可，否則不論是她還是賢妃的皇子，都無法名正言順地上位。鄭鈺從未將區區一個聞西陵放在心上，也沒將聞芷嫣當一回事，但是定遠侯聲望極高、手握重兵，不可小覷。若不是北疆又起動亂，阻止了定遠侯回京的腳步，此番籌謀能否成功，還是個未知數。

交代完這些事，鄭鈺才提著劍，慢慢地走到內殿。

鄭頲被人按在地上，動彈不得。

他夜半驚醒，還未曾弄明白究竟發生了何事，殿中的人便已死了大半，連對他最忠心的薛公公也為了保護他，死於敵人的刀劍下。

鄭頲也想逃，可是四周都被包圍了，他能逃往何處？還沒有所動作，便被人壓住了。

他聽到腳步聲，轉過了頭，費勁地抬眼，終於見到了凶手——意料之外，卻在情理之中，是他的親妹妹。
鄭頙不甘心地嘶吼出聲，可身後的人孔武有力，壓得他整張臉都貼在了地上。
看見這一幕，鄭鈺笑得痛快，彷彿大仇得報一般。「皇兄，你從前可曾想過自己會落到如今這個地步？」
「若我想得到，妳早就死了千百回了！」鄭頙吼道。
鄭鈺立刻抽出佩劍，寒芒一閃，鄭頙的右臉上貼了一把劍。
對著他的臉，鄭鈺隨意地用劍拍了兩下道：「怎麼，還要繼續嘴硬嗎？」
冰冷的觸感讓鄭頙渾身直打哆嗦，他毫不懷疑，鄭鈺是來索他命的。
這種滿是侮辱的動作大大地滿足了鄭鈺的施虐欲，她實在喜歡掌控他人生死的感覺，尤其是這人是她一直越不過去的親兄長。
鄭頙企圖喚回鄭鈺的良知，說道：「妳我一母同胞，朕一向待妳不薄，何必要走到這個地步？只要妳收手，朕可以當作今日此事從未發生。」
「待我不薄？」鄭鈺長笑數聲，笑得眼淚都出來了。「你是父皇和母后的血脈，我亦然，我的身分不比你差，若不是因為身為女子，這天下哪有你的分?!」
鄭頙愣愣地看著眼前的地板，一度懷疑自己是不是聽錯了。他的親妹妹竟有這樣的野心？她甚至想稱帝！「荒唐，妳莫不是失心瘋了？」
「你便當我是瘋子吧，反正這天下我是要定了。論身分，我與你一母同胞；論才學，你志大才疏，詩詞歌賦、治國理政樣樣平庸，縱然父皇刻意打壓，我依舊處處高你一等。我不能繼位，是天下不容女子，而非我不如你。」

鄭鈺彷彿要將多年積攢的委屈宣洩個夠，她不再是那個低聖上一等的長公主，而是掌握聖上生死的贏家。「皇兄啊皇兄，你當了這麼多年的皇帝，卻一點建樹也無。既然你不中用，不如讓這天下換一個主子吧。」

聞言，鄭頲攥緊拳頭道：「可笑，妳以為朝中大臣會允許一介女子稱帝？」

「允許也好、不允許也罷，總該試一試。況且，只要我大權在握，何愁沒有稱帝的機會？眼下嘛，扶持賢妃的兒子當個傀儡皇帝未嘗不可，待來日我羽翼豐滿，再滅了他也不遲。」

至於鄭頲，她的好皇兄，今日注定要「駕崩」了。

「皇兄，你下去替我同父皇問聲好，百年之後，待我將這萬里江山治理得風調雨順、海晏河清，屆時再親自向父皇邀功也不遲。」

鄭鈺說完，收回了貼在鄭頲臉龐上的劍。

這變化讓鄭頲頓時覺得不妙。

鄭鈺命人將鄭頲抬起身，湊近他幾分說道：「皇兄，我本想讓你寫一封退位詔書，可為了避免夜長夢多，還是先解決了你才好。」

說完，鄭鈺眼中寒光一閃。

鄭頙僵住，緩緩地低下頭——他的胸口，多了一把利劍。

說起鄭鈺此人，她原本就不拖泥帶水，現下讓鄭頙死得痛快一點，也算是全了他們兄妹之間最後的情誼了。

鄭頙痛呼一聲，他到死也沒想明白，鄭鈺為何能如此狠心。

她做了那麼多錯事，甚至還下毒謀害過自己，可他顧念著一母同胞的情誼，從不忍心過度苛責她，這回更是頂著壓力，保她在大理寺安全。

自己對得起父皇跟母后，更未辜負兄妹之情，可這個妹妹，她竟然為了權力，親手殺了自己的哥哥。

鄭頙吐了一口血，低頭看著自己胸口的劍，眼中滿是悔恨。

看到鄭頙死後那猙獰的面孔，鄭鈺微微怔忡了半晌，她拔出佩劍扔到一旁，注視著自己滿是鮮血的手。

血是熱的，糊在手上帶著灼燒感，鄭鈺使勁在裙襬上蹭了蹭，閉上了眼。

鄭頙卸了力，「咚」地一下，整個人倒在地上，血流了一地。

過了一會兒，鄭鈺才問鄧英。「死了嗎？」

鄧英蹲下身探了探鄭頙的鼻息，神色複雜道：「死了。」

鄭鈺長長地吐了一口氣，睜開眼，注視著鄭頙。她俯下身，想要幫鄭頙闔上雙眼，可他死不瞑目，鄭鈺試了許久才終於成功。

她知道皇兄這是恨毒了自己，呢喃道：「皇兄，別怨我，成大事者哪有不狠心的？我也不想殺你，我們是血濃於水的兄妹啊，是你逼我的，別怪我……」

鄭鈺等鄭頲身上的血流盡，才又找來人，準備採取下一步行動。

可剛問兩句，還沒等人回覆，外頭忽然傳來陣陣腳步聲，沒多久，刀劍交鋒之聲再次響起。

驟然起衝突，鄧英立即召人將鄭鈺牢牢護在身後。「速去外面看看是何人膽敢偷襲！」

第六十三章　一網打盡

鄭鈺的人馬抽出刀迎上前，然而沒多久便潰不成軍，紛紛倒地身亡。

一大隊士兵持刀槍闖入寢殿，迅速把持住殿門。

鄧英護著鄭鈺往後靠，警戒地看著這群人。他們進宮之後，宮裡的守衛大多都被控制住了，宮外的人自有元道嬰幫忙解決，這從天而降的一隊士兵究竟是誰的部下？

彷彿是為了解除他的疑惑般，士兵讓出了一條路，黑暗中一個手持長纓槍、身披銀甲的身影逐漸清晰。

殿中的燭火照亮了來人的面龐，鄭鈺像是被扼住了咽喉，不敢置信道：「你怎會在此？」

難道說元道嬰失敗了?!

聞西陵輕喝道：「可不僅僅是我。」

話音剛落，他身後忽然湧出好些朝臣，他們被聞西陵所救，正要來宮中探望鄭頲的安危。

這群手無縛雞之力的文官，先是被外頭尚未休止的殺戮嚇得魂不附體，緊接著隨聞西陵進入寢殿，目睹了倒地身亡的鄭頲，頓時情緒崩潰。

聞西陵見他們要往鄭頙那頭衝，趕忙讓人將這些朝臣拉住。

左相劉尚賢、太傅甘澤、太師鄒志清，外加幾位尚書，幾個朝臣被人攔著，跪在地上嚎啕大哭，聞西陵真怕他們沒被鄭鈺弄死，反而自己哭得喘不過氣，直接上了西天。

聞西陵不禁抱著胳膊冷聲道：「聖上屍骨未寒，眼下最要緊的是替聖上報仇，免得教惡人逃了。」

「逃？」甘澤指著鄭鈺的鼻子。「便是拚了我這條老命，也要讓妳這個大逆不道的賊子給聖上償命！」

甘澤一句話惹得群情激憤，他們對鄭鈺一陣怒罵，似乎想讓她羞愧致死，可是聞西陵沒那麼多工夫在這兒耗，直接讓人活捉鄭鈺。

正在殿中對峙的雙方士兵頓時打鬥起來，現場亂成一團。

鄧英還要反抗，聞西陵一槍挑飛他手上的長刀，將他逼到牆角。鄧英一邊護著鄭鈺，提著凳子反擊，聞西陵直接丟了礙事的槍，一腳踢翻凳子，與鄧英打了起來。

鄭鈺剛才能拿著劍殺死鄭頙，不過是有人在旁邊幫忙制住他，這種看真本事的場合，她完全發揮不了作用。

因要護著鄭鈺，鄧英有所顧忌，幾個回合下來，鄧英疲於應對，一時不察，要害之處被聞西陵猛力一擊，踉蹌後退。

聞西陵乘機制伏鄭鈺，扣住她的脖子，高聲對殿中叛軍道：「都給我住手，否則我要了她的命！」

鄭鈺雖然心狠手辣，但是對自己人卻還不錯，否則也不會有人死心塌地跟著她。聞西陵此話一出，所有人都停下了動作。

功敗垂成，鄭鈺暴跳如雷，即便落入聞西陵之手，仍舊不死心地問道：「元道嬰呢？」

聞西陵笑她愚蠢。「早已被我拿下。」

鄭鈺不信。「我的三十萬大軍？」

「已臨陣倒戈。」

鄭鈺臉色一變，怒道：「不可能！」

聞西陵嗤笑。趨利避害是人性本能，哪有什麼不可能？鄭鈺同元道嬰不相信別人，對身邊的人卻深信不疑，結果就這麼敗在自己人手上。

鄭鈺被活捉了，鄧英亦然，鄭鈺的侍衛死傷過半，還有不少見她被捉拿，直接投降了。

被押走前，鄭鈺還不甘地望了整座寢殿一眼。只要再殺了太子、幽禁皇后，就算聞家人打入皇宮，她也有人質在手，再推賢妃母家與其相爭，她便能坐享漁翁之利。

可惜，就差那麼一點……鄭鈺整張臉青紅交錯，心中的嫉妒與不甘盡數化為對聞西陵的憎惡。

同聞西陵擦肩而過時，鄭鈺看向對她怒目而視的諸位朝臣，忽然對聞西陵道：「你早就知道我今日要帶人逼宮是不是？否則你不會反應這麼快。」

太傅甘澤等人一聽，竟有片刻失神。

鄭鈺高聲質疑。「你打著借刀殺人的主意，透過我除掉皇兄，好扶持太子上位！天子年幼，屆時整個朝廷便是聞家的天下，真是好狠毒的心腸！」

彷彿自己是受害者，鄭鈺理直氣壯地指責聞西陵，挑撥聞家與其他大臣的關係。

劉尚賢跟鄭鈺最不對盤，見她將矛頭指向拯救眾人性命的聞西陵，頗為不齒道：「聖上是妳殺的，那三十萬大軍也是妳養的，妳蓄謀篡位已久，如今反倒怪到他人頭上，真是死性不改。」

鄭鈺聲嘶力竭道：「你們都被他給騙了！」

「妳也配說這樣的話？」劉尚賢斥道：「還不將這大逆不道的賊子押進大牢，省得她在此妖言惑眾，陷害忠良。」

聞西陵並未將鄭鈺的指責當一回事。一是因為他今日確實救了不少人，也帶兵擒下叛賊；二是因為聖上薨逝，能即位的除了太子沒有旁人，皇位花落誰家他們心裡有數，斷然不會在這件事上得罪聞家。

正因如此，聞西陵收拾起鄭鈺一行人幾乎沒碰上阻力。

聞芷嫣領著太子鄭翾守在自己的殿內，直到看見聞家的舊部過來，道鄭鈺一行人已經被拿下，她一整晚都揪著的心才漸漸放鬆下來。

沒多久，聞芷嫣意識到他們神色有些不對，當即追問道：「可是世子受傷了？」

「世子爺無事，只受了一些皮外傷，如今正在清理叛賊，抽不出空前來見皇后娘娘，只是……」

「直說便是。」

「只是……聖上被鄭鈺所害，薨了。」

「你說什麼?!」聞芷嫣霎時從椅子上跳了起來，她的身體僵硬，耳邊彷彿聽得見自己的心跳聲。

鄭頲……沒了？她希望自己聽錯了，可是眼前之人再度確認消息的真實性，她也無法自欺欺人。

太子鄭翾扶著母親，嚇得哭了出來。「母后……母后您怎麼了？」

聞芷嫣緩緩地坐回位子上，完全失了力氣。她摸了摸胸口，丈夫沒了，她自然悲痛欲絕，可不知為何，又覺得自己解脫了。

她知道自己不該，可能怎麼辦呢？他們夫妻的情分早就在日復一日的猜忌中被消磨殆盡了。

鄭頲一向疼愛自己的親妹妹，為了鄭鈺，不惜同她生了嫌隙，現在他葬身於鄭鈺之手，聞芷嫣只覺得諷刺。不知鄭頲生前最後一刻，想的是他們母子的安危，還是恨自己信錯了人？只怕是後者吧，畢竟他們母子的生死對鄭頲來說早已不重要，他哪裡會記掛呢……

聞芷嫣一顆心漸漸涼了下來，也不再那麼悲痛，她輕輕撫摸著太子的頭道：「別擔心，母后沒事。」

鄭翾擔心地撲進聞芷嫣懷裡道：「母后，縱然沒了父皇，您還有兒臣，兒臣以後一定會好好照顧您的。」

「好孩子。」聞芷嫣甚感欣慰。鄭頲縱有千萬般不是，有一點卻是無可否認，那便是給自己留下了這樣孝順的兒子。

若說聞芷嫣母子兩人尚能穩得住，葉憐雨卻是擔心得一整晚都沒闔上眼。

鄭鈺逼宮的時候她怕，怕鄭鈺為了上位，連她都要逼死；鄭鈺敗了、聖上薨了，她也怕，怕聞家趕盡殺絕。葉憐雨深知自己的母家絕對鬥不過聞家，若有鄭鈺幫襯，還能分庭抗禮，單打獨鬥的話，完全是死路一條。

葉憐雨無所適從地抱著自己的兒子，生怕太子登基後會一條白綾賜死她。

都怪鄭鈺，早不逼宮，偏偏選在聞西陵「死而復生」後動手，這下可好了吧，自己倒了大楣不說，還連累了他們，真是該死！

在天邊泛起魚肚白的時候，聞西陵才領著人解決了宮裡的大小事，又安撫了一眾皇親國戚。他累得眼睛都睜不開，卻還想著早日解決這邊的事，好回去看看沈蒼雪。

皇城外，不少人家才顫顫巍巍地打開了大門，小心翼翼地觀察著周圍，交頭接耳地議論著，生怕聽到天塌了的消息。

結果稍一打聽，便嚇得臉都白了。老天爺！怪不得昨晚外頭打打殺殺、聲響震天，原來真有人要造反，且那人還是泰安長公主，聖上一母同胞的親妹妹。

若說失敗，長公主竟能破了宮門、手刃自己的親哥哥；若說成功，最後長公主被定遠侯府的世子帶兵捉拿，一眾黨羽被剿滅。

長公主一派的人，死的死、下獄的下獄，除了趁亂逃逸的，沒一個有好下場。至於那位助紂為虐、還同長公主不清不楚的元丞相，據說挨了幾刀，橫死街頭。

昨晚京城的西邊、南邊一帶尚且安穩，百姓們只是稍稍聽到了些許響動，不過東邊一帶可就遭了大罪，經過一夜廝殺，許多大戶人家都遭了殃，即便有人清理，街道、宅邸周圍依舊滿佈血跡。

元道嬰便是在劉府門前死去的。

劉尚賢覺得晦氣，除了一晚上的穢，灑掃熏艾不說，一大早還請來僧人念經辟邪，誰知經剛念到一半，劉尚賢就被人纏上了。

元荻與元蓁聽說父親死在劉府門前，過來想問問父親屍身在何處。

一看到他們，劉尚賢就煩，同為丞相，他一向不喜歡道貌岸然的元道嬰，至於他這一雙拎不清的兒女，他更看不上。元道嬰是無恥，可尚有幾分手段，他家這對兒女是既無恥又無能。

劉尚賢懶得理會他們，不耐道：「他元道嬰一個亂臣賊子，死了自然要拉去亂葬崗，難不成還要用轎子抬去元府不成？也得看他配不配！」

說完，劉尚賢對著他們的方向撒了一把水。「去亂葬崗尋你們父親，別髒了我家剛掃好的地。」

元荻與元蓁兄妹被碰了一鼻子灰，尷尬異常。其實也怨不得旁人嫌棄他們，正如劉尚賢所言，元道嬰放著好好的宰相不做，非要跟著謀反。

不過他們好歹得知了消息，趕忙帶著家丁去亂葬崗尋元道嬰的屍身。

兄妹倆涉世未深，別說是屍體了，就連宰殺好的雞、鴨、鵝都沒見過，一進了京郊外的亂葬崗，直接被嚇癱，不敢再進去半步。

說是亂葬崗，其實不過是一個挖好的坑，泥土和著血水，一走過去，那股陰冷、濕潤又滿是血腥味的氣息便直衝鼻腔。即便不走進去，那氣味卻無孔不入，惡臭中夾著一股酸味，令人作嘔。

兩人止步亂葬崗外，還是家丁扒開一堆屍身，最後找到了元道嬰。元道嬰可謂死狀慘烈，脖子都斷掉半截。

兄妹倆哪曾見過這種慘狀，眼睛一閉，全暈了過去。

季若琴在家休養，也沒錯過外頭這些事。

提到元道嬰已死時，季老夫人原擔心女兒接受不了，結果季若琴聽完後只愣怔了片刻，緊接著便低咒了一聲。「活該！」

季老夫人也跟著罵道：「他的確死有餘辜，放著好好的丞相不當，竟然要當逆賊，真不知道他是怎麼想的！便是鄭鈺成功了，他的地位還能比現在高到哪兒去？」

聞言，季若琴沒吭聲，她是知道內情的。

那些掉腦袋的事，元道嬰早就在做了，鄭鈺若是落網，他也活不成，索性豁出去，若是能成，自己才不虧。元道嬰能得到報應，也有她出的一份力，不過眼下說這些實在沒什麼意思。

隔了一會兒，季老夫人又為難地說道：「等來日清算起來，元家必逃不了，那兩個孩子……」

季若琴臉色黯淡了幾分，撇開了頭道：「放心，不會波及到他們，不過往後他們就只能當個富貴閒人了，若想有什麼前程，再無可能。」

聽她說得這般篤定，季老夫人便猜測這裡頭只怕還有什麼她不知道的。然而事已至此，季老夫人也不再深究，反正害了她女兒的人已經受到制裁。

出了這麼大的一件事，京城可說是風聲鶴唳，身處汝陽王府的鄭意濃則是瑟瑟發抖。她怎麼樣都沒想到，一覺醒來，是變了天沒錯，可是失敗的竟然是長公主跟元丞相！

如今擺在她面前、最迫在眉睫的問題是——鄭頤怎麼辦？

鄭意濃急得快發瘋了，昨日她待鄭頤有多體貼，今日便覺得她有多棘手。

最讓鄭意濃想不通的是，長公主為何會失敗，明明上輩子最後的贏家是長公主啊，到底是哪裡出錯了呢?!

「是因為聞西陵？還是沈蒼雪？」抑或是……兩者都有？鄭意濃迷茫地呢喃道。

鄭意濃清楚地記得，前世的聞西陵很早就身亡，直到她入了牢，京城都再沒出現過聞西陵這號人物，定遠侯府連喪禮都辦了，可見他確實身故，誰知這一世他竟然在前陣子「死而復生」！

當初得知這個消息的時候，鄭意濃彷彿見鬼一般。更讓她沒想到的是，昨日聞西陵還攔下元丞相一干人等，直接進宮擒住了長公主，若是沒有他，長公主不至於失敗。

還有沈蒼雪，她也是個禍害。自從她進京之後，便處處跟她還有長公主作對，瞧著還跟定遠侯府那個殺神的關係不清不楚，難保他們之間沒有串通勾結，自己落到今天的慘況，全都拜這兩人所賜。

可怨天尤人過後，鄭頤這燙手山芋卻又不得不解決。

昨日鄭意濃藉口與夫家吵架回了娘家，進了自己的院子之後，才讓侍衛將鄭頤給送了進來，與她同榻而眠。鄭頤因為擔心父母遲遲不肯入睡，直到天快亮時才睡了過去，眼下還未醒。

鄭意濃坐在床邊，緊盯著睡熟的鄭頤。

長公主謀反宣告失敗，已無東山再起的可能，她一意孤行將鄭頤帶回汝陽王府，實在是一步臭棋。若不趁早解決這個問題，她與汝陽王府都會被牽連。

不如趁無人注意的時候將鄭頤送去大理寺？就說是長公主跟元道嬰逼迫她收留鄭頤，即便不能將功折過，也能將自己摘出去。至於元道嬰餵給她的藥……鄭意濃安慰自己應當不礙事，即便真是毒藥，普天之下難不成沒有解藥嗎？

現下還是保住性命要緊。

說做便做，鄭意濃立刻招來汝陽王府的丫鬟，想讓人去大理寺通風報信。昨夜京城鬧得滿城風雨，今日朝廷還在清算，動作若不快些，遲早會查到她頭上。

鄭意濃知道事不宜遲，鄭鈺派過來保護鄭頤的那群侍衛自然也曉得。

侍衛長叫安鳴，是鄭鈺過去隨手救下的男童，長大之後進入公主府當起侍衛，這些年一直跟在鄭頤身邊，對她忠心耿耿。不等鄭意濃差人去大理寺通風報信，安鳴早一步便收拾好細軟，安排了馬車，準備帶鄭頤出京避難。

鄭意濃被安鳴這個突然闖入的侍衛給嚇得一陣心虛，接著便厲聲喝斥道：「你要做什麼?!」

「接小姐出京。」

「你瘋了不成？」鄭意濃急了，生怕他貿然行動給自己招來禍患。「如今京城裡頭到處有人在巡邏，元丞相已死，長公主也落難，這些人挨家挨戶地在找誰，不言而喻。這樣的關頭，你有能耐安然離開？」

「這就不勞您費心了。」安鳴踏進鄭意濃的房間，輕輕喚了鄭頤兩聲。

然而鄭頤才剛入睡不久而已，她熬了一夜，又累又睏，根本叫不醒。

鄭意濃拉住他道：「你們這就要走了？」

安鳴瞥了她一眼道：「難道汝陽王府能護我們小姐一輩子？」

第六十四章　保全自身

自然不能。鄭意濃憋著一口氣，許久後才質問道：「那我的解藥呢？不管怎麼說，我也護了你們家小姐一晚上，否則她早就落入敵手了。我沒功勞也有苦勞，趁早將解藥給我，此事我便不再追究。」

安鳴冷冷道：「待小姐平安離京後，解藥自當雙手奉上。」

鄭意濃氣不打一處來，怒道：「你以為我會相信你的鬼話?!」

安鳴叫不醒人，只能將人打橫抱起，他無視鄭意濃暴跳如雷的模樣，直接越過她走了出去。

鄭意濃急得直跳腳，喊道：「你自己想死也別害我！」

這會兒出京不是找死是什麼？

其實安鳴等人何嘗不知道出京艱難？可他們根本不放心汝陽王府。長公主信得過鄭意濃，是基於長公主不倒的前提下，可如今他們沒了後路，汝陽王府當然也不可信了。

安鳴來去匆匆，留下鄭意濃獨自焦灼、滿心擔憂。

沒多久，汝陽王妃趙卉雲便趕來勸女兒回陸府去。昨晚女兒來得奇怪，趙卉雲顧及女兒的面子才未深究，可是一夜過去，總不能再放任她這樣下去。

趙卉雲道：「甭管出了多大的事，妳也不能一聲招呼不打便回娘家，母妃已讓人帶信去了陸府，他們應該快要過來了。雖說妳在那裡受了委屈，可妳貿然跑出來，有理也變成了沒理。待會兒人家來接妳，妳可別要什麼小性子，下了這個臺階回去，該賠禮、該道歉的都不能少。」

鄭意濃想到陸府一堆煩心事，眉頭皺得死死的。「母妃，我不願意回去。」

「又在胡說了。」趙卉雲不禁心力交瘁。捫心自問，她做的已經夠多了，可女兒卻總像長不大的孩子一般，老是讓她收拾爛攤子，一直讓她操心。

趙卉雲嘆了一口氣，沒了說教的精力，只道：「罷了，都是妳同陸府的事情，你們自己商議吧。」

鄭意濃打定主意不回去了，鄭頤沒成功出京、她沒順利拿到解藥之前，絕不能回陸府。誰知道回去之後，會不會又被關進祠堂念經？她對那地方簡直是深惡痛絕！

陸府的人來得很快。

鄭意濃是昨夜被發現不見的，陸家人以為她出了什麼事，連夜派人搜尋，結果碰上元道嬰跟長公主逼宮，受到波及，折損了不少人手，不僅陸祁然受傷，陸亦修、梅啟芳夫妻也受了驚。

原以為鄭意濃遭賊人所害，結果今天一大早卻聽王府的人通報，說是鄭意濃夜裡回了王府，一整晚都待在王府裡。

梅啟芳聽罷，差點沒被氣死。她忍著怒火派人前來，準備接回這個丟人現眼的兒媳婦，好好教導她何為「規矩」。

結果陸府的人剛一上門，便得知鄭意濃執意留在王府，不願意回夫家。

王府的喬管事說起這事也怪不好意思的，這是他們大郡主做得不妥當，讓王府也顏面無光。

可他不過一介下人，能說什麼呢，只好陪著笑臉道：「煩勞你們回去替我們王妃道聲歉，我們大郡主給府上添麻煩了，王妃正在教訓她，等過些日子，王府會親自將大郡主送回去的。」

陸府的人實在擺不出什麼好臉色了。

雙方正在門口爭論此事，忽然來了一隊人馬，直接停在王府門前。

喬管事眨了眨眼，猶豫了片刻，還是迎上去道：「軍爺這是有何貴幹？」

為首的官兵下了馬，面無表情地問道：「鄭意濃可在此？」

喬管事想到昨晚他們大郡主回來得突然，心裡發慌，訕笑著塞了一塊銀子給那官兵，順帶打聽消息。「不知您尋我們大郡主有什麼事？」

不料那人直接將銀子塞了回去，臉色冷了幾分，他一副公事公辦的語氣。「速速將鄭意濃交出來，否則你們王府便是包庇謀反逆賊的共犯！」

喬管事腿一軟，被嚇慘了。

「謀……謀反？」難道說他們大郡主摻和了長公主那件事？

「鄭鈺之女已經被捉拿，有證人舉報，昨晚便是鄭意濃收留了逆賊一干人等。」

喬管事一張臉頓時慘白一片。

陸府的人默默後退了一步，嚇得頭皮都麻了。他們陸府莫不是要遭無妄之災？不行，得趕緊回去通風報信！

鄭意濃是被人押出門的，她走之前還高呼自己冤枉，說鄭頤誣衊她，自己是被鄭鈺跟元道嬰脅迫才不得不摻和進去的。

汝陽王夫妻從一開始的焦慮擔心，到聽說了詳情之後驚愕不已。然而他們還沒來得及替鄭意濃想法子，自己也陷進去了。

「請王爺與王妃隨我們去一趟大理寺。」

趙卉雲拉著丈夫的手，拒絕道：「我們完全不知情，為何要過去？」

「人畢竟是從你們汝陽王府出去的，也是鄭意濃收留了他們，這麼大的動靜，兩位難道毫不知情？」

鄭毅堅定地搖頭道：「不知道，我們昨夜只看到自家女兒回來了，半點不知後頭還跟著人。」

這話他們自己信，但外人可不信，縱然這對夫妻不情願，還是被人拉走了。

汝陽王府三位主子全都進了大理寺，下人們急得像無頭蒼蠅一般，不知該如何是好，最後有人提議說要給世子寫信，眾人才如夢初醒，趕忙聯繫鄭棠。

可鄭棠不在京城，帶書信送達再等他回來，這一來一回耗時頗久，只能說遠水救不了近火。

既然鄭棠暫時求不上，他們便把主意打到了趙家頭上。

趙月紛跟沈蒼雪天亮之後便趕抵趙府。

託了聞西陵的福，林府上下昨夜有驚無險，那些亂臣賊子尚未進府，便已經被人解決了。可趙月紛擔心娘家人的安危，尤其是趙老夫人年紀大，別說是受傷了，就是受驚也要許久才能緩過來。

幸好，趙府是損失了些財物、傷了些人，但並不礙事，這會兒趙月紛正跟趙老夫人一塊兒大罵鄭鈺與元道嬰不要臉。

興許這兩人沒想過要讓手底下的人搜刮京城百姓的財產，可是人一旦放出去，就不是他們倆能控制的，昨夜不知多少人家遭了難。平白無故遭受這樣大的罪，說他們罪惡滔天也不為過，若不是定遠侯府的世子聯合幾位將軍帶兵鎮壓，說不定還真讓他們把天給翻了。

才罵了一陣子，掃興的傢伙——汝陽王府的喬管事便上門了。

得知鄭意濃摻和進鄭鈺造反一事當中，趙老夫人怒極，頓時破口大罵。「一窩子糊塗東西，也不知是沒心眼還是沒腦子，做事怎的就不知瞻前顧後？那樣要命的事情她也敢摻和，也不想想自己究竟有幾顆腦袋?!」

喬管事哭得一把鼻涕一把淚。「老夫人，真沒摻和！您快救救我們王爺跟王妃吧，他們對此事毫不知情，奴才敢以性命發誓，昨晚大郡主回府的時候，真真只有她一個人。大郡主說，她在陸府受了委屈，同他們家起了矛盾才跑出來的。王妃見她可憐，這才將她放進府安頓好，至於官兵們口中所言的鄭頤等人，我們連人影都沒見過。」

趙老夫人怒道：「她說什麼你們便信？」

喬管事沒吭聲。

一旁的趙月紛恨鐵不成鋼地嘆道：「都是一群沒腦子的蠢貨！」

趙老夫人深深吸了一口氣，鐵青著一張臉，難以掩飾心中的失望。

她一把年紀，看的事情多了，並不被這些狡辯之詞動搖，只覺得這對夫妻咎由自取。「這些話，且讓他們留著說給大理寺的人聽吧。」

喬管事慌了，說道：「老夫人難道不管我們王妃了嗎？她也是趙家女啊！」

「我沒有這樣的逆女！」趙老夫人摔翻了手裡的茶，氣不打一處來。「當初她選擇鄭意濃，同趙家直接斷絕往來時，就該料到今日的結果。便是大理寺判了刑，也是她該受的，誰教她自己識人不清？」

喬管事張了張嘴，莫名委屈。他們家王妃也不想啊，說來說去，汝陽王府完全是個背黑鍋的。

趙老夫人看到汝陽王府的人便生厭，對左右服侍的下人道：「汝陽王府膽大包天，我們趙家也容不下這樣的人，還不將他打出去！」

喬管事連連求饒，趙老夫人卻拍著桌子喝道：「攆出去！」

趙老夫人既是鐵了心讓他走，便是硬要賴著也不能。

這麼一攪和，原本已緩過來的趙老夫人心情再次變得糟糕。別看趙老夫人方才說得狠心，可是真要讓她坐視不管，卻也做不到。

趙老夫人打量了沈蒼雪的臉色一番，斟酌著道：「若是他們真的罪該萬死，那便是趙家出手也救不了；可若是無辜，想必大理寺也不會冤枉了他們，最多讓人在裡頭受點罪罷了，也是他們應得的。」

點點頭，趙月紛故作輕鬆地說起了玩笑話。「就是，興許這回過後他們夫妻便能醒悟，明白自己這麼多年寵出了一個什麼玩意兒來。」

沈蒼雪聽了，卻覺得事情未必如此。

趙卉雲在鄭意濃身上花費的心血與投入的代價實在太高了，她不會輕易放棄鄭意濃的，因為這意味著她十幾年來的心血都打了水漂。

或許這也是趙卉雲死命護著鄭意濃的原因——她對鄭意濃並不是毫無所求的愛。

鄭意濃插手鄭鈺造反一事，已是毋庸置疑。

當時安鳴幾人帶著鄭頤剛出京城不久，便被聞西陵捉個正著。鄭頤受不得刑，還沒對她動手，她便全都招了，包括自己是如何逃出大理寺，又是如何透過鄭意濃夜宿汝陽王府。

此事的確同汝陽王府那對夫妻不相干，可他們之前同鄭鈺交好也是有目共睹，抓他們進來一則警戒，二則是為了清算前頭的那些事。

鄭毅夫妻向來養尊處優，忽然被丟進了暗無天日的牢房，時時刻刻都感到不安。往來的獄卒像是故意嚇他們一樣，間或提著一、兩個被審的罪犯從他們面前經過，那血淋淋的場景，看得趙卉雲徹底崩潰。

她掌管王府多年，未曾見過血，也沒使過什麼折騰人的手段，如今卻在這裡受罪。

趙卉雲欲哭無淚道：「王爺，您快想想法子，難道真要讓咱們在這受辱？」

鄭毅被她弄得心煩氣躁，怒回。「我能有什麼辦法？若不是妳非要放她回娘家，我們也不會遭遇今日之禍！都是妳教女無方，養出那個不知天高地厚的孽障來！」

趙卉雲美目圓睜，錯愕地盯著丈夫，不敢相信他說出如此傷人的話。「女兒不是我一個人養的，我雖寵她，卻也不至於放縱。你只會將一切錯誤都往我身上推，難道她不是你的女兒嗎？」

鄭毅心道，還真不是。

他女兒是沈蒼雪，如今住在林府那一個。他頹然地坐在地上，全然沒了往日的高傲，只剩無窮無盡的懊惱。

鄭毅忍不住想，若是當初自己沒偏心，能真心地關懷親生女兒，再稍稍約束一下妻子，事情是不是就會完全不同了呢？

他是沒什麼能耐，但是鄭棠能幹，沈蒼雪又受封為城陽郡主，有一身本事，王府的未來肯定是不用愁的。唉……也不知他究竟是發了什麼瘋，怎麼偏偏留下了鄭意濃，讓她做出這些糊塗事來？

鄭毅轉向妻子罵道：「正是慈母多敗兒！」

趙卉雲忍著淚，委屈地側過了頭。

怎麼全怪她？她明明只是想盡一個當母親的責任罷了。疼了這麼多年的女兒，哪裡能說撒開手便撒開手？

他們夫妻起了爭執，隔壁牢房的鄭意濃聽著也是一股火氣上湧。自己這輩子還沒被人如此嫌棄過！

鄭意濃衝到牢房門前，對著外頭大喊：「人呢？快來人！」

一個獄卒慢悠悠地晃到她這邊，問道：「做甚？」

「煩請帶一句話給陸府，就說我要見我夫君。」

獄卒嗤笑道：「作什麼白日夢呢，妳可是下了大牢，以為誰都能隨隨便便過來不成？」

他隨手揮了一下鞭子，嚇得鄭意濃往後跳了好一大步。

獄卒道：「好生待著，明日便有結果了。」

鄭意濃嚥了嚥口水，膽怯地問：「明日……有什麼事嗎？」

「妳不知道？也對，妳都被關進這兒來了，哪會知道外頭的消息？明日大理寺開審，你們一個個就等著倒楣吧。」

鄭意濃驚呼一聲，迅速退到牆角蹲下。她偏執地念叨自己是無辜的，是出於無奈才收留了鄭頤。

念著念著，鄭意濃又喊道：「我若不收留鄭頤，他們便要我的命，我為自保才出此下策，你們不能殺我！我也是受害者！」

隔壁的鄭毅聽得煩了，高聲斥了一句。「安靜些！」

可惜，他能制得住趙卉雲，卻左右不了鄭意濃。

鄭意濃向來是個自私自利之人，她只關心自己的生死榮辱，眼下竹籃打水一場空，她沒瘋就已經算是理智了，哪裡還平靜得了呢？

其實鄭意濃已經後悔了，後悔自己信錯了人。早知今日，她當初就應該留在陸府，哪怕待在祠堂裡多受些罪，也好過現在受牢獄之災。最教她擔心的是，陸家人會放任她不管，或者用一紙休書直接同她斷絕關係。

陸祁然做不出來，可她那婆母絕不會手軟！

不得不說，鄭意濃雖然跟梅啟芳勢同水火，但對她的心思卻是摸得透透的，梅啟芳的確存了休掉鄭意濃的意思，只是陸祁然不願意。

陸祁然認為，汝陽王府遇難，休掉鄭意濃固然可以保全陸家，卻會讓外頭的人覺得他們沒有人性。

可梅啟芳已經不在意這些了，說道：「罵咱們冷血也好、說我們落井下石也罷，不管什麼話我都認了，只要你趕緊休了那蠢婦。之前我同她交代了不知多少次，箇中道理恨不得掰碎了教給她，可有什麼用？她非得作死，還連累整個汝陽王府跟著受罪。

「好在她將人藏在王府裡，若是藏在陸府，咱們家上上下下幾百口人豈不都要被拖累？她已是身敗名裂，這會兒不乘機休了她，往後被她黏上，便再無機會。祁然啊，你也得為你的將來著想，有這樣一個妻子，如何在朝中立足？」

見陸祁然還在猶豫，梅啟芳咬著牙，下了一劑猛藥。「你的弟弟還沒入仕，妹妹也尚未嫁人，你要為了一個鄭意濃，毀了他們的大好前程嗎？」

陸祁然喉嚨發緊，終於動搖了。

梅啟芳哪裡不知道兒子的態度已經鬆動？她讓人拿來筆墨，逼他道：「你若想不出來，那就我念，你寫。」

她將筆塞進兒子手裡，強迫他攥緊，又扯來一張紙。

一家人都在盯著陸祁然，弟弟與妹妹又是期盼又是愧疚，不忍心再看陸祁然的表情。

陸祁然的聲音低啞疲倦，只說了一句。「母親放心，我會寫。」

提著的筆重若千鈞，提筆之手許久沒有動作。

他曾用這隻手寫過許多詩詞，與鄭意濃一同唱和，他們兩人是日久生情。她待他曾經極好，處處妥帖、溫柔敦厚，陸祁然確實喜歡過她，否則也不會親自求了一道賜婚的聖旨。

天意弄人，便是他再顧念舊情，鄭意濃也早就變了個人，兩情相悅走到了陌路，如今回首，那些往事都變得不堪了起來。

第六十五章　惡貫滿盈

陸祁然狠下了心，下筆後一氣呵成，頃刻間便寫好了一紙休書。

梅啟芳終於滿意地揚起了嘴角，慎重地將休書收起來，對長子道：「昨晚為了找她，你也受了傷，這些日子便好生在家休養，外頭的事就別再管了。」

說完，梅啟芳便匆匆將一雙小兒女帶了出去，免得他們不會說話，傷了長子的心。

陸府動作極快，當天下午便差人將休書送到了大理寺。

鄭意濃聽說陸府來了人，滿心歡喜地等他們拯救自己於水火之中，誰知道竟等來了一紙休書。

「不可能……陸祁然怎麼會休了我?!」鄭意濃是想過婆母會逼丈夫休了自己沒錯，可是這速度之快，倒讓她不敢相信了。

陸府的老嬤嬤景容遞過休書道：「您自己看吧。」

鄭意濃遲疑地接過休書，迅速看過後，她神色緊繃，眼神變得渾濁起來。

她漠然地讀著上面寫的字句。「一別兩寬，各生歡喜，聽憑改嫁，並無異言。呵……他怎麼敢？」

盯著這些刺目的字眼，鄭意濃惱羞成怒，直接將休書揉成一團，扔到了景容跟前，不信這是陸祁然寫出來的。「是誰讓妳過來的？又是誰讓妳來混淆視聽？」

景容是梅啟芳身邊的人，雖然她也不喜歡鄭意濃，可是人家都已落魄到這個份兒上了，她也不想再口出惡言，只是平靜地解釋道：「老奴奉了夫人和大少爺的命令前來遞休書，這是大少爺親筆所書，上面的字跡相信您不會不認得。往後您便不再是陸家婦了，陸家也將您從家譜中除了名。」

「不可能，我跟陸祁然是聖旨賜婚！」

見景容靜靜地看著自己，鄭意濃頓時如夢初醒。

是啊，聖上沒了，怪不得陸家敢如此行事，因為賜婚一事已經無所謂了。

鄭意濃癲狂地垂著牢門道：「你們不能這麼對我！我跟陸祁然拜過天地，我是他三書六禮、八抬大轎娶回去的髮妻！」

景容嘆了一口氣，打破了鄭意濃的幻想。「那都是從前了。其實您只要在家裡好好待著，不惹是生非，陸府少夫人的身分總丟不掉。可您偏偏要摻和長公主謀反一事，那可是會掉腦袋的啊！

「夫人勸您多回，您依舊不改本心，鐵了心要去撞南牆，這回更是鬧出了這樣大的醜事，教陸府上下同汝陽王府都丟盡了臉面。是您親手斬斷了同大少爺的姻緣，怨不得誰，還望您往後好自為之吧。」

鄭意濃神色扭曲，很顯然，剛才那些話她一個字都沒聽進去。她從不會反省，只會責怪他人，如今她怪的便是鄭鈺、梅啟芳還有狠心的陸祁然！

她一怒之下說了許多不堪入耳之語，罵的對象是梅啟芳跟陸祁然，景容聽了覺得實在是不像話，便放下準備好的食盒轉身離開了。她何必說那麼多呢？死性不改的人，同她說得再多也是白費口舌。

鄭意濃還在咆哮。

「妳給我回來，讓陸祁然來見我！別想在後面躲清閒，你們休想！我告訴你們，若不將我救出去，你們都會跟著完蛋！」

然而，任憑她如何呼叫，都是枉然。

鄭意濃頹然地靠坐在牢門邊，這裡冷得徹骨，周遭的寒氣與陰氣侵蝕著身體，慢慢地啃咬、吞噬，直到牢裡的人喪失了繼續堅持下去的意志。

四下看了一眼之後，鄭意濃眸中忽然浮現出如同前世一般的恐懼。

她又來到牢中。

分明已經重來了一回，為何她還是落到了今天這個地步？老天爺既然能垂憐她一次，為何就不能偏袒她多一些？

她到底哪裡不如沈蒼雪了？

鄭毅聽著隔壁的動靜，煩躁地同趙卉雲道：「妳那好女兒又發瘋了。」

趙卉雲不願再同他說話，只是凝視著牆上高高的窗戶發愣。

對外頭的人來說，一日匆匆便過去了，然而對於被關押在牢中的人而言，在這裡的每一刻都讓人覺得既痛苦又難熬。

第二日，在牢裡的人得到了再見天日的機會，只是這一出來便得面對眾人唾棄的目光，還有無情的審判。

大理寺與刑部聯合公開審理鄭鈺謀反一案，因此事牽連甚廣，朝中有頭有臉的人物全出席了，皇后同太子亦親臨現場。

沈蒼雪獨自站在堂外看臺的角落中，等候鄭鈺和鄭意濃會如何被發落。

沒多久，鄭鈺被帶了出來。

鄭鈺跨步走進公堂中，她環視周遭一圈，最後視線落到皇后與太子身上，發出一聲冷笑。哪怕手戴鐐銬、身著囚衣，鄭鈺也還是那個高高在上、目空一切的長公主，她直挺挺地站著，不懼任何人。

後方的衙役見鄭鈺無禮，直接對著她的膝蓋後方狠狠一擊。

鄭鈺吃痛，被迫跪下，眼中閃過憤怒與不甘。若是她成功了，這些走狗豈會如此？只怕早已換了一張臉，費盡心思地巴結她。

堂中的鄭鈺彎著身子，有一句沒一句地聽著大理寺與刑部細數她的罪狀。與人私通是德行有虧，但豢養私兵本就是殺頭的重罪，更何況她還弒君，罪該萬死，加上她這些年犯下的各種罪行，判一個凌遲處死也不為過。

成王敗寇，鄭鈺認了，可這些人逼她認錯，她卻是死也不認。她從不覺得自己同元道嬰生了女兒有錯，亦不認為豢養私兵有什麼問題，更不覺得弒君不對。她唯一的錯，在於慢了一步，她應該在聞西陵進宮之前先宰了皇后跟太子才對！

鄭鈺爬了起來，道：「皇帝本該由能者任之，我淪落到如今這個地步，不過是因為自己失敗了，而非你們獲勝，你們有什麼資格審判我?!」

聞芷嫣質問。「妳弒兄弒君，竟無半點悔過之心，何其冷血？」

「我不殺他，他便要殺我，我不過是奮起反抗罷了。我骨子裡流著同他一樣的血，同為先帝子嗣，他能當皇帝，我為何不能？」

劉尚賢眉頭皺起，道：「哪有女人當皇帝？」

鄭鈺勃然大怒，方才數遍她的罪狀她都能保持鎮定，可一句女人不能當皇帝，卻讓她不能容忍。

「為何不能？就因為你們那狹隘的偏見？你們處處打壓女人，讓她們困於內宅，一輩子碌碌無為，只能圍著男子打轉。但凡見到一個出挑的女子，便要用聖人的標準約束她，想方設法貶低她、揪她的錯處。男子能三妻四妾，女子卻必須恪守婦道，從一而終。男子若有才能，名滿天下；女子若有才，卻要收斂鋒芒。

「皇兄這些年來毫無建樹，早就不適合再當一國之君，我從小就樣樣不輸他，既是如此，何不取而代之？當年就是因為我是女子才輸給他，如今有了機會，怎能不抓住？我做這些不過就是要證明，女子不比男子差，若我為帝，天下女子絕不會再受這種苦楚，也絕不會被你們這些卑鄙齷齪的男子所挾制！」

前面那些話，沈蒼雪還覺得像那麼一回事，可聽到後面時，卻只是嘲弄一笑。

聞西陵先開了口。「可別把自己說得那麼高尚，打著對女子好的旗幟，可妳是怎麼對付季夫人的？」

鄭鈺臉色一變。「她活該！」

劉尚賢道：「妳連容人都做不到，如何為君？口口聲聲說自己比大行皇帝出眾，但在『仁』這一字上便差之遠矣。」

聞西陵又問：「說對天下女子好，妳又為她們做了什麼？妳為女眷發過聲？為她們解過難？」

鄭鈺不以為意地說道：「待我事成，自然會做這些。」

聞西陵低笑一聲道：「若是有心，隨時都能為女子鳴不平。以泰安長公主的身分，只要用心，別的不說，開一間女子學院教女子一技之長，總是綽綽有餘。可妳不僅沒有，還對其他女子的痛苦視而不見。

「這些年妳用元道嬰用得如此順手，也不想想是誰在內宅之中替妳受盡了委屈？可見妳想當皇帝並不是想為天下女子發聲，不過是為自己鳴不平而已。」

鄭鈺說得那麼冠冕堂皇，不過是為自己的野心找個藉口罷了。

聞西陵不想再跟鄭鈺耗下去了，正想問問大理寺的人如何判刑，忽然聽見堂下傳來一道熟悉的聲音——

「諸位大人，小女沈蒼雪有一冤要訴。」

沈蒼雪從人群中緩緩走到了所有人的面前。

鄭鈺見是她，嘴角掛著一抹嘲諷的笑，說道：「真是牆倒眾人推啊，連上不得檯面的阿貓阿狗都來攀扯本宮，妳也配？」

她以為沈蒼雪是為了季若琴出頭，又或是故意踩著自己好揚名，態度極衝。

沈蒼雪並未跟鄭鈺爭執，只是對上面幾位行了禮，又給了聞西陵一個安心的眼神。

聞西陵暫且忍住了。

沈蒼雪道：「諸位容秉，小女之父沈晢原是建州人士，因精通醫道，早年間遊歷各方，救人無數，用盡畢生所學得了兩顆能解百毒的藥丸。一顆之前救過大行皇帝，另一顆，便是便宜了這位泰安長公主。」

鄭鈺愣了愣，猜測起沈蒼雪的用意。

「多年前家父途經京城，用一顆藥丸順手救下身中劇毒的泰安長公主。後來長公主殿下給大行皇帝下藥，為保萬一，命人前往建州殺害小女的雙親，更一把火燒毀了屋子，任由自己的救命恩人成了焦屍。」

周圍的人一陣唏噓。救人救出了一個白眼狼，那位沈神醫可真是不值得。不過，這事鄭鈺還真做得出來，方才列的那些罪狀，哪項不是喪盡天良？

鄭鈺許久未回應，她似乎沒想到沈蒼雪站出來只為說這一件陳年舊事，不過她自然不會承認。「這些不過是妳的一面之詞。」

「長公主殿下怎知小女沒有證據？」

她請示聞芷嫣能否讓證人上堂，聞芷嫣自然應允。

很快的，吳兆領著一個被捆得結結實實的男子進了公堂。

鄭鈺一見到他，便面露嫌棄。那不是厭惡，只是單純認為此人太不中用了，沒一點本事不說，還只會扯後腿。

沈蒼雪故意問：「長公主殿下，您可認得他？」

鄭鈺冷笑著撇開目光，並不開口。

沈蒼雪見她不答，自顧自地說道：「長公主殿下這般態度，真是教人失望啊，好歹此人是吃了不少苦頭後才將您供出來的。他本是受您救濟的乞兒，在您的慈幼堂中長大，成年之後便以侍衛的身分在公主府做事。

「當初您便是派他與另外九人前往建州殺害小女的父母，原是要將我們一家趕盡殺絕，只是出發前元道嬰交代了一句，讓他別將事情做絕，這才留了小女姊弟三人的性命。他返京之後，您嫌棄他辦事不力，原要處死他，也是元道嬰救了他一命，將他收在元府。」

沈蒼雪得知鄭鈺就要落馬之後，立刻去季家尋了季若琴。

鄭鈺與元道嬰沆瀣一氣，許多事元道嬰都插了一腳。若要查出當初沈家父母遇害一事，從季若琴那邊打聽最為穩妥。

好在季若琴碰巧知道一個從公主府過來的侍衛。當初季若琴得知對方是鄭鈺的人，本來要趕走他，還是元道嬰插手才留下他在元府。

這件事季若琴已經忘得差不多了，也是沈蒼雪問得仔細，才重新勾起了她的回憶。元府失勢後，家中的下人能逃的都逃了，沈蒼雪也是費了一番工夫才捉到此人，以刑相逼之下，他終於透了底。

沈蒼雪心想鄭鈺不見棺材不掉淚，便道：「若是一個人不夠，小女這兒還有其他證人。當初您派過去十個人，雖說已經沒了一半，可還有五個倖存，除了這個，另有四個人也被小女捉住，長公主殿下想跟他們當庭對質嗎？」

鄭鈺瞥了沈蒼雪一眼，態度依舊倨傲，眼神仍然冷漠，哪怕聽完了沈蒼雪這一番陳詞，心中還是沒半點波瀾。

沈家的那對夫妻，對她而言不過就是兩個名字罷了，殺了又如何。

沒有證據，她不會承認；有了證據，她也無所謂。反正這些罪狀加一條、少一條，鄭鈺都不放在心上，她甚至漫不經心地說了一句。「妳願意怎麼說便怎麼說吧。」

沈蒼雪終究被她這態度挑動了火氣。「您就沒有一點羞愧之心嗎？那可是您的救命恩人！」

「本宮可沒什麼救命恩人，那是老天爺賜福於本宮。再說了，當初先皇曾許他高官厚祿，是他自己不要的。」

鄭鈺連親兄長都能殺，更別說那些無關緊要的外人了，這種指責只會換來她的嗤之以鼻，而非真心反省。

若想讓鄭鈺因為此事痛哭流涕、慚愧到無顏見人，那只能說沈蒼雪還太年輕。她鄭鈺，向來不是這樣「懦弱」的人。

沈蒼雪意識到了她的無可救藥。

堂上的人也有些按捺不住了，劉尚賢覺得鄭鈺這態度實在可恨，對沈蒼雪這位苦主問道：「另外幾人可都在堂外？」

「都在。」

「那好，此事交由大理寺審理，若情況屬實，妳父母含冤而亡，朝廷會補償你們姊弟三人的。」

沈蒼雪堅持道：「大人，小女如今站在這兒並不是為了什麼補償，人死如燈滅，即便犯人死千百遍，被害之人也不能復生。小女只是不希望父母死得不明不白，更不想讓那些人覺得有權有勢便能傷人性命，位居高處便能百無禁忌。

「哪怕殺害小女父母的罪在謀反重罪前不值一提，可那的的確確是泰安長公主犯下的殺孽。她口口聲聲說自己比大行皇帝更出眾、更適合為帝，可小女所看到的，是她濫殺無辜、草菅人命，對此也毫不後悔。

「不將別人當成人，她有什麼資格在公堂之上大放厥詞，為自己的惡行辯駁？她不配。小女父母慘死已是可憐，若任他們不明不白地枉死，便會讓本朝律法蒙塵。似她這等大奸大惡之人，應將她的罪行公諸於眾，讓眾人唾棄！」

鄭鈺只是嗤笑，毫不在意沈蒼雪的指責。她仍覺得只是滅了兩個人，有什麼要緊的？

直到大理寺與刑部審問了沈蒼雪帶過來的人證，對鄭鈺謀害救命恩人一事確認無誤後，鄭鈺都還是一副無所謂的模樣。

殺了幾個人，她不在乎；要判什麼刑，隨便你。

這態度教眾人憤慨。

不過，沈蒼雪終於了結了一樁心事。正如她所言，她只想要這件事真相大白，想讓沈家父母沈冤得雪。哪怕鄭鈺毫無反省之意，她也達到了目的。

這一切多虧聞西陵幫忙，沒有他，她根本做不到這些。

雖然聞西陵沒想到沈蒼雪會選擇在這個時候站出來，但鄭鈺的罪名的確添上了這一條，賴不掉的。

得知自己即將上刑場，鄭鈺出奇的平靜。反正謀反已經宣告失敗，再怎麼爭吵也改變不了事實。

從被大理寺救出來之前，到入宮弒君，再來又回到牢中，直到今天上堂，她都沒能好好休息，說真的，她確實是累了。

如今她唯一的牽掛，就只剩下鄭頤這個寶貝女兒了。

第六十六章　塵埃落定

鄭鈺被判刑，其他與謀反一案相關的大臣也相繼落網。

身為鄭鈺的女兒，鄭頤原本也要被劉尚賢等人送上刑場，不過她確實沒做過惡事，不過是個什麼都不懂的姑娘家，最重要的是，皇室裡有些老人家想為鄭鈺留一條血脈。鄭鈺他們救不了，她的女兒卻能努力一保。

幾方博奕之下，鄭頤僥倖保住性命，被遣至佛寺修行，終身不得離開。

至於鄭鈺養的一群侍衛，沒幾個是乾淨的，手上沾過的人命不少，最後也都以命換命了。

等審到汝陽王府時，情況卻意外的尷尬。

鄭毅之前的確想過要巴結長公主，可是除了巴結以外，也沒本事摻和鄭鈺的那些勾當，真正跟謀反有關的人，僅限於鄭意濃。

汝陽王府一家三口被押送上堂的時候，沈蒼雪遲疑了一下，最後選擇轉身離開。

她的身分終究尷尬，留在這兒除了讓人看好戲，也沒有其他用處了，況且她對他們一家人的下場也不太感興趣。

沈蒼雪不擔心鄭意濃會逃脫，她包庇鄭鈺是事實，光是這一條，就足夠她喝一壺了。當初特地延後執刑、希望他有所貢獻的曹管事雖然沒派上用場，但鄭意濃終究走上了作死的道路。

自己上京城所追求的目標，算是全數達成。善有善報，惡有惡報，不是不報，時候未到。為非作歹的惡人，終於迎來了審判。

趙卉雲一眼就看到了沈蒼雪。就在她感到心情複雜之際，卻見沈蒼雪轉頭就走，毫不留戀。

見狀，趙卉雲心裡著實有些受傷。雖然知道自己對那個孩子不好，可如今王府情況艱難，看到她這般絕情，趙卉雲還是相當失落，甚至一度聽不見鄭意濃的呼喚。

鄭意濃一直嚷嚷著自己無辜，可又沒辦法撇清這件事，她編出來的理由都站不住腳，情急之下只能喊趙卉雲，想讓母妃替自己開脫。

然而，趙卉雲卻一直望著沈蒼雪離開的方向，遲遲不語。

鄭意濃嫉妒到快要發瘋了，卻無可奈何。

這裡是公堂，鄭意濃企圖將重生之後用的那些小把戲在這兒故技重施，不過在這些官場上的人精看來，簡直太過兒戲。

不論鄭意濃如何巧言令色、口舌如簧，堂上的大理寺跟刑部官員都不曾對她心軟。

鄭意濃並未獲判死刑，只是流放三千里，可是這對她來說，簡直比死還要痛苦。

不過一日的工夫，這場轟轟烈烈的審判便畫上了句點，該處刑的處刑，該封賞的封賞。

其中有一位身分特殊的知府，原替鄭鈺養兵多年，不過這回鄭鈺決心謀反之際，這位知府卻臨時反水，帶著不少人直接投降。正因為他的倒戈，聞西陵等人才能輕而易舉地捉拿鄭鈺。

若不然，三十萬大軍壓境，便是聞西陵再有準備，也會疲於應對，更不知道要犧牲多少人才能換得這個事件順利落幕。

這位知府接受審問時，滿口的家國大義，好似從前替鄭鈺豢養私兵的那個人不是自己一樣。

這樣表裡不一的人，眾人其實不願意相信，可是他確實立了功，即便過去犯了錯，也功過相抵了。

最後這位知府不僅未被削職，還得了朝廷的封賞，至於這裡頭內情究竟如何，就只有他自己跟聞西陵知道了。

當初聞西陵找到他，也是費了好一番工夫威逼利誘，才說服他答應演一齣戲，成功地騙過了鄭鈺。眼下戲演完了，這兩人很有默契地將事情深埋心底，平日看到了對方，也只當彼此是陌生人。

塵埃落定後，沈蒼雪抽了空，特地帶上不少禮物去拜訪季若琴，謝謝她助自己查清父母被殺一事，也順便將公堂上的一樁一件都告訴她，以慰藉她在家療養、無法親自去看鄭鈺受審的遺憾。

自上回被綁遭虐之後，季若琴原本就不好的身子更受了大罪，這些日子一直臥床休養。其實季若琴身上的傷病好得差不多了，但是心裡的毛病卻根深柢固，無法輕易消除。

沈蒼雪走進季若琴的房間後便發現，這裡頭的空氣似乎格外沈悶壓抑。門窗半掩，四周寂靜，季若琴一人坐在床頭，對著空蕩蕩的空間乾瞪眼，既不叫人，也不說話，聽外頭的嬤嬤說，她經常一坐便是一天。

看她這個樣子，季老夫人急得慌，見有人過來陪自己的女兒聊聊，也坐在一旁含笑聽著。

季若琴躺在床上，聽完沈蒼雪的話，果然舒心了許多，頗有些大仇得報的快感，連精神都好了幾分。「善惡終有報，總算是讓我等到了！」

「鄭鈺不日便會被處斬，她麾下的勢力也被殲滅，夫人往後可以安心過自己的日子了。」

季若琴看向自己形狀可怖的一雙手，了無生趣地說道：「我這如槁木一般的身子，活著和死了有什麼不同？」

這話令季老夫人鼻頭一酸。她好好的一個女兒，因為嫁錯人受了這麼多年的冷待，又被人折磨成這副模樣，鄭鈺跟元道嬰死千萬次都無法彌補。

沈蒼雪聽了以後也是一陣心疼，但還是勸道：「大仇得報，總該往前看。若是一直困在過去，豈不是讓親者痛、仇者快？為了兩個爛人折磨自己，不值得。」
季老夫人狠狠點頭道：「這話對極了，咱們還是好好活著，否則若是自己折了自己的壽命，下了地獄碰見那兩個人，有多晦氣啊？」
這話讓季若琴打了個冷顫，結結實實被噁心到了。
沈蒼雪又想起另一件事。「鄭鈺當時還在公堂上大放厥詞，說要給天下女子撐腰，讓她們不必再受冤屈。」
「就憑她？」季若琴毫不客氣地譏笑道。
「鄭鈺自然做不到，她說這些不過是為了美化自己的惡行罷了。不過皇后娘娘聽她說完這些話之後，倒是有些啟發，決心在京城先辦一所女子學院，若是辦得好，往後便推廣到別處。」
季老夫人聰慧得很，一下便聽出了其中關鍵。「這女子學院可是需要女先生？」
「那是當然，聽說如今正缺名額呢。」
「若琴，不如妳去當女先生吧。」季老夫人歡喜地轉頭道。
季若琴眨了眨眼，被說得愣住了。「我？」
沈蒼雪接過話，說道：「皇后娘娘想召些有名氣又有才學的夫人，可惜少有人願意捨下家業去學校裡教書，您若是能去，自然最好。比起鄭鈺嘴上說一套、背地裡做一套，皇后娘娘帶頭創辦女子學院，才是真正將天下的女子放在心上。夫人，既是皇后娘娘起的頭，必不會半途而廢的，您何不試試呢？」

季若琴被她說得有些心動，可是轉念一想，自己已是半個廢人，不禁有些洩氣地說：「可我的手……」

「教書用的是腦子，又不是手。若要寫寫畫畫，雇一個書僮不就夠了？重要的是閱歷與學識，這是誰都無法取代的。」

季若琴低下頭，退縮道：「可我就這樣出門，別人會怎麼想？」

「能怎麼想？他們只會欽佩您性情堅忍、天性良善。」沈蒼雪鼓勵她道：「過去那些年都是為了別人而活，現下沒了束縛，也該為自己而活了。」

季若琴若有所思，但一時之間尚下不了決心。這雙手，還是讓她自卑了。

不過相較於之前的頹喪，季若琴這已經算是走出了一大步。

午後季老夫人親自將沈蒼雪送出門，千恩萬謝道：「真是多虧了城陽郡主，若不是妳，老身這女兒還不知要陷在裡面多久。」

沈蒼雪道：「怪只怪夫人太善良了。」

要是換了鄭鈺，才不會深陷其中，她只會把別人拖下水。

沈蒼雪離開季家之後，依舊聽到街頭巷尾有不少人在議論，議論的焦點在於朝廷似乎對應該嚴懲的人多了些寬容，又對應該寬容的人多了幾分冷酷。

譬如此次的始作俑者鄭鈺，雖然公主府就此沒落，但她只是落了個體面的處斬，且她的女兒竟然完好無缺地被送進了佛寺裡頭。

吃齋念佛固然不是什麼輕鬆的差事，可是跟其他謀反的人比起來，鄭鈺一家人的下場算是極好了；還有元家，宅子跟財產是被收走不少，也賠了一些人進去，但家中一位少爺跟一位小姐卻安然無恙。

林府裡頭，有個小丫鬟學著這些話說給趙月紛聽。

趙月紛不以為然地說：「若不然呢，將他們全都凌遲處死？真要這樣判的話，那些百姓又會覺得朝廷殘暴不仁。」

小丫鬟道：「可那是謀反的大罪啊，要株連九族的。」

趙月紛漫不經心地說道：「鄭鈺的九族可都是皇親國戚，誰敢誅？目前護著鄭頤的也是那些人，都說見面還有三分情呢，何況人家是真有血緣關係，自然要幫襯著些。

「當日朝廷諸多大臣都參與此案的審理，瞧著甚是公平，可是人一多便容易產生分歧，最後只能挑一個折衷的方案，輕不得，重不得。況且，世上哪有什麼公平可言呢？妳看那位季夫人，平白無故被廢了一雙手，誰來給她公道？現在這個結局，已經算是對得起大部分的人了。」

雖然殘忍，可這就是現實。

趙月紛打發走了小丫鬟，又跟沈蒼雪商量起來。「我聽說鄭意濃已經被陸家給休了，她也算是竹籃打水一場空，什麼都沒撈到。不知道妳爹娘他們會怎麼懊惱跟後悔呢，我過些日子準備上門瞧瞧熱鬧，妳去不去？」

沈蒼雪想都沒想便搖了搖頭說：「不去。」

趙月紛遺憾道：「可惜了。」

蒼雪若是跟著去，她那位長姊的臉色肯定更「好看」。

沈蒼雪不打算去看被無罪釋放的鄭毅夫妻，但是鄭意濃被流放的當日，沈蒼雪卻乘了一頂小轎，遠遠地觀看了。

同鄭意濃一道被送出城的還有不少這回犯了事的人，不過大多是男子，女眷少得可憐，鄭意濃是其中最年輕的一個。

在出城之際，沈蒼雪注意到後頭有兩批人本來想送些東西給鄭意濃，結果被官差給攔住了，毫不留情地推了回去。沈蒼雪雖不認識這兩批人，但是大致猜得出來，除了汝陽王府，便是趙府了。

再觀察一圈，另一頭的角落裡果然停著一輛馬車，似乎是汝陽王府的，不知汝陽王妃是否坐在那裡面；另一邊則是趙府的馬車，看樣子是趙老夫人於心不忍，還是差人出來了一趟。

車上的人並沒有下來，只派了人前來打點，他們兩家無非就是想讓鄭意濃在流放的途中過得好一些，等到了地方能有錢買個舒服點的住處，不用跟其他人一樣吃盡苦頭。這些招數原本都行得通，只是這回朝廷發了話，官差也不敢收禮了。

是以，鄭意濃這一路的苦頭是吃定了。

興許是仇人之間的感應格外強烈，鄭意濃沒發現汝陽王府跟趙府派了人過來，反而獨獨注意到了沈蒼雪。

兩人相隔甚遠，卻都發現了彼此。

鄭意濃的目光像是淬了毒一樣，對於這意料之中的恨意，沈蒼雪並不意外，只是她怎麼都想不明白，為何鄭意濃會將上輩子的遭遇盡數歸咎於她。

若是前世她在娘家不得寵，不是該去問她父母嗎？若是在夫家不得寵，那該怪自己的丈夫才是。原主不過是個可憐人罷了，自始至終沒害過誰，怎麼就被鄭意濃給恨成這樣呢？

想不通，沈蒼雪也就懶得想了，她若是能理解，或許就會變成跟鄭意濃一樣的人了。

鄭意濃還在瞪沈蒼雪，不過沒瞪多久，後背便挨了一巴掌。「看什麼看？還不快走！」

這一巴掌差點拍得鄭意濃吐出一口血來。

被人如此欺辱，還是當著沈蒼雪的面，鄭意濃羞憤欲死。可她不敢反抗，反抗的結果，她這兩天已經領教過了。

迫於無奈，鄭意濃只能跟著流放的隊伍，亦步亦趨地往前走。

也不知過了多久，她回頭看了京城的方向一眼，注意到那小轎已經消失了，彷彿從沒來過一樣。

鄭意濃有些諷刺地想著，多好笑啊，她在京城待了小半輩子，結果臨走前竟然只有一個仇人前來送行。

她原以為自己不在意的。她曾把所謂的親情與感情都當成可以利用的跳板，可是當這一切都不復存在的時候，她還是會心痛，一樣會失望。

所以，自己這些年究竟做了什麼？又圖什麼？

鄭意濃收回目光，忽然覺得活著也挺沒意思的。

幾日後，鄭鈺被當街處斬，她上刑場前一日還不安分，曾拚命攀扯聞家。

她在牢獄中叫囂，說聞家人早就知道她要謀反，不僅策反她身邊的人，還放任她帶兵攻入皇宮，以至於親手殺了聖上。

鄭鈺聲嘶力竭地控訴，不過牢中並沒有人願意搭理她，後來因為實在太過吵鬧，才來了一個小獄卒。

他正在午休呢，被人吵醒後本就不痛快，再一看還是個死囚，更是氣不打一處來。「明日就要行刑了，在這兒瞎嚷嚷什麼？有這個力氣，還不如多寫封遺書。」

「去告訴那些皇親國戚，讓他們過來見本宮，本宮有話要交代！」

小獄卒笑了，歪頭打量了她一眼道：「還以為妳是高高在上的長公主殿下啊？別忘了，妳可是死囚，只有別人召妳的分兒，想讓別人紆尊降貴地過來見妳？作什麼春秋大夢呢！要我說啊，妳落到今天這個下場也是罪有應得，連自己的親兄長都能殺，真是喪心病狂。」

鄭鈺喝斥道：「閉嘴！你知道什麼?!」

「該知道的都知道了，現在外頭關於妳的事可是傳得沸沸揚揚。我勸妳還是別白費力氣了，也別再指著聞家罵，人家沒趕盡殺絕，好歹還放了妳女兒一條生路。我若是妳，早已跪下來千恩萬謝，妳倒好，不僅不領情，還不分青紅皂白地誣衊人。」

他不禁打了一個大大的哈欠，說了這麼多話，把他都給說睏了。「妳是將死之人，可那位姑娘還在佛寺裡頭待著呢，不想想妳自個兒，也該替她著想不是？」

打蛇打七寸，鄭鈺頓時不出聲了。

她不是什麼十全十美的好母親，但是也不希望鄭頤陪自己一道赴死。她可以為了逞一時之快拉聞家下水，聞家自然也能在她死後折磨鄭頤。

權衡利弊之後，鄭鈺終究沒繼續宣揚聞家借刀殺人一事。

其實一開始，鄭鈺並沒有頭緒，可是在牢裡待了這些日子，她早已冷靜下來，一冷靜，先前想不明白的事情便都想通了。

為何他們能輕易地打進宮中？為何她能輕鬆地殺掉鄭頲？不是因為她的侍衛能以一抵十，而是因為有人提前布了局，請君入甕。她豢養私兵一事，對外一向瞞得緊，不會有外人知道，唯一能洩密的，便只有元道嬰那邊了，且除了季若琴，不可能是其他人。

說來說去，還是因為元道嬰不中用，連自己的枕邊人都管不好，活該丟了性命！

鄭鈺不後悔殺了鄭頙，更不後悔當初逼宮，她只後悔自己沒想好萬全之策，未將這些隱患一一抹除。更後悔的是，她當初就該像毒鄭頙一樣，給聞家人也下點藥，連同皇后跟太子一起，相偕下去見閻王。

可惜這只是空想罷了，先去見閻王的，反而是他們兄妹兩人。

第六十七章　餘波盪漾

鄭鈺處斬的這一日，刑場人滿為患。在囚車上被推著進場的時候，鄭鈺飛快掠了所有的人一眼，結果看了一圈，她的眉頭越皺越緊。

前來監斬的官員有三人，都是刑部的，兩個侍郎，另一個只見過幾面，連名字都叫不上。

這三個對於鄭鈺來說，都是上不得檯面的人，她頓時不滿道：「皇后呢？朝中那些老東西呢？再不濟，聞西陵那個毛頭小子總要來親眼看著我嚥氣吧？」

「他們並未來此。」押送她的人回道。

「不可能！」鄭鈺情緒激動。

聞言，臺上的刑部樊侍郎說道：「勸您還是別自作多情了，皇后娘娘與諸位大臣另有要事，監斬這等小事，由我們三人代勞即可。」

鄭鈺的臉色更不好看了。想她風光一時，臨死前卻還被人擺了一道，遂冷冷嘲諷。「他們就不擔心本宮金蟬脫殼？」

樊侍郎連語調都沒變，一板一眼地道：「是嗎？那就看您有沒有本事了。」

一拳打在棉花上，便是這樣的感覺。

鄭鈺不爽極了，她自認縱然落了難，自己依舊是聞家及朝廷那些大臣的心腹大患，心想今日赴死時會看到一群不待見她的人，她甚至已經想好見到他們時要說什麼，可如今竟連一個人影都不見。

莫說是他們了，連她刻意對付的人都沒來！

鄭鈺仔細地搜尋了半天，季若琴也好、沈蒼雪也罷，全不在。

這令鄭鈺惱怒起來，她不相信這些人會對自己置若罔聞。

他們不來，城中大半的百姓倒是都跑過來湊熱鬧，他們知道鄭鈺十惡不赦，上回謀反的人也是她，所以特地過來等著惡人被砍頭。

鄭鈺被帶上刑臺的時候，下面有好事者故意往她身上扔爛菜葉子和雞蛋。

一顆顆雞蛋在鄭鈺腳邊砸開，黃色的蛋液濺了一地，傳出來的腥臭味令人作嘔。耳邊都是拍手叫好的聲音，鄭鈺似乎是人人得而誅之的魔頭，可她知道這些年自己為了名聲，在京城開設了好幾處慈幼堂，陸陸續續幫過不少人。哪怕她幫這些人的初衷是為了讓他們長大了替自己賣命，可是鄭鈺自認待他們不薄，也算有功之人，可恨這些百姓竟被朝廷愚弄，轉而將矛頭指向她，視她為死敵。

鄭鈺清楚地見識到了百姓的愚蠢無知，若今日失敗的是聞家，他們一樣會將矛頭指向皇后跟太子。

大概是鄭鈺鄙夷的目光過於明顯，引發了眾怒，怒罵她的人更多了。

時辰一到，劊子手立刻行刑。

日頭高高掛起，鄭鈺抬眼往上看，晴空萬里，光線刺目。逆光中，她看到一把長刀，帶著凜冽的寒光，就要朝她而來。

在生命的最後一刻，她想的依舊是逼宮那一晚。早知如此，她應該先斬了皇后與太子，便是落敗，也不能讓聞家獲利。

鄭鈺被押著低下頭，靜靜地盯著地面。白光一閃，眨眼之間，人便沒了。

從此，這世上再無泰安長公主。

鮮血染紅了斷頭臺，周遭的謾罵聲隨鄭鈺的死戛然而止。百姓們心生畏懼，不敢直視臺上那顆睜大了雙眼的頭顱。

人一死，再多的怒火都沒了發洩的對象，有些百姓覺得鄭鈺死不瞑目實在晦氣，趕緊念了幾聲佛，轉身離開現場。

刑部的三位官員讓人將鄭鈺的遺體拉下去處置好，便返回朝廷覆命。

鄭鈺的死，讓這樁謀反案畫上了句點。

朝中許多人的反應都跟季若琴一樣，雖然覺得大快人心，但事情發生得太快、太過順利，不免讓人懷疑真實性，有時回想起來，仍有如夢似幻之感。

從前的長公主多囂張啊，過去的元丞相多威風啊，現在偌大的公主府說倒就倒，聲名赫赫的元家也猶如過街老鼠，人人喊打。

不過轉念一想，這兩人為非作歹這麼多年，也該得到報應了。過去之所以沒被懲治，是因為有人護著，他們解決掉了護住自己的人，也算是自毀長城了。

朝中不光是折了元道嬰，後續遭到清算的官員沒一百也有數十。這些人得一一補齊，於是朝廷下了政令，說要在明年春天開恩科，重新選一批進士進宮。

這些都不是沈蒼雪關注的，她在意的是鄭鈺的酒樓將被轉賣，自己能不能拿到手。

沈蒼雪已經相中那間酒樓多時了，每每經過都要盯著看，好不容易鄭鈺落馬，她名下的物業朝廷能收則收，不能收的便轉手賣給他人。

似這酒樓這樣的好鋪子，轉手賣出並不是最划算的，可是朝廷既然要公開競拍，沈蒼雪無論如何都要拿下。

她毫不猶豫地報了名，又讓吳兆幫忙打聽究竟有哪些商賈來競拍、那些人又是什麼來歷。

所謂知已知彼，百戰不殆，正是這個道理。

三日後，酒樓競拍正式開始，吳兆跟著沈蒼雪一起進入競拍場，也就是他們今日想拿下的樓外樓。

據說這酒樓的名字已傳承了百年，前朝便有此名號，如今的樓外樓雖然不是前朝那一個，不過名字跟菜色都繼承了下來。幾經調整後，更適合眼下京城百姓的口味，因此生意歷久不衰、日進斗金，這樣的香餑餑，誰不想收入囊中？

沈蒼雪先前對此處也是勢在必得，不過聽了吳兆的話後，她又覺得不太可能拿下了。自己雖說積攢了些家底，但是在富商大賈們看來，仍是不值一提。根據調查的情況來看，這些人哪個不是家財萬貫？他們意圖買下樓外樓，興許不是為了賺錢，只是單純衝著這家酒樓的名聲過來的。

如此一來，沈蒼雪就更加不好運作了，她有預感，這回的競拍只怕她連開口的機會都沒多少。

參與競拍的人一律待在二樓的包廂，每個包廂都有一個窗戶。一樓的高臺上有人控場，二樓兩側包廂的窗戶都對著那個方向，各包廂舉牌子或競價，下面的人都能聽得清清楚楚。

沈蒼雪開口時，場中一時之間沒了聲音，似乎沒人想到今日會有女眷來競價。

不過生意場上沒有什麼誰讓著誰的道理，大家都是奔著同一個目標去的，沈蒼雪開的價不算高，立刻就被旁人給壓下去了。

吳兆還想要再舉牌子，卻被沈蒼雪給阻止。「再等等。」

聞言，吳兆遲疑道：「可您不是想要這酒樓嗎，這會兒不舉牌子，被人搶了去可怎麼好？」

「急什麼，還有得爭呢。」爭的人不是她就是了。她的直覺不會錯，還是看戲比較實在。

吳兆放下牌子，瞅著沈蒼雪的臉色道：「要我說，直接跟世子爺交代一句不就得了。鄭鈺的財產已收歸朝廷，給誰還不是朝廷說了算，只要世子爺從中運作，便沒這麼多的事。」

沈蒼雪飲了一口果茶，這茶喝起來唇齒留香，讓人心情很不錯。「你這是逼著你們家世子爺假公濟私啊。」

「有這麼嚴重？不過是吩咐件小事而已。」

沈蒼雪鄭重地說道：「這話你可別在聞西陵面前說。朝中再無鄭鈺之流，聞家樹大招風，難免惹眼。人在高處，更需要小心謹慎，以防被別人抓住把柄。你信不信，今日他若是替我解決了樓外樓的競拍一事，明日便會有朝臣彈劾他中飽私囊、不堪為臣？」

吳兆訕訕地閉了嘴。

沈蒼雪心裡存著一樁事。朝中只有一方獨大，意味著聞西陵不論何時都身處旁人的注視中，些許小錯都會釀成大禍。

思及此，沈蒼雪再次交代道：「往後這些話不能再說了。」

他們兩人說話的工夫，場中的競拍已經到了白熱化的程度。沈蒼雪撐著下巴朝外看去，只見對面的一位老闆提價提得最凶，似乎非要拿下不可。

吳兆在一旁說道：「那位是傅成傅老闆，京城裡首屈一指的富戶，祖輩經營茶葉生意起家，現今傅家人越來越多，事業也越做越大，很少有他們不涉及的領域。」

沈蒼雪追問道：「那這位傅老闆脾性如何？」

「……不好說，有人稱讚他好相處，也有不少人覺得他性格孤傲、態度冷淡。」

這些話沈蒼雪也就聽聽而已，並未真的上心。

從前元道嬰還被人說愛妻如命呢，可見外頭的流言都是胡扯，是真是假，還需要認識之後才能下定論。

後面只剩這位傅成跟其他兩個人較勁，眾人索性當起了看客。

這三人剛開始誰也不讓誰，恨不得將對方壓過去，價格也越提越高。可後來傅成提的價實在太高，已經高到難以接受了，那兩人才終於冷靜下來。

傅成環視周圍一圈，心滿意足地放下了競價的牌子。

與此同時，下面的官差也公開了結果——從今以後，這座樓外樓，便成了傅家的產業了。

沈蒼雪跟著眾人一起鼓了掌。

散場之時，沈蒼雪叫住了對方。「傅老闆留步。」

傅成回過頭，看到了一位素昧平生的貌美姑娘，瞧著年紀不大，一副閨閣女子的打扮，不過神色卻顯得有些老練。

他停住腳，緩緩問道：「不知姑娘有何貴幹？」

沈蒼雪淡淡笑了笑，說道：「我有一樁生意想跟傅老闆談一談，您可方便移步？」

傅成雖不知面前這個姑娘葫蘆裡賣的是什麼藥，但是看她身後跟著的侍衛，心想她必定非富即貴，興許是某位高官家的千金，便跟她一塊兒離開了。

民不與官鬥，這是傅成遵守的法則。

三人進了一間茶館。

傅成喜茶，這裡又是自家茶館，進去之後，他便親自為沈蒼雪斟了一盞茶。「不知姑娘貴姓？」

「姓沈，臨安城沈記酒樓的東家。」

傅成斟茶的動作一頓。這沈記酒樓的名聲可是如雷貫耳，之前京城許多人為了嚐嚐那酒樓的火鍋，不遠千里奔赴臨安城。

只見傅成拱手道：「原來是城陽郡主，失敬失敬。」

沈蒼雪也是敞亮人，不繞彎子，打開天窗說亮話。「今日之前，我亦是存了拿下樓外樓的心思，可是競拍之後方知自己自大了，京城實在是個臥虎藏龍的風水寶地。」

傅成眉眼染上笑意道：「臥虎藏龍算不上，今日來的這幾家雖說都有些家底，不過也沒您想得那樣誇張。只是樓外樓日進斗金，這樣一本萬利的買賣，是人都會心動。」

說完，傅成低眉瞥了一下沈蒼雪道：「不過，郡主攔下傅某，應當不是為了說這幾句話吧？」

「不瞞傅老闆，我此番前來，是為了尋求合作機會的。」

傅成點頭道：「願聞其詳。」

「沈記酒樓生意之好有目共睹，傅老闆如今接手樓外樓，難道不想讓此處的生意更上一層樓？」

「您指的是……沈記的火鍋？」

「不錯。」沈蒼雪頷首。「我在臨安城有一處莊子專門種辣椒，除了讓那邊的鋪子用，再供應一間樓外樓也綽綽有餘。若是傅老闆有意合作，我願出方子與原料，樓外樓還能新得一批與眾不同的菜品，算是雙贏，傅老闆以為如何？」

傅成低頭思索起來。

以沈記的成功，這樁生意他自然心動，但是談判場上越早暴露底牌越被動，傅成遂迂迴起來。「郡主的主意雖新穎，可我卻擔心京城百姓吃不慣這所謂的火鍋。」

沈蒼雪收起了笑容，淡淡道：「臨安城百姓並不嗜辣，現在卻癡迷沈記酒樓的菜品，京城百姓的口味較臨安城偏重，配方只需稍加調整即可。我是誠心尋求合作機會，看中的是樓外樓的口碑與傅老闆的名聲，若是您覺得不妥，便當今日之事未曾發生過吧。」

說著，沈蒼雪起身道：「我再去尋別人就是。」

傅成立即站起來攔下沈蒼雪，笑吟吟地讓她坐下。「郡主急什麼，凡事都可商議。」

沈蒼雪緩緩坐下，摸清了傅成的態度。有得談，便是退讓，接下來，就該討論分成了。

一旁的吳兆看這兩人唇槍舌劍的，心中咋舌。每每在他覺得這樁生意要談崩的時候，兩個人忽然又收斂了鋒芒，各退一步。如此反反覆覆談了大半個時辰，最後吳兆也不知道這結局是不是沈蒼雪想要的了。

吳兆是搞不清楚，不過傅成與沈蒼雪兩人都默認了這個結果，傅成甚至說今日他便回去擬好合作的具體事項，回頭直接簽書契。

直到離開茶館的時候，吳兆都還有些迷糊，他問沈蒼雪。「最後那分成是您一開始想要的嗎？」

沈蒼雪微微點頭道：「差不多吧。」

「那位傅老闆呢？」

沈蒼雪想了想，說道：「他若是覺得不滿意，也不會答應。別看他像是讓步了多少、吃了多大的虧似的，這樁生意他實際上還是有得賺。」

吳兆心道：郡主，您也是一樣啊。

「其實您的方子如此受歡迎，哪怕不在樓外樓賣，找別人合作，抑或是自個兒再開一家酒樓，生意照樣好。」

沈蒼雪何嘗不明白，只道：「我久不在京城，若不找一個可以信任的人，生意哪能經營得下去？」

久不在京城？

吳兆不禁擰起了眉。這話什麼意思，難不成郡主想回臨安城？如今鄭鈺倒了、鄭意濃也被流放，她還回去做什麼？要是她回去了，自家世子爺怎麼辦？

還不等他問清楚，沈蒼雪迎面就撞上了熟人。她停下腳步，目不轉睛地看著對方。

算算日子，自從鄭鈺落馬之後，他們已經有很久不曾見面了。

「不忙了？」沈蒼雪歪頭打趣了一句。

聞西陵走了過來，低頭注視著她，有些不好意思地說：「暫時都忙完了，所以特地過來尋妳。」

後面的吳兆露出牙酸的神情。得了，他該離開了。

剛剛在茶館裡頭坐了許久，沈蒼雪不願意再找個地方坐下，於是提議到別處散散步。

聞西陵一聽，直接騎馬帶著她去了城郊。

初冬的京城早已轉涼了一陣子，好在今日暖陽高照，是以外頭並不冷。城郊外有一條護城河，河水到冬日進入枯水期，一大截河床裸露在外，河道兩側積著許多飄落的黃葉，蕭蕭瑟瑟，讓人內心有些傷感。

沈蒼雪不自覺地攏了攏衣裳，剛有動作，聞西陵便將身上的披風解下來，為她披上。

她看他穿得並不多，擔心道：「你不冷嗎？」

「妳不冷就行。」聞西陵隨口應了一句，細心地扣好了披風的盤扣。

他有時不夠成熟，有時又過於張揚，但是真正對一個人好的時候，卻好似被磨平了稜角一樣，變得既圓滑又柔和。

沈蒼雪抿了抿嘴，轉移了話題。「眼下朝廷還安穩嗎？」

「比前些日子算是好多了。鄭鈺一死，原先那些替她求情的人也不再折騰，畢竟人都沒了，再糾纏也沒用。眼下正在忙大行皇帝的葬禮以及太子的登基禮，葬禮倒是好處理，不過立新帝一事尚有異議。」

沈蒼雪不解地說道：「先帝薨了，太子登基為帝不是理所當然嗎？我記得皇室裡頭沒有比太子更合適的，難不成……他們想立賢妃所生的四皇子？」

第六十八章 確認心意

聽到沈蒼雪這麼說，聞西陵露出了一言難盡的表情。

見狀，沈蒼雪無奈地說：「還真是啊……」

「賢妃本人的母家雖沒有多大的能耐，但是噁心的人手段還是不缺的，他們聯合朝中同黨力推四皇子上位，也不想想那還是個在襁褓中的嬰兒，怎麼當新帝？不過是為了權勢，連臉皮都不要罷了。」

聞西陵不太喜歡朝堂上的爾虞我詐，他是屬於戰場的，如今被迫留在這兒，其實一點也不痛快。

沈蒼雪輕輕摁了一下他的眉頭，方才還皺成「川」字的眉毛立刻鬆開，她問：「那他們不會鬧出什麼事來吧？」

聞西陵捉住她的手，若無其事地牽好，刻意讓沈蒼雪注意他說的話，不要留意他的動作。「鄭鈺跟鄭頙都倒了，他們早就沒了靠山，眼下不過是垂死掙扎，不礙事。」

只是聞西陵嘴裡說著話，眼神卻不住地瞥向雙方交握的手。之前他也偷偷牽過沈蒼雪的手，她同樣沒拒絕。

不過他不能一直這樣盯著，否則實在太明顯了，聞西陵繼續道：「太子登基這件事，本來就不需要他們同意。」

等大行皇帝的葬禮結束之後，太子自然能順勢登基，若有攪局的，聞家會讓他們知道後果。

朝中的事說完，聞西陵開始關心沈蒼雪的事。「方才見妳在茶館中議事，可有什麼要幫忙的？」

「我那點小事哪裡用得著你幫忙？不過是想找個人合作，將火鍋生意做到京城罷了。人已經找好、事情也談攏了，來樓外樓真是個明智之舉，若不然，可找不到真的談得來的對象。」

沈蒼雪雖然覺得傅成是個精明的商人，但不得不承認，同他談生意還挺安心的。

聞西陵聽了，不禁竊喜。他以為沈蒼雪往後要待在京城做生意，這樣就意味著他們能不分離了。他還記得沈蒼雪想回臨安城的，如今不回去，是為了他嗎？

人生最歡喜的，莫過於你惦記的人也惦記著你。

聞西陵心中甜蜜地冒起粉紅泡泡，高興地暢想起了未來。「在京城做生意可不比在臨安城，裡頭的門道多著呢，有些不長眼的，見妳孤身一人便要欺負妳。等我忙完朝廷的事，回頭便同妳一道商議如何？那個人若是可靠，不妨讓他多分擔一些；若他不可靠，我來幫妳也未嘗不可，就像之前在臨安城一樣。」

他望著沈蒼雪，目光誠摯。在他的規劃中，未來不僅有自己，還有她。

沈蒼雪感覺被他的視線燙了一下，一顆心酥酥麻麻的。相處這麼久，她若不知道聞西陵的心意，那就是真傻了。他救過她多次，處處幫她、護她、體諒她，若非有他，自己早就魂斷他人之手。

說實話，沈蒼雪並非鐵石心腸之人，哪可能不動心呢？

不過她必須解釋清楚，自己要回臨安城一趟，京城這些事得等她安頓好那邊再來商議。

然而沈蒼雪的玩心忽然起了，她想逗一逗聞西陵，遂幽幽地嘆了一口氣道：「我只怕等不到你來幫我了。」

聞西陵急忙追問道：「這是為何？」

沈蒼雪轉過身，語氣低沈。「往後京城這邊的生意全權交給傅老闆打理，我只負責原料與分成。等書契簽好了以後，我得回臨安城，淮陽跟臘月他們還等著我，沈記酒樓也是，我總不能捨了他們，獨自留在京城。」

「妳……妳要走？」聞西陵整個人如遭雷擊，怔住了。

沈蒼雪煞有介事地點點頭。「的確要回去一趟。」

她是要回去，因為有不得不這麼做的理由，可是這並不意味著她再也不來京城了呀。

此刻，聞西陵的心情糟透了。

方才他有多高興，現在便有多沮喪，大喜大悲之間，胸口越發堵得慌，連話也不願意說了。

許久，聞西陵忽然垮下肩，一股深深的無力感束縛住了他，讓他無所適從。是啊，她從一開始來京城便是為了報仇，不是因為他。如今大仇得報，當然要回臨安城，況且那邊還有她的親友，於情於理，都該回去。

他算什麼呢？不過是個過客，或者……只是個恩人罷了。

這是被打擊到了？沈蒼雪碰了碰他的手道：「怎麼忽然不說話了？」

「妳……」聞西陵的手一縮，欲言又止。

這個呆子！沈蒼雪眼裡盛滿笑意，道：「離別將近，你就沒什麼話要說？」

「……妳回臨安城之後，會和旁人議親嗎？」過了一會兒，聞西陵小心翼翼地問道。

他知道韓攸已經返回臨安城，也沒忘記沈淮陽曾打著撮合他們兩人的主意，韓攸本人看來有意願，就不知道沈蒼雪是怎麼想的。他們在京城的時間其實重疊過，但並未見面。

沈蒼雪回得倒乾脆。「不會。」

她既知曉自己的心意，哪怕一輩子不嫁，也不會隨意同人議親。

聞西陵鬆了一口氣，內心的忐忑消散了一大半。不議親就好，雖然他也知道按照沈蒼雪的年歲，此番回臨安城最好立刻開始議親，可是一想到她可能另嫁他人，他便渾身難受，心被揪著似的疼。

他頓了一會兒，似乎是作了重大的決定一般，鄭重地問道：「那我以後可以去臨安城尋妳嗎？」

沈蒼雪被問得一怔。她沒想過聞西陵會這麼說，道：「你願意去臨安城？」

聞西陵用力點了點頭。

沈蒼雪不留在京城的話，他只能去臨安城了，兩個人之中總有一個人要讓步，否則便沒有未來了。

不過這些心裡話他沒好意思說出來，少年情懷，有時羞於啟齒。

沈蒼雪一陣感動。她是真的不想留在京城，比起這個地方，能呼吸自由空氣的臨安城更適合她。

然而，為了聞西陵，她願意暫且放下臨安城的一切，帶著弟弟妹妹來京城，可聞西陵卻說他要去臨安城。

沈蒼雪笑了笑，越發確定自己的心意。她執起聞西陵的手，輕輕道：「我在臨安城等你。」

聞西陵歡喜不已，可他該裝傻的時候聰明，該聰明的時候卻又一根腸子通到底。他沒聽出沈蒼雪這話背後的意義，只是單純覺得她並不排斥自己，還願意跟自己在臨安城見面，真好！

兩人在外逛到將近傍晚才分別。

沈蒼雪回林府的時候便在琢磨一件事──她該如何告訴趙家人，自己打算離開？

這日，沈蒼雪跟趙月紛兩人圍在壁爐旁烤火，原本有手捧的爐子，可趙月紛嫌手爐不夠給力，不如直接烤火來得暖和。其實這個天烤火算早了，不過趙月紛怕冷，府上早早就燒起了爐子。

趙月紛一邊烤火一邊吃著外甥女給她做的精緻點心，正愜意著呢，轉頭就聽說外甥女要回臨安城。

聞言，趙月紛頓時無語，到嘴的東西都不香了。

「真要回去？」

「嗯。」

半晌後，趙月紛將點心放回盤子裡，凝神思索起來。

這話她並不是頭一遍聽，之前沈蒼雪答應同她一塊兒上京時，便再三強調自己還是會回臨安城。可趙月紛總覺得，等沈蒼雪見識到了京城的好，便不會記著臨安城了。無奈，自家這外甥女是個一根筋的，一心一意惦記著臨安城那個小地方。

趙月紛知道她看起來好說話，其實性子最是執拗，決定好的事情，九頭牛都拉不回來。她嘆息一聲，拿沈蒼雪沒辦法。「妳說妳怎麼就身在福中不知福呢？多少人想留在京城都留不得。」

沈蒼雪堅持道：「我在臨安城可是還有兩間鋪子呢。」

「那算什麼？妳若真想經營這些，我就給妳在京城也買鋪子，要多少有多少，還能比臨安城的差了？」

沈蒼雪無奈地看著她。

趙月紛就知道沈蒼雪不會同意，遺憾道：「妳知道的，我是捨不得妳。」

難得碰到這樣合心意的人，還是她的親外甥女，不像她家那些不省心的兒子們，年紀大了之後就愛同她作對，趙月紛光是一想便來氣。若是唯一貼心的外甥女都走了，她以後的日子是真的沒什麼盼頭了。

趙月紛擦了擦眼角，道：「妳不在，姨母可怎麼活呀？」

沈蒼雪哭笑不得。

這一番唱作俱佳的本事，她是學不來的。不過趙月紛沒硬逼她留下，沈蒼雪很感激，她最擔心的，是趙老夫人那兒。

趙老夫人年紀畢竟大了，沈蒼雪生怕她一時接受不了。

沈蒼雪的擔憂是對的，翌日她與趙月紛當著趙老夫人的面說要離開時，趙老夫人當即不同意。「回臨安城做什麼？可是妳姨母哪裡做得不好，給妳委屈受了？妳只管告訴外祖母，我替妳教訓她、給妳出氣！往後咱們就不住在林府了，住在外祖母這兒，哪兒都不去。」

她拉過了沈蒼雪，和稀泥一般地說道。

趙月紛嗆聲道：「怎麼就變成我的錯了？我待蒼雪可是如珠似玉地捧在手心，寶貝著呢。」

「那她怎麼會想回臨安城？」

「我還能綁著她不成？」

趙老夫人執著道：「可見是妳對外甥女不上心。」

沈蒼雪急得都要坐不住了。

趙月紛見她著急，立刻高聲反駁母親。「這話就不對了，人家又不是孑然一身。蒼雪是在臨安城起的家，大半家業都在那兒，您便是讓她全部捨掉，也得讓她先回去一趟吧。」

見趙老夫人頗為不服氣，趙月紛又點了她的死穴。「那一對龍鳳胎得有人照顧著啊！咱們惦記著蒼雪，他們也心心念念等著見自己的長姊呢！」

提到沈淮陽與沈臘月兄妹兩人，趙老夫人默然。

同沈蒼雪相處這麼久，趙家人一直閉口不提那小兄妹倆，生怕讓沈蒼雪想起來了，鬧著要回去。

其實他們心裡比誰都清楚，沈蒼雪最關心的便是那對小兄妹。這麼多年的情分是割捨不掉的，好比汝陽王府捨不得鄭意濃，都是一個道理。

現在趙月紛提到他們，趙老夫人也不好將話說得太過，更不好不讓沈蒼雪回去。於是她換了個戰術，轉頭跟沈蒼雪道：「也罷，這些事情妳也得料理清楚，回臨安城便回吧，只是莫要忘了妳外祖母跟姨母。待料理完了那頭的事，便趕緊回京城，外祖母一直等著妳。」

趙月紛笑著補充道：「可一定要回來，明年五月，妳外祖母過整壽。」

聽趙月紛這麼說，趙老夫人便滿懷希冀地望著沈蒼雪。

這是吃定她了。沈蒼雪心中感念，遂應承下來。「外祖母放心，那時我必定趕過來，親自給您送上賀禮。」

「好，還是我外孫女孝順。」趙老夫人撫了撫沈蒼雪的臉頰，遺憾之餘，也深知攔不住她。

她這外孫女是個可憐人，但又著實幸運。早早受封為郡主，又得皇后看重，什麼都不缺，他們趙家能給她的，實在太少了。

趙老夫人縱有再多的疼愛，也不知該如何用在沈蒼雪身上。

沈蒼雪回臨安城這事便這麼定下來了，她一心想趕回去過年，所以準備十日後便啟程。

趙老夫人聽她這麼急，又是好一頓念叨，埋怨她也不提前說，只剩十日工夫，她想多收拾些東西給沈蒼雪帶上都不能。

「京城的特產多不勝數，說什麼都要帶幾車回去。」

「也不知那一對小兄妹喜歡什麼，他們的分也得準備著……唉，若是能將他們接過來才好呢。」

「母親，您還是想想別的吧……」

一旁的沈蒼雪靜靜地聽著，聽她們商議要給自己帶什麼，半點都插不上話。只要趙老夫人一反悔，想將她留在京城，便會被趙月紛阻止。

沈蒼雪心想自己還是幸運的，此番進京不僅報了仇，還多了兩個至親。

過了兩日，沈蒼雪再次跟傅成聯繫上。

這段時間傅成已將沈記酒樓給打聽得七七八八了，越是了解，傅成便對這位別具一格的城陽郡主越是敬佩。

比起自己，沈蒼雪才是真正的白手起家，一個姑娘家能做到這個地步，實屬不易。

不過，敬佩歸敬佩，該爭取的利益還是不能讓。

傅成按照之前定下的分成擬好書契，又將能加的條目都添上，免得日後起了爭執，自己這邊吃虧。

沈蒼雪看見這長達十張的書契先是嚇了一跳，待看明白其中條款，發現摳的都是細節之後，才放下心來。

兩人將一切說定，沈蒼雪承諾明日便會讓臨安城那頭運送第一批辣椒過來，又將配方奉上。

她從趙家借了一個人前來監工，這自然是臨時的，之後若有機會，她會安排自己的人手。

得了沈蒼雪的方子之後，傅成滿心都想著大幹一場。

他這樓外樓還沒開業，打算等到新帝登基之後，挑一個吉利的日子，好好地熱鬧一場，也讓整個京城的人都知道，樓外樓易主了！

待先帝葬禮結束、太子登基之後，沈蒼雪進宮拜見太后聞芷嫣，順便辭別。

先帝走得突然，朝廷與皇宮反應不及，但仍盡最大努力給了他一個體面的葬禮。太子的登基禮也差不多，能顧及基本的禮節及儀式便足夠了。

一朝天子一朝臣，哪怕如今的聖上不過七歲稚齡，仍舊是整個封建王朝的統治者、偌大皇宮的主子。

後宮中的格局徹底改變了，先帝留下的妃嬪都遷居至北所，從前顯赫一時的賢太妃葉憐雨，也不得不收斂起鋒芒，生怕太后對他們母子兩人不利。

不過葉憐雨到底多慮了，聞芷嫣忙著照看年幼的鄭翾，壓根兒懶得關注先帝的妃嬪們。

沈蒼雪這回進宮，待遇好過從前，畢竟只要不是太過招搖的事，現在宮裡基本上是聞芷嫣說了算。因為聞芷嫣特地吩咐過，所以宮人迎接沈蒼雪時格外熱情。

自從沈蒼雪進京之後，聞芷嫣便給了她不少賞賜，且她又是聞西陵的親姊姊，既然要離開，自當親自拜別。

只是等見了面，聞芷嫣聽聞沈蒼雪要離開，一時竟未反應過來，愕然許久，半晌後才問道：「阿陵可知妳要離開？」

「知道。」

「你們倆商議過？」

商議？算是吧，沈蒼雪點點頭。

聞芷嫣頷首。她本來擔心沈蒼雪一回去，這門親事便得告吹，可既然這兩人商議過，他們心裡自然有數，自己這個做姊姊的就不便干涉太多。

她不知自家這駑鈍的弟弟有沒有表明心意，她既想說得明白些，又擔心自己說得太清楚，會戳破那層窗戶紙。

猶豫再三，聞芷嫣語重心長道：「你們兩人的事，哀家不便多問，只盼著你們能多商量一些。阿陵性子急躁，有時候愛耍小孩脾氣，還得麻煩妳多包容一些。不過妳放心，若他真做了糊塗事，哀家第一個不放過他。」

沈蒼雪低頭笑了笑，想起當初在臨安城時聞西陵的種種表現。比起那會兒，他其實已經可靠許多了，便回道：「世子很好，反倒是我，還得連累他操心。」

聞芷嫣見狀便知道自己多慮了。這兩人明顯都有意思，哪裡需要她費神呢？

第六十九章　啟程返鄉

離別在即，沈蒼雪各處都拜訪了一遍，不僅知會了趙家的親戚們，也去季家那裡打過招呼。

幾乎所有認識的人都已經知道沈蒼雪即將回臨安城，只除了汝陽王府那夫妻倆，而且還是無意間從趙月紛口中得知的。

也是巧了，趙月紛出門買首飾的時候剛好碰上趙卉雲，兩人碰面，不免拌了幾句嘴。

趙月紛嫌棄趙卉雲說話不中聽，便拿沈蒼雪跟鄭意濃的事刺了一句，趙卉雲這才知道沈蒼雪即將離開京城的消息。

令趙卉雲不能接受的是，沈蒼雪要回臨安城，自己竟是最後一個知道消息的人?!她語塞許久，一顆心像是泡在醋裡，酸意沸騰。

「她幾時離開？」趙卉雲很想裝作不在意自家小妹的話，可終究還是多嘴問了一句。只問了這一句，她便覺得自己輸了。

趙月紛聽出了她的意思，冷哼了一聲道：「怎麼，這會兒知道心疼自己的親生女兒了？早幹麼去了？」

依她看，這未必是真正心疼，不過是鄭意濃被流放了，她這長姊的一腔慈母心不知道對誰排解，最後目光才不得不落在沈蒼雪身上，怪噁心的。這份不純粹的母愛，不僅無法讓人感動，反而令人覺得難受。

趙月紛很看不上趙卉雲的做法。

「我若是妳，便不會追問這麼多，你們夫妻對她造成的傷害還少嗎？從前不聞不問，做足了狠心的姿態，現在反而過來關心，真顯得刻意了。」

「妳說夠了沒有?!」趙卉雲雙目猩紅，忽然加重語氣吼道。

趙月紛先是被吼得一愣一愣的，後來火氣就上來了。

她說了什麼不應該的嗎？趙月紛脾氣也大，當即嗆了回去。「妳衝我發什麼火，我不過實話實說而已！」

趙卉雲不甘地瞪著趙月紛，眼中有羨慕，也有嫉恨。沈蒼雪從來就不待見自己這個親生母親，哪怕第一次見面時，也未表現出什麼孺慕之情，但是對趙月紛，她總有用不完的耐心。

之前趙卉雲便派人打聽過了，沈蒼雪在林府時與趙月紛親如母女，還動輒下廚給趙月紛做吃食。她如此對待她的姨母，卻不肯將這份用心花在自己的親生母親身上。哪怕她多努力一些，她們母女兩人也不會走到今天這一步，沈蒼雪狠心，她這個小妹則是可恨！

「妳挑撥離間，無非就是希望我們母女不睦，如今這一切可算是稱了妳的心意了？」

趙月紛大呼冤枉，這話若是傳開了，不明是非的人還不知會如何指責她呢。「休想把髒水往我身上潑，是妳自己拎不清，把一個不像樣的女兒當成寶，反倒讓自己親生的受盡委屈！」

聞言，趙卉雲不服。「我——」

「妳什麼妳？這是妳應得的報應，妳自己種的苦果，今後就慢慢受著吧。別以為在這兒說幾句酸話就會有人同情妳，像妳這般做盡了噁心事，後來才懊惱、後悔的人，壓根兒沒人同情。別說我不喜歡，便是蒼雪聽到，只怕也會心生嫌惡。妳若真是個好母親，從今以後就別往她跟前湊！」

趙月紛說完便恨自己方才多嘴，要是她不提沈蒼雪即將離京，興許她這個好長姊不會當眾發瘋。

說完了以後，趙月紛還不忘交代老闆娘將她看中的幾件首飾都包起來。這些款式瞧著適合小姑娘戴，拿回去給蒼雪試試，說不定她會喜歡。

至於她這個已經發了瘋的長姊嘛……趙月紛捏著鼻子嗆了一句「好狗不擋道」，罵完便走了。

她願意在這兒丟人現眼，就讓她丟好了。反正汝陽王府已敗，趙家跟她也沒了關係，若不是還有血緣關係在，以趙月紛睚眥必報的個性，肯定是要落井下石的。

趙月紛走了以後，趙卉雲便再無心思挑選什麼首飾，失魂落魄地轉身離去。

首飾鋪子裡的人聚在一起，對著趙卉雲離開的背影指指點點。

「這便是前些日子下了大牢的那位王妃娘娘啊？看面相挺和善的啊。」

老闆娘高深莫測地道：「和善什麼？知人知面不知心，怎能憑面相斷定她是好是歹？我聽說啊，她那個養女手上可是沾著人命官司。」

「當真？」

「千真萬確，買凶殺人，是個大家閨秀能做出來的事嗎？若不是做母親的心狠手辣，當女兒的哪可能有樣學樣？可見這位王妃娘娘手段也厲害著呢。」

趙卉雲並未走遠，這些人的嘲弄她也聽到了兩句，當下逃一般地回府了。

汝陽王府不再是從前的王府了，前段時間，府裡裁了一批人。

這回鄭意濃犯事，對汝陽王府來說是巨大的打擊，不僅導致他們在皇家面前抬不起頭來，俸祿也被大量扣減，導致王府迅速地衰敗，再也養不了那麼多僕人。

一下子清了許多人，整座王府顯得空曠。趙卉雲回去之後，對著幾乎空無一人的院子，眼中忍不住泛起了淚光。

她前半生有多順風順水，後半生便有多失意潦倒。這個落差太大，趙卉雲一時轉變不了心態，整日怨天尤人，時不時還以淚洗面，可惜身邊已經沒多少人願意安慰她了。

趙卉雲哭了半晌，又自己擦乾了眼淚。等鄭毅晚上回來時，她便同他說了沈蒼雪要離京之事。

夫妻兩人相對而坐，一時默默無言。

心中有數不清的抱怨，可是眼下卻一個字也說不出來，兩個人都心知肚明，自己之前做得有多過分。

毫無底限地維護鄭意濃、打壓沈蒼雪，已經傷透了她的心。如今人家離開未曾知會他們，也在情理之中。

「雖是意料之內，可還是教人惱怒。」鄭毅終究還是罵了出來。

他似乎壓根兒沒意識到，自己沒資格說這些話。

趙卉雲情緒低落道：「只怕她現在還恨著我們。」

「她敢？我是她親爹！」

親爹？天王老子來了也未必可行啊，趙卉雲絕望地想著。

這晚夫妻兩人都輾轉反側，許久不能入眠。

翌日起身，兩人的臉色依舊不好，對於沈蒼雪不願意探望他們，甚至連離開都不願意打一聲招呼的事耿耿於懷。

鄭毅好面子，哪怕心裡介意得要命，卻絕不會對沈蒼雪示弱。再怎麼說，他都是一家之主，一家之主如何能失了顏面？

隨著一天天過去，沈蒼雪離京的日子到了，趙卉雲得了消息之後，這日一早便坐立難安，不知道自己該不該去。

真狠心啊，到底沒有通知他們一聲，趙卉雲一邊埋怨，一邊又克制不住地想過去瞧瞧。她還抱有期待，心想子女敬重父母是理所應當的，哪怕沒什麼感情，可只要血緣關係在，便是打斷骨頭也連著筋。

父母與子女之間，哪有什麼化不開的怨呢？

一邊抹不開面子，一邊又想去，這麼耽誤了一會兒工夫，沈蒼雪已被送出了城門。

今日前來為沈蒼雪送行的人著實不少，趙家跟季家有好些人都來了，沈蒼雪怕趙老夫人年紀大了，身子吃不消，好說歹說才將她勸回去。

有趙月紛守著，沈蒼雪不擔心趙老夫人見不到她會傷心。

至於季若琴，瞧面色已經比前些日子紅潤許多。聽季家的人說，季若琴現在一心惦記著女子學院的事情，連精神都變好了，假以時日，必定能重新振作起來。

沈蒼雪鄭重地同她告別，季若琴有些捨不得地說：「等臨安城的事情解決了，千萬記得回京城看看。」

「放心好了，我還想蹭蹭夫人的課呢。」沈蒼雪笑著說。

季若琴沒忍住笑了一下，朝沈蒼雪揮了揮手。但願下次見面，她們都能比現在更好。

告別了所有人以後，沈蒼雪才踏入了馬車，不過剛出城門不久，馬車旁邊就多了一個人。

沈蒼雪早有預料，她掀開車簾，笑意盈盈地看著對方道：「這位公子是想蹭馬車嗎？蹭本郡主的馬車可是要付錢的。」

好不容易擠出時間送她一程的聞西陵哼了哼，看了她帶的整整三馬車土產一眼道：「郡主這般富有，還需要我的錢？」

「多多益善嘛。」沈蒼雪調皮地笑道。

兩個人就這般隔著車簾說說笑笑，一時竟走了許久……

城門處，趙卉雲終於克服心中種種不平，前來送一送沈蒼雪，順便交代幾句話，可等到她過來之後，哪裡還見得著沈蒼雪的影子？

趙卉雲抓著守城門侍衛的手臂，無力地低聲問道：「今日可有一位姑娘離開了？約莫十六、七歲，生得格外標致，長相與我相似？」

侍衛盯著她的臉龐，忽然笑了笑，說道：「夫人說的可是那位城陽郡主？今日出城的人裡頭，她的模樣是最好看的。」

趙卉雲一顆心揪成了一團。「她走了？」

她茫然地盯著前方的路，沒什麼人影，空蕩蕩的，一如她此刻的心。

侍衛抱著胳膊說道：「是啊，一早就走了。這位城陽郡主臨走前的排場可大了，前前後後有幾十個人過來給她送行，土產拉了足足有三駕馬車那麼多，聽說還有好些東西提前走水路送去了臨安城，嘖嘖，可真教人羨慕。」

他說完，看向黯然傷神的趙卉雲，好奇道：「您也是過來送城陽郡主的嗎，怎麼不提前一些？如今人都走了，您便是過來也白來一場了呀，人家未必知道您有這份心。」

趙卉雲忽然捂住了臉，哭得傷心至極。

她為什麼不早點來？為什麼總是這麼遲?!

臨安城降下今年第一場雪之際，沈蒼雪剛好入城。

其實臨安城不常下雪，今日飄的雪也不大，疏疏落落的飛雪飄在空中時，讓整座城籠罩著一層靜謐安寧的美感。

沈蒼雪逕自去了沈記酒樓。

如今還未到午時，酒樓卻已經川流不息了，老遠就能感受到熱鬧的氣息。人尚未走近，辣味便飄了出來，這氣味霸道得很，又香又嗆，往來的人只要湊近一聞，很難不被吸引。

沈記酒樓的菜品味道好，若是不缺錢，自然要多貴便有多貴；可若是手頭拮据，倒也有些便宜的料理可以點來過過癮。

臨安城的人現在對沈記酒樓可是格外推崇，不論身分如何，進去之後他們一應以禮待之。哪怕只點一道花生米，也殷勤備至，教人很舒心。不似其他地方，若是點的菜少了，還會受到白眼。

沈蒼雪進門後，便看到前面幾個人湊在一塊兒討論，儘管那些人彼此不認識，卻臨時要湊成一桌，好多點幾道菜。

待他們就座之後，沈商雪才提著步子走進了大廳。

迎客的是十七、八歲的小夥計，沈蒼雪從未見過他，應該是這段時間新招的員工。

那小夥計見到沈蒼雪，眼前一亮，心想臨安城什麼時候來了這樣的人物？正想問她要不要雅間，便聽到面前這位姑娘說了一句了不得的話。「段先生還在廚房忙活？」

小夥計眨了眨眼，有點懵。這人認識他們段御廚？

「吳戚呢？還有崔瑾，她怎麼不在？」

小夥計嘴巴張得都能塞進一顆雞蛋了，她……她敢直呼吳老大的姓名？

還不等小夥計問清楚對方究竟是什麼來歷，後面忽然響起了崔瑾既驚又喜的聲音。「東家？您回來了！」

「誰回來了？」吳戚急匆匆地從後面趕出來，見到沈蒼雪，頓時愣在了原地。

半晌後，吳戚往沈蒼雪身後看了一眼，沒看到他們世子爺，吳戚不禁有些失望。他原以為這兩人會同進同出呢，沒想到郡主竟然是一個人回來的。

也是，如今新帝剛剛登基不久，世子爺那邊估計正忙，應當抽不出空來臨安城，待來日局勢穩定下來，應該要過來吧，否則這兩人的婚事還結不結了？

沈蒼雪笑咪咪地看著吳戚跟崔瑾道：「可不就是我回來了？」

小夥計終於反應過來了，原來這位便是他們酒樓的東家，那位大名鼎鼎的城陽郡主！

「東家這邊請。」小夥計機靈地將沈蒼雪引進去，又招呼著要將沈蒼雪幾駕馬車上的東西送去郡主府。

沈蒼雪道：「後面兩駕馬車的東西送去郡主府，前頭那駕馬車的暫且別動，裡頭的土產好多都是帶給你們的，待會兒正好分一分。這個時間，淮陽應當還在私塾裡讀書，臘月呢，今日沒來酒樓？」

小夥計答道：「臘月姑娘今日跟著女先生出去采風了，說是畫風景畫，叫上了好幾個小姑娘一道，出門的時候可熱鬧了。」

沈蒼雪摸了摸下巴，這麼熱鬧嗎，那待會兒她要不要也去湊一湊？

吳戚不想聽別的，著急地問道：「您帶回來的東西裡頭有吃的沒？」

「有一些耐放的餅子，還有許多醬肉乾，聽說是京城裡頭賣得最好的那一家。」

吳戚摩拳擦掌想去拿，可是這會兒客人正多，一時之間抽不出空，只能大呼遺憾。

崔瑾道：「急什麼？少不了你的。」

吳戚嘿嘿直笑。他是在京城長大的，離開家鄉這麼久，哪會不惦記著呢？哪怕京城其他地方不見得多令人想念，可唯獨那一口吃的總是放不下。臨安城與京城喜好的調味相去甚遠，哪怕臨安城的東西味道也不錯，可就是沒京城的口味讓人懷念。

這廂吳戚還在惦記著沈蒼雪口中的餅子，那廂沈蒼雪卻已經同酒樓裡頭的人都打過招呼了，還親自去廚房見了段秋生。

段秋生身形比之前圓潤了一些，他收了幾個徒弟，灶臺上的活許多都分給徒弟去做。累活少了、徒弟多了，日子過得更輕鬆，身上也跟著長了不少肉。

其實段秋生也知道自己長胖了不少，見沈蒼雪一如往昔纖細，很不好意思，打發了徒弟們之後才問道：「郡主已解決了京城的事？」

「都解決了，若非如此，我回來了也不安心。」

吳戚湊過來問道：「那汝陽王府眼下境況如何？」

他一邊說話，一邊觀察著沈蒼雪的臉色，心想若是沈蒼雪介意，他往後便再也不提「汝陽王府」這四個字了，只當京城沒有這號人家。

沈蒼雪卻毫不在意地說：「只是少了個鄭意濃跟一些僕人，其他一切如舊。王府之人犯事的不多，不過政權更迭後俸祿被大扣，除非往後有什麼突出的表現或功勞，否則要想回復往昔的光輝，只怕不容易了。」

吳戚觀察了一下，便知道沈蒼雪對那戶人家壓根兒沒什麼好感，亦沒什麼情分。他知道沈蒼雪同趙家走得近，唯恐她對汝陽王府也有好感，若沈蒼雪真惦記著自己的親生父母，或是同汝陽王府還有什麼交集，那沈淮陽跟沈臘月這對小兄妹往後難免尷尬。真斷得乾乾淨淨的，倒也免了諸多麻煩事。

忙碌不已的中午過後，沈蒼雪等人才終於得空，好好歇息了一會兒。

沈蒼雪差人將馬車上的東西搬了進來，給酒樓內各人都發了一些，不只是資深的員工，新來的也得了土產，高高興興地下去拆禮物了。

第七十章　局勢不安

回來頭一天，沈蒼雪並不想多問生意上的事，大夥兒湊在一起，聊的都是各家的雜事。好在眾人的生活一如往昔，沈蒼雪待在京城的這段時間，酒樓內有段秋生撐著，外有府衙的人護著，一直穩穩當當的，除了前些日子先帝駕崩關了幾天門，其他的倒沒什麼。

下午，沈蒼雪去了聚鮮閣，還跑了一趟黃茂宣的包子鋪。她突然出現，樂得黃茂宣忘了他們如今的年紀需要稍微拉開距離，直接撲上來就要抱一下——沒抱成。

有吳戚替他們家世子爺守著，黃茂宣硬生生地止住了腳步。

不過他也沒想著一定要抱到人，只是為人比較粗線條，情感又格外誠摯，表達情緒時比旁人坦然。

許久不見沈蒼雪，黃茂宣那張圓乎乎的臉蛋掛著兩行感動的眼淚，道：「妳總算是回來了，我還以為妳去了京城就忘記這裡了。」

「怎麼會？」沈蒼雪哭笑不得，看他淚眼朦朧的模樣，又故作嫌棄地說：「趕緊擦一擦吧，都多大的人了，還哭？」

黃茂宣又哭又笑，跟個沒長大的孩子一樣。沈蒼雪在他心裡的地位總是不同的，不僅是兒時的玩伴，更是個引路人。

抹了一把眼淚，黃茂宣又道：「那妳往後不離開了吧？」

吳戚直勾勾地盯著沈蒼雪，他得替他們家世子爺聽這個答案。

沈蒼雪猶豫了一下，道：「短時間不會離開。」

吳戚心想，好歹沒把話說死，有希望。

再晚一些的時候，沈蒼雪便返回了郡主府。府上一切如常，幾乎沒什麼變化。算準時間，沈淮陽跟沈臘月差不多快要返家時，沈蒼雪特地守在門口，讓他們一進門便能看到她。

兄妹倆正好結伴回來，牽手跨進了門檻，抬頭一看，便發現自家阿姊穿著一身青綠色的舊衣，笑意盈盈，像冬日裡的太陽，周身滿是融融暖意。

他們先是呆了呆，等意識到這不是幻覺之後，立刻張開手撲了過去，好似乳燕投林。

沈蒼雪被撲個正著，差點沒站穩，不禁笑著吼道：「輕點、輕點。」

隔了許久又抱到自家阿姊，沈臘月心裡委屈，「哇」的一聲哭了出來，沈淮陽的情況也沒有好到哪兒去。

沈蒼雪一顆心酸極了，許諾道：「好了，不哭，下回阿姊不管去哪兒，都會帶著你們的。」

她絕不會再丟下他們了。

回到臨安城後，沈蒼雪給自己放了好幾天假，沈淮陽兄妹倆也不讀書了，一直黏在她身邊，沈蒼雪去哪他們便跟到哪，形影不離。

沈蒼雪自覺對弟弟妹妹虧欠許多，也就隨他們去。

這些天雖說是放假，但沈蒼雪倒是沒閒著，之前交好的幾家都走動了起來，連夏駝子那兒，沈蒼雪也代替聞西陵探望了兩回。

趙月紛跟趙老夫人給她準備的土產很多，聞芷嫣也賞了好些東西，沈蒼雪光是挑禮物、送禮物，便忙得夠嗆了。

沈蒼雪帶回來的禮品多，最高興的要數沈臘月了，她這幾天整日幫沈蒼雪整理土產，天天忙進忙出，快樂得像隻小松鼠一樣。

然而沈淮陽在歡喜過後，就顯得心事重重。

他擔憂的事有二，一是這些土產大多來自趙家，趙家對他阿姊好是毋庸置疑的，沈淮陽也不介意阿姊跟趙家交好，但那位偏心的汝陽王妃可是趙家女，趙家會不會逼他阿姊原諒汝陽王妃？沈淮陽可不喜歡汝陽王府一家了，若是真到了這一步，他應該會比沈蒼雪還覺得噁心。

再有一件，便是他阿姊的婚事了。

眼看阿姊正在給聞西陵寫信，沈淮陽湊了過去，「不經意」地問道：「阿姊，妳這次回來，聞大哥有沒有送妳啊？」

沈蒼雪忙著寫信，隨口答道：「送了一程。」

「然後他便回去了？」

沈蒼雪察覺到了一股淡淡的違和感，她抬起頭，端詳起了自家弟弟板著的小臉，竟從他的表情中讀出了恨鐵不成鋼的味道。

她掐了一下他軟乎乎的臉蛋，含笑問道：「你究竟想要問什麼？」

「沒什麼。」沈淮陽含糊說道。

誰知沈蒼雪不願意放過他，又道：「有話就直說。」

沈淮陽謹慎地看了看她的臉色，便直說了。「我瞧聞大哥似乎對阿姊有意的模樣，可如今他在京城，咱們在臨安城，相隔甚遠，阿姊就沒想過以後嗎？」

聞言，沈蒼雪「唷」了一聲，笑吟吟地又捏了他一下。這孩子真是人小鬼大啊，才多大的年紀，便惦記上她的婚事了？

沈蒼雪原本不想讓他們操心這件事的，可是轉念一想，淮陽向來不是天真爛漫的性子，過去的經歷讓他比一般小孩更成熟，與其放任他在這邊胡思亂想，還不如說個清楚，好讓他安心。

想到這裡，沈蒼雪正襟危坐道：「他只是暫時待在京城，往後應該會來臨安城。」

沈淮陽眼睛一亮，他看到了阿姊覓得良緣的希望了！他追問道：「那他大概什麼時候過來？」

「這就說不準了。京城那些事什麼時候結束，你聞大哥便什麼時候過來。」沈蒼雪毫不懷疑聞西陵的承諾能否實現，認識他這麼久，她知道他並不是言而無信之人，也相信聞西陵對她的感情。

這麼長久的體貼跟呵護，若非對她真心實意，是絕對做不到這個地步的。

既然兩人都有意，何不多一點期待跟信任？所以沈蒼雪同沈淮陽道：「這事得順其自然，急不得的，況且你阿姊年紀還小呢，等得起。」

沈淮陽皺了皺眉頭，尋常人家的姑娘這個年紀便已經成親了，但是阿姊說自己年紀小，那就小吧，反正他其實也捨不得阿姊嫁出去。

另有一件事，沈淮陽也想問清楚，他道：「阿姊跟趙家走得近，那趙家跟汝陽王府關係如何？」

沈蒼雪立刻明白了沈淮陽這話背後的意思，也再次看清楚了他的不安，這次她回得斬釘截鐵。「兩家雖有血緣關係在，但是並不親近，趙家也懶得管汝陽王府的事。我同趙家是交好，不過跟汝陽王府這輩子都不會沾上半點關係。」

得到沈蒼雪的保證，沈淮陽這才安下心，復又安安靜靜地看著她寫信。

幾日歇下來，沈蒼雪覺得差不多了，準備挑個好日子，在酒樓裡辦一場盛大的活動，好讓整個臨安城的食客們知道，她沈蒼雪回來了！

民以食為天，如今沈記酒樓的一舉一動，都是臨安城內百姓最關注的事。沈記酒樓聯合城內另外兩家酒樓舉辦品鑑活動，免費提供二十多道新菜供大家品嚐，消息一傳出來，立刻吊足了眾人的胃口。

城中上上下下都翹首以盼，不知這回沈記酒樓又會帶來什麼樣的新菜。

其他兩家酒樓也在精心準備，自從沈記酒樓橫空出世以來，如今已穩坐臨安城酒樓的第一把交椅了。現在沈記酒樓要辦活動，還願意帶他們幾家一道玩，說實話，他們著實感激。

吳戚問過沈蒼雪原因，沈蒼雪回答得很乾脆。「多召集幾家一起活動，辦得也熱鬧些。」

當然還有個原因，沈記酒樓風光固然好，但不能結太多仇。沈蒼雪剛剛解決了兩個最大的仇人，可不想再惹禍上身了。從鄭鈺跟鄭意濃身上，沈蒼雪得知了一個真理——人一旦沾上了「嫉妒」兩字，便會越來越瘋狂，甚至失去自我。

他們廣受客人歡迎，本就惹人眼紅，若是不再讓別家跟著喝湯，那麼沈記生意越好，隱患便越大。

有了這兩家酒樓加入，一個月後的活動果真熱鬧得空前絕後，連以前舉辦過的美食節都相形失色。

沈記酒樓乘機推出了好幾道新菜，有的是沈蒼雪琢磨的，還有好些是段秋生想出來的，幾道菜一推出，立刻擄獲所有人的芳心。

論菜品的味道，沈記酒樓就沒輸過哪一家。

沈記酒樓再度名聲大噪的同時，京城的樓外樓也風靡一時。有了沈蒼雪的辣椒跟方子，樓外樓的生意一天比一天好，辣鍋獨特的味道讓許多人欲罷不能，雖說價格訂得高，但京城不缺有錢人，是以日日都門庭若市。

聞西陵也抽空去品嚐了，雖然跟前些日子沈蒼雪給他做的火鍋味道相似，可是他總覺得差點意思，比不上她親手做的。

如今聞西陵能坐下來好好吃頓飯都成了奢侈。新帝初立，為了爭權，朝中各方勢力開始冒頭，烏煙瘴氣的，他不得不耐著性子跟他們周旋。

短短的時間之內，聞西陵本來還算可以的名聲已不復往昔。從前他不管事，旁人還會讚他一句少年義氣，失蹤那會兒，不少人更惋惜天妒英才。等到掌握了實權，那些人便恨他恨得牙癢癢的，明面上不敢得罪，背地裡卻將他罵得體無完膚。

聞西陵其實不想過這樣的日子，只是別無選擇，若是他不撐著，新帝和太后的日子便不好過。為了他們，聞西陵再不擅長使用政治手段，也得跟那些朝臣們鬥智。

好在，過了一陣子，聞西陵便收到信，說是北疆已穩，外敵被趕回草原，不得不與朝廷求和。

聞西陵看到了希望，北疆穩定，父親豈不是能回來了？

倘若父親回來，這爛攤子他是不是能脫手了？

聞西陵當日便進宮同聞芷嫣提起此事。

得知消息，聞芷嫣亦是歡喜不已，她擦了擦眼淚，摟著鄭翾道：「翾兒的外公馬上就要回來了，翾兒高不高興？」

鄭翾替母親擦乾了眼淚，不住地點著腦袋，像是小雞啄米一般，道：「高興，外公回來之後，就沒有人敢欺負母后了！」

聞芷嫣鼻子一酸，眼淚又流了下來，她趕忙抬起頭，不願將自己弄得太狼狽。

先帝死得突然，翾兒年紀又小，為了穩定朝堂，聞芷嫣跟聞西陵都費盡了心思扶持他。可是這樣一來又落人口舌，外頭多得是眼紅聞家權勢的人，他們認為聞家把持新帝，藉機壯大自身勢力。

尤其是前些日子太后興建女子學院，招了不少女學生，更是被人抨擊，若不是聞西陵鎮住了一眾朝臣，此事未必能成。先帝在的時候，太傅等人尚且對當時的皇后與太子客客氣氣，可隨著聞西陵參與政事的頻率漸高，他們對太后越發不滿，動輒雞蛋裡挑骨頭。歸根究柢，還是當初鄭鈺對聞家的指責起了作用。左相劉尚賢雖力挺定遠侯府，但還是有人相信了。

聞芷嫣每每聽到這些話，都會異常委屈。她很少將內心不平訴諸於人，尤其是對弟弟，能不說則不說。她深知自家弟弟年紀輕、資歷淺，在朝廷也是險象環生、步步艱難，他們姊弟處境都不好，何必再增添他的煩惱？可若有父親在，一切都會不一樣，在聞家，定遠侯便是頂梁柱。

「等外公回來，一切都會好的。」聞芷嫣心疼地撫摸著兒子的頭髮，這話是撫慰對方，也是安慰自己。

聞西陵不禁感到內疚。他總覺得是自己不夠強大，才累及姊姊跟外甥受委屈。

他能在戰場上廝殺，可是在與那些朝臣們鬥心眼方面，卻是力有未逮，這些日子看似能壓過爭議，其實大多時候都是勉強平衡局面所得來的結果。

聞家人都盼著定遠侯回京，遠在北疆的定遠侯也是歸心似箭。

多年來，定遠侯聞風起鎮守北疆，不敢離開此處半步。震懾外族的同時，其實也在警告朝廷，希望先帝能善待他的女兒跟外孫。

誰料聞家還是看錯了人，先帝袒護鄭鈺、幾番委屈皇后之際，聞風起就已經後悔了。可惜他不能回京，一旦聞家退了，外族入侵，中原勢必生靈塗炭。

聞風起身在北疆，心繫京城，日日都在關注朝廷諸事。幸虧他兒聞西陵有急智，將計就計制伏了鄭鈺，又扶持自家外孫上位。

其實聞風起大概猜到了先帝之死的幕後推手，不過他不怪兒子，先帝鬧得如此下場，是他咎由自取。

定遠侯府雖忠於皇室，但並不愚忠，不至於對方都踩到自己頭上了，還要對他忠心不二。如今鄭翾即位，對聞家來說是最好的結局。

這些日子，聞風起除了料理戰爭結束後的大小諸事，便是等待朝廷派使臣前來同外族談判了。

朝廷的使臣來得也快，日夜兼程往北疆趕，不過七、八日工夫便到了。幾位使臣來時，面色都格外憔悴，不過談判要緊，他們抵達之後便急著同聞風起商議。

這幾人都是文官，平常在朝中同人唇槍舌戰倒是很有態度，可一見到氣勢昂然坐在那兒的定遠侯，頓時消了氣焰，連說話也放緩了語速，輕聲細語的，生怕惹怒了這位大名鼎鼎、殺得敵人退避三舍的定遠侯。

聞風起並不是存心嚇唬他們，他平時就是這麼不苟言笑，並未刻意針對誰。見他們拿不定主意，聞風起直接說：「諸位無須心煩，談判之際刻薄一些便行了，賠償的金銀與牛羊能要多少就要多少，不必替外族人心疼。」

一名使臣擔憂道：「如此……若是惹怒了他們可怎麼好？」

聞風起懶懶地看了看他，說道：「他們是被趕跑的。」

都已經打輸了，還怕他們做甚？

「話雖如此，可是這些外族人實在是強悍，若是條件過於苛刻，他們惱羞成怒之下，興許會捲土重來。」

聞風起並未動搖，反而說：「那就發兵再將他們打趴便是了，能擊敗一次，便能再打一次勝仗。這些外族人慣會欺軟怕硬，倘若戰勝後仍對他們唯唯諾諾，按照他們的性子，只會更加瞧不起中原人，來日還會進犯。不如趁此機會狠狠削一筆，好讓他們知道，中原人並非他們以為的那般溫順敦厚。」

使臣們還在猶豫，聞風起已經沒了耐性，道：「我瞧你們對同僚可是從未省過口舌，如今對上外族人，怎麼反倒瞻前顧後，唯恐讓他們吃虧了？」

聞言，幾個人面色如土。他們在朝廷上參過定遠侯府跟太后，這會兒聽到這些話，都知道定遠侯是在諷刺自己。

談判當日，聞風起也到場壓陣。

過來談判的幾人都是常跟聞風起交手的敵國將軍，今日來此之前，他們心中還存著一絲希望，心想聞風起應該不耐煩參與議和之事，興許不會插手。

等到了地方，看到人高馬大的聞風起往旁邊一坐，幾個敵國將軍頓時心都涼了半截，談判時，他們自然也沒能討到好。

聞風起嫌棄自家使臣窩囊，索性自己上陣，他一張嘴，便是獅子大開口，要的東西多到對方幾近崩潰。

不過聞風起毫不心軟地說：「是你們主動挑起戰事，這就叫惡有惡報。」

「可這也太多了……」

「多嗎？比起被你們糟蹋的牲畜跟莊稼，還有那些枉死的士兵與百姓，這點賠償算得了什麼？」聞風起撫了撫刀鋒，威脅道：「你們可以不給，不過接下來，我們的大軍便會長驅直入，踏平貴國的草原。」

第七十一章 底蘊深厚

敵國幾位將軍全拍案而起，可是一觸及聞風起的眼神，只能硬生生壓抑怒火，咬牙坐回位置上。

跟聞家人打交道這麼久，他們多少也知道對方的脾氣，要是真惹惱他的話，這場戰事興許會沒完沒了。

聞風起嗤笑一聲，見他們態度不好，索性又多要了一些東西，反正割的不是自己的肉，他可不會替仇人心疼。

若是跟朝廷這幫使臣們一樣窩囊，遲早會被人欺負死。再說了，戰後還有大筆撫恤金要發給士兵家眷，若不在這些外族人身上多要一點，回頭就得由朝廷補上了。要是先帝當政，聞風起大概懶得管，可如今這天下是他外孫的，他心疼那個年幼的孩子，便不會放過這些人。

聞風起這般毫不留情，對方也未立刻應承。幾天下來雙方在談判桌上互相較勁，不過最後敵國仍舊出了不少血。

談判結束之後，朝廷來的這幾位使臣見到聞風起的時候，都不敢正面對上他的眼神。

聞風起對他們這不經事的模樣一看就來氣，懶得搭理他們。他歸心似箭，待眼前的事情全部安排妥當，便要回京替自己的女兒與外孫撐腰。聞風起迫不及待想看一看，到底是哪些不要命的，敢一而再、再而三地為難他的女兒？

身為武將，聞家男子將生死看淡，為國戍邊、在戰場上拚殺多年，結果這群豬狗不如的老東西一邊享受著聞家守衛的和平，一邊又欺負聞家的女兒，真是好樣的！

一個月後，聞芷嫣終於盼來了父親凱旋而歸的消息。

鄭翾親自領著百官在城外相迎，大臣們站在年幼的新帝身後，表面平靜、內心焦慮地等待定遠侯返京。

京郊外，一條長道寬闊平坦，不斷向遠處延伸。忽然間，遠處傳來聲響，由遠及近，聲音越發厚重、震耳欲聾。舉目望去，道路盡頭出現一支黑衣勁裝的軍隊，正如潮水一般湧來，教人望而生畏。

方才隱隱有些焦躁的大臣們，見到這一幕，頓時噤聲不語。

不知過了多久，聞風起的身影才漸漸清晰起來。

尚未靠近迎接的人群，聞風起便先下了馬。他原就生得魁梧，在身披銀甲的情況下，整個人猶如鐵盾一般。

聞風起一眼望去，頭一個看到的便是自家外孫。他很想像從前一樣直接將外孫抱進懷裡掂量掂量，可是想到他現在的身分，只能將這念頭深壓在心底，上前俯身行大禮。

鄭翾連忙用小小的手牽著外公站起來，激動道：「定遠侯一路辛苦了。」

其實他更想叫外公，但是這段日子以來在朝廷的摸爬滾打，讓鄭翾學會三思而後行，他不想因為一個稱謂給自己還有外公帶來不必要的麻煩。

聞西陵站在劉尚賢等人身後，定定地看著自己的父親。

自從北疆一別，已過去了許久。父親看起來比往昔消瘦了一些，也不知是不是在軍營裡忙到疏於照顧自己的身體所致。

聞西陵尚未開口，鄭翾就關心起定遠侯的身子了。他對定遠侯府的優待，成功地讓後頭的一眾朝臣心生不滿，太師鄒志清、太傅甘澤甚至忍不住說了幾句酸話。

先帝逝世，新帝順利登基，幾位老臣自以為厥功甚偉，結果朝堂之上卻總是輸聞家半頭，誰能接受？

他們的聲音不大，但是正好落入聞風起耳中，他正愁無處找碴，眼下可不就找到機會了。當下便朗聲質問。「鄒太師與甘太傅若對定遠侯府有意見，大可以明說，何必在背後說人是非？如此可非君子之道。」

文武百官都在場，他們身為德高望重的太師與太傅，自然不肯落居下風。

「定遠侯多心了，甘某不過是心疼聖上年幼、憐惜老臣體弱，春寒料峭，城門處正值風口，難為他們在此苦苦等侯爺大半個時辰，著實不易。」說著，他陰陽怪氣地又添了一句。

「倘若定遠侯早些抵達，聖上同諸位老臣也就不必受此苦楚了。」

聞西陵後悔當初鄭鈺逼宮時救下這群老東西了，這些人仗著有幾分資歷，越發不知天高地厚。他不慣著他們，有話直說。「聽甘太傅話中的意思，似乎早有不滿，這是不滿定遠侯來得太遲，還是不滿聖上攜百官親迎？」

甘澤裝模作樣地看了鄭翾一眼，又故作委屈地同聞風起對視，矯揉造作地說道：「豈敢、豈敢？定遠侯功高蓋世，我等在此等候是應該的。」

話雖如此，他臉上的不耐卻顯而易見。

聞風起咧嘴笑了笑，鄒志清、甘澤頓時被他的笑容稍稍激怒了。

在他們不滿的眼神中，聞風起緩緩開口。「今日聖上攜諸位大人親臨城外迎接，迎的非是我定遠侯一人，而是我身後為國戍邊的將士。眾將士為國流血犧牲，將生死置之度外，用血肉身軀將蠻夷攔在關外，護住了國土安寧。

「如今山河無恙，功勞在他們，而不在我一人。當年五十萬大軍出兵北上，如今所剩不過三十多萬，將士們浴血奮戰、不幸捐軀者馬革裹屍，原來還不足以換得甘太傅、鄒太師等上這半個時辰？」

甘澤被堵得啞口無言，他認為將士們理所當然為國犧牲，況且朝廷也不曾虧待他們，大家不過是各取所需罷了，但自己今日若是說出這些話，當場便會成為這批大軍的箭靶。

儘管甘澤閉了嘴，聞風起卻不會輕易放過他。「今日大軍之所以能順利抵達京城，全賴眾將士日夜兼程地趕路。為了早日回京覆命，大軍昨夜只在荒郊野林歇息了兩個時辰，天色未明便已整裝出發。

「甘太傅所謂的春寒料峭，於眾將士看來不過尋常；甘太傅可以說一句苦，這些將士們卻不能。倘若保家衛國的將士們都耽於享樂、好逸惡勞，來日再有戰事，他們拿什麼來替各位守護這大好河山呢？」

聞風起譏諷地掃了作為出頭鳥的甘澤一眼，道：「靠甘太傅的三寸不爛之舌嗎？」

甘澤氣得臉都紅了。聞風起這老賊，不僅曲解他的意思，還當眾羞辱他，是可忍孰不可忍！

鄒志清拉都拉不住他，幸好鄭翾開口打斷了氣急敗壞的甘澤，主動道：「既已回京，還是請諸位將士早日回營休息吧，有功之臣不能虧待。」

甘澤洩了氣。聖上這態度擺明了就是偏心，祖孫之情果然斷不了。

說起對國家的貢獻，甘澤自認不輸給這些武將，他雖然不能上陣殺敵，但是當初在聖上即位時也立下了汗馬功勞，憑什麼定遠侯能藉著戰功立於所有人之上？

若聞風起跟聞西陵知道甘澤心中所想，只怕當場便要拿他殺雞儆猴。被人救了之後跑去寢殿大喊要殺了鄭鈺也算「汗馬功勞」？簡直可笑！

甘澤不服，可是後頭有幾十萬大軍冷眼盯著，他不服也沒辦法。

這場交鋒，甘澤打從一開始就輸了。

定遠侯攜大軍返京，不僅受到聖上親迎，進了城之後，京中百姓也是夾道相迎。

鄒志清與甘澤看著這空前熱鬧的境況，心中頗為忌憚，甘澤甚至說道：「也不知這天下往後究竟是姓鄭還是姓聞了。」

聞言，鄒太師神色驟變，不自覺地同他拉開了距離。「你不要命了，這樣的話也敢隨便胡說？」

其實甘澤話一說完就後悔了，他自知失言，但仍然嘴硬道：「怎麼？你怕了，我可不怕。」

鄒志清又默默地遠離了他一些。早知這人如此拎不清，他是絕對不會同他交好的。聞家是勢大，可他不覺得聞家會謀朝篡位，況且即便他有些嫉妒聞家的聲勢，也不得不承認他們對江山社稷所做的貢獻。

聞風起有四個兄弟，三個都折在戰場上，只剩下他這麼一根獨苗，他的獨子聞西陵十來歲便上了戰場，幾次出生入死，同樣立下赫赫戰功。不論人家身分如何顯赫，總歸是為了這個國家拚下來的，也曾經救過他們的命，沒讓他們死在鄭鈺手中，人家若是想造反，早就反了，還用得著等到現在？

甘澤被鄒志清潑了冷水，心裡老大不痛快，之後更是幾番挑釁聞風起，只是沒一次討到便宜就是了。

聞風起進城之後並未回定遠侯府休息，而是直接進宮覲見太后。

自家女兒年紀輕輕的便成了太后，令聞風起頗不適應。

父女相見之後，聞芷嫣傷感之下淚流不止，才讓聞風起找回了熟悉的感覺。縱然身分不同，可這終究還是那個需要自己護著的掌上明珠。

聞風起拍著女兒的背，如從前一樣安撫她道：「放心，父親回來了，一切都會好轉的。」

聽到這句話，聞芷嫣再也忍不住，放聲痛哭，似乎要將父親不在身邊時所受的委屈盡數宣洩。原本她要做端方的皇后、當懂事的太后，一切都必須隱忍，可是父親回來以後，她再也不必強迫自己堅強。

女兒的哭聲讓聞風起聽得心酸，聞西陵則在旁邊充當背景板。

聞西陵原以為今日沒有自己的事。

他心想，父親初回京城，定有數不清的事情要處理，更有姊姊和外甥需要安撫，自己必然會被排到最後。

然而天不遂人願，當天晚上聞風起回府之後，便將他叫進了書房，問起他跟沈蒼雪的事。

聞西陵頓時語塞。

這該從何說起？難道要說他往後想「嫁去」臨安城？

「我同她……」聞西陵幾次欲言又止。

小時候，父親對他甚是嚴格，除了年幼時押著他讀書、寫字，還要熟讀兵法、鍛鍊武藝，不過年紀稍長一些，便沒怎麼插手管過他了。

聞西陵覺得父親應當不會介意自己去臨安城，只是這話著實不好開口。若是說得不恰當，興許還會讓父親對蒼雪心存不滿。

他這糾結遲疑的模樣，倒是讓聞風起看足了笑話。

自家這個不可一世的世子爺，也知道為一個姑娘家犯難了。

聞風起大發慈悲地說道：「直說便是，這事總歸只同你們兩人相關，為父還能逼著你們做選擇嗎？」

聽到這話，聞西陵鬆了一口氣，放下一顆懸著的心。只要父親不多加干涉，一切都好說。

縱使聞西陵極為害羞，但還是坦然道：「蒼雪是個好姑娘，她雖父母雙亡，卻十分堅強，憑藉一己之力將一雙弟弟妹妹拉拔長大，還掙下了偌大的家業。兒子從未見過這樣堅忍的女子，此生，非她不娶。」

聞風起挑了挑眉，表情不變地問道：「那她呢，也非你不嫁？」

這……聞西陵猶豫了，應該……可能……是這樣吧？

聞風起哭笑不得地敲了敲兒子的蠢腦袋，道：「原來鬧騰半天，是你一個人空歡喜，人家姑娘根本未曾表態。」

這話可讓聞西陵不滿了。「她肯定心悅於我，若非如此，也不會經常做吃的給我了。」

「可我聽說她本就是個廚子。」廚子給誰做菜不是做？

聞西陵越發不服，似乎要證明沈蒼雪就是喜歡自己，搜索枯腸地想找出證據。「她自從進京之後，身邊除了我，便再無其他異性友人。況且，蒼雪不愛搭理那些公子，只同我親近。上回分別時，我說來日去臨安城找她，她滿口應下，豈不能說明她也是惦記著我的？」

敏銳如聞風起，立刻聽出了弦外之音，問道：「你想去臨安城？」

……嘖，聞西陵面露懊惱。一時不察，竟然將這些話主動給交代出來，他衝著父親討好地笑了笑。

聞風起繞著書案走了一圈，隨後坐在後方的長椅上，端詳著站在面前的兒子。他對女兒格外疼愛，但是對兒子卻異常嚴格，否則聞西陵十來歲的時候，也不會被他丟去戰場上。

有趣的是，聞西陵本人反而覺得那段時間不受父親管束，挺自由的。

當年聞風起認為這是一種歷練，可是經歷兒子失蹤這件事，他其實也暗自後悔，覺得虧欠了這個兒子。一旦心懷愧疚，再強硬的態度都能軟化。

況且，天下已經安定，北疆未來兩、三年內應當不會再出現什麼動亂，他兒子既然想追求人家姑娘，索性放他去臨安城吧。

雖然內心這麼想，但聞風起話說出口時卻顯得嚴厲。「如今朝堂未穩，北疆的戰事也必須善後，你便是再惦記兒女私情，也務必往後捋一捋，切不可因為私情耽誤了公事。」

聞西陵肅然道：「兒子明白。」

他並不準備撂下這一攤子事情獨自離開，真這麼做，首先他就過不了自己的良心這一關。

「你心裡有打算，自然最好。為父聽說了那位沈姑娘的事，你自小就看不得京城的大家閨秀，若是這回能成就一段姻緣，倒也替為父與你姊姊省了不少心。怕只怕，你是剃頭擔子一頭熱，人家姑娘壓根兒對你無意。」

「絕無可能！」聞西陵急了。「父親，您就等著瞧，待我去了臨安城，必能抱得佳人歸！」

聞風起表情微妙地笑了笑。

說完之後，聞西陵其實也頗為心虛。這些大話，他就只是情急之下說兩句，別說父親不信，連他自己也存疑。

自從聞風起返京之後，原本還對先帝遇害、新帝年幼頗有微詞的百官，全都三緘其口了。除了太傅甘澤自恃有功勞，時常與定遠侯府爭鋒，其他人便是有賊心也沒賊膽。

聞風起跟聞西陵很不同，聞西陵作風雖凌厲，可畢竟對朝中那些彎彎繞繞不大清楚，有時候甚至會碰得一鼻子灰。然而聞風起不一樣，他為人穩重、不苟言笑，且行事比他兒子有手段得多，恩威並施、寬嚴相濟，不過短短半個月工夫，便讓朝廷風氣為之一變。

新帝對定遠侯頗為倚重，不論甘澤如何挑唆，仍然撼動不了定遠侯一家在聖上面前的地位。

次數多了，甘澤也漸漸死心，他私下同鄒志清道：「聖上如此寵信聞家，只怕會養出第二個鄭鈺來。」

當初鄭鈺何等風光，一度權傾朝野，若非聞家還有定遠侯撐著，連皇后跟聞西陵都壓不住她。

鄒志清見朝中亂象被定遠侯兩三下平定，心中對他頗為佩服，是以便替他說了一句話。「依我看，定遠侯不是那般不知輕重之人。」

「你又知道了？」當初眼前這位太師大人可是替鄭鈺說過話。

鄒志清摸了摸鼻子，說道：「這回不一樣，定遠侯為人剛正不阿。」

甘澤冷笑一聲。「權勢動人心，定遠侯權勢滔天，且他正值壯年，少說還能在朝中立足十幾二十年，如今他兒子也起來了，日後他們父子聯手，這朝中哪還有我們這些老臣的立足之地？」

聽著這無可辯駁的事實，鄒志清心頭一堵，他只能安慰自己，順帶也安慰對方。「戰事已平，定遠侯這等武將也不會似從前風光了。京城百姓縱然盛讚其功勞，可一、兩年過去，應當就會拋到腦後。」

「那聞西陵呢？聞西陵那小子可是蒸蒸日上，太后娘娘跟定遠侯不會為了他鋪路嗎？」

想到聞西陵也是個武將，甘澤便滿心不悅，憋屈道：「這個朝廷都快變成武將的所有物了！」

縱使有再多不滿，也只能在這兒發發牢騷。

甘澤心裡清楚得很，以定遠侯府的勢力，他們不能再與其抗衡。

只有等聖上年紀大些、親政了，知道外戚權勢太盛的弊端，才有機會將定遠侯府壓下去，如今……想都別想。

第七十二章　火速訂親

若說甘澤多慮，倒也不是沒有道理，鄭翾確實想為自己的外祖父封賞，甚至想加封他為國公，卻被聞風起給攔住了。

「聞家從前不過只是封了個侯位，便引得朝中眾說紛紜，若是您再加恩予聞家，更會引得諸位大臣心中不平。往後聞家若有功績，再論功行賞便是，這回便罷了。」

聞言，鄭翾既感動自己外祖父的體貼，又厭惡那些專論人是非的朝臣，他們若有能耐，便去保家衛國，實在不行，亦能除惡揚善，然而他們什麼事情都不做，卻還編派為了國家安危出生入死之人，實在是面目可憎。

不能封國公，那便給厚賞，數不清的賞賜湧入了定遠侯府，教不少人看得眼紅。

然而，這些說到底都是身外之物，只要聞風起不晉爵、聞西陵不加官，一切都好說。

被眾人惦記的聞西陵，在翻過年進入初夏、朝中情況大致穩定之後，已經盤算著要討一個外放的官位了。

他實在受不了朝中這群只會出一張嘴卻不幹正事的大臣，想著去臨安城任職也不賴，反正他對那個地方很熟悉，那裡也有他掛念的人。

還沒等到聞西陵接到調令，沈蒼雪便先一步來到了京城，準備給趙老夫人過壽。

這回沈蒼雪進京，還將自己的一雙弟弟妹妹給帶了過來。

得知他們抵達京城後，聞西陵馬不停蹄地趕往林府。

聞風起回府之後不見兒子蹤影，問過吳兆方得知此事，聽說兒子如此急切，不由得說道：「怎的就這般急不可耐了？也不怕唐突了人家。」

吳兆對他們兩人的事情算是頗為了解，便替他們家世子爺解釋道：「侯爺，世子爺同城陽郡主一路走來幾經生死，頗為不易。世子爺這是愛重城陽郡主，所以才格外上心。」

聞風起瞄了他一眼道：「我是沒什麼意見，只怕女方家看不上他這毛毛躁躁的模樣。」

吳兆說了一句「必然不會」。

聞風起視線放空，琢磨著該不該請媒人上門，早日定下這門親事。可是又擔心貿然前往，會不會讓林家與趙家心存不快。

事實證明，聞風起多慮了。

沈蒼雪前腳剛踏進門，趙月紛還沒來得及跟她說上兩句，便聽廊下的小廝來報，說是有人尋了過來。

趙月紛正不耐煩地想將人攆出去，結果聽說來人是定遠侯府聞世子，立刻換上了一副笑臉。

她看著沈蒼雪，語氣曖昧道：「這位世子爺消息可真是靈通，妳才來了多久，他便巴巴地趕了過來。易求無價寶，難得有情郎，他真將妳放在心上了，這樣的好男兒可不多見。」

沈蒼雪覷了吳戚一眼。

吳戚默默地往後退了退。郡主這回進京沒跟他們世子爺說，應當是想給他一個驚喜，可世子爺交代過，只要是關於郡主的事情都要上報，事無鉅細，他就是有再大的膽子，也不敢違抗命令。

剛剛進城的時候，吳戚悄悄差人遞了個消息去侯府，本以為最快也要等到明早他們兩人才會碰面，誰知道世子爺竟然連一個晚上也不想等，倒顯得他裡外不是人了。

趙月紛拉過沈淮陽跟沈臘月，自然而然地將沈蒼雪推了出去。「難得他登門，必是為了妳來的，且去說些話吧，淮陽跟臘月我幫妳照看著。」

沈蒼雪遲疑不定道：「不將他……請進來？」

「他想見的又不是我們，何必請進來？如此反倒不自在。妳就隨他出去走走吧，這都多久沒見了，難道妳就不惦記他？」

沈蒼雪被催得沒辦法，只得照做，臨走前摸了摸龍鳳胎的頭，叮嚀道：「你們好好陪著姨母，我去去就來。」

說完她便轉身離開，趙月紛立刻揚聲喊道：「晚些時候回來也不是不行。」

趙月紛心想，只要今日之內回來就行，或早或晚有什麼要緊？她信得過那位聞世子的人品，也信得過外甥女的品性，他們兩人待在一塊兒，便是彼此有意，也不會鬧出什麼事。若是換成了那個鄭意濃，那她無論如何都不敢說出這樣的話來。

沈蒼雪出門之後，趙月紛轉身便對上兩個小孩，她摩挲了兩下手，同這對小兄妹大眼瞪小眼。

初次見面，彼此都不熟悉，身為中間人的沈蒼雪又不在場，趙月紛方才撮合沈蒼雪跟聞西陵的興頭過去之後，便有些為難，不知如何應對。

她許久沒帶孩子了，況且這兩個小孩看起來是真的乖，乖得她不敢輕舉妄動，生怕自己毛毛躁躁的，嚇到他倆。

趙月紛的眼睛在屋子裡轉了一圈，最後目光落在一碟鬆鬆軟軟的白玉糕上。

她忙讓人取來，拿起兩塊遞給沈淮陽跟沈臘月道：「要不要嚐嚐看？雖沒有蒼雪手藝好，可是味道也不錯。」

只見沈淮陽禮貌地接下來，說了一句「多謝」。

沈臘月則是眨了眨眼睛，伸出細嫩的小手，小心地接過，軟乎乎地說：「謝謝姨母。」

連聲音都這麼好聽。「唉呀，真乖！」趙月紛被她叫得心都軟了。

真是有什麼樣的家長就有什麼樣的孩子，她那個不長心眼的長姊只教得出鄭意濃這樣的貨色，而獨立堅強的蒼雪，就能帶出這樣乖巧可人的小孩來。

這若真是他們趙家的孩子，該有多好啊……趙月紛索性拉著沈臘月不鬆手了。

守在門外的聞西陵聽見院內響起腳步聲，他以為是小廝過來回話，結果一抬頭，卻見自己心心念念的人忽然出現在眼前。

「蒼雪。」聞西陵的腳步比腦子還快，立刻奔向沈蒼雪。

「慢一點，當心門檻。」沈蒼雪看得眼皮直跳，不過見他頃刻間便已經到了自己面前，也知道自己白囑咐了。

人家是武將，哪會注意不到腳下？

身後還有丫鬟跟著，沈蒼雪察覺到她們的視線之後，臉上隱隱有些發燙。她扯著聞西陵的袖子，將他往外拉。「我們去外頭說話吧。」

聞西陵也由著她。

高大英挺的青年亦步亦趨地跟在一位窈窕姑娘身後，她走到哪兒，他便老老實實地跟到哪兒。

此時已近黃昏，天邊的晚霞五彩繽紛、變化多端，卻又格外柔和。

聞西陵已經來過林府好幾次了，這附近有什麼他也清楚得很，隨著沈蒼雪出門後，兩人便四下閒逛起來。

沈蒼雪說起自己在臨安城的酒樓如何如何、分享夏駝子的近況，還道黃茂宣前些日子說了人家，不日即將娶妻。

聞西陵談的大都是朝中事，自從他父親回來之後，朝中對聞家的惡意減少許多，尤其是聞風起同聞西陵推辭了聖上的加恩之後，旁人更沒理由對聞家挑刺了。

不過他們對聞家的防備心還是很強，聞西陵升得太快，聞風起聲勢亦如日中天，若是這父子兩人都在朝中，非議便不會停止。

沈蒼雪光是用聽的，便知道聞西陵處境艱難，她喃喃道：「看來當官跟經商一樣不容易。」

「都是暫時的。」等他離開京城之後，聞家便不會成為眾矢之的了。

不過這話聞西陵沒說，他打算來日偷偷地前往臨安城，好給沈蒼雪一個驚喜。

兩人沿著街邊一路閒逛，不知走了多久，卻不覺得疲乏。家長裡短地說了許多，卻是越說話越多。

街角處，趙卉雲剛從鋪子裡出來，便注意到了這一幕。

左右丫鬟也認出了沈蒼雪跟聞西陵，生怕自家夫人沒看見，還興沖沖地指給她看。

趙卉雲生怕她們說話的聲音太大，驚擾了那兩人，連忙讓她們小聲點。

兩個丫鬟雖然壓低了音量，但是話裡的雀躍卻顯而易見——

「沒想到城陽郡主竟然同聞世子走得這麼近，真是郎才女貌，不知道往後能不能成就一樁姻緣？」

「什麼叫沒想到？是早該想到的，從前就聽說聞世子心悅城陽郡主了，否則怎會英雄救美呢？再看他們這親暱的姿態，可見傳言不假，咱們王府喜事將近了呢。」

若這兩人成了，也是修復城陽郡主同王府關係的好機會。畢竟王爺和王妃是城陽郡主的親生父母，若是成親，哪可能越過他們呢？

趙卉雲也想到了這一點，原本沈寂許久的希望，因為此事又燃了起來。萬一兩邊能重修舊好呢？她不信定遠侯府會直接越過汝陽王府提親，婚姻向來都是父母之命、媒妁之言，缺一不可。

丫鬟知道府裡艱難，都靠世子爺一人撐著，王妃也是鬱鬱寡歡，她想讓王妃高興一點，便說：「兩家成親是何等的大事，無論如何都不會落下王府的，說不定過些日子，定遠侯府的媒人便會上門了呢。」

趙卉雲望著他們兩人，眼中浮現出了一絲期待。

同聞西陵逛了許久後，沈蒼雪才被他送了回去。

幾日後便是趙老夫人的壽宴了，沈蒼雪得知聞西陵也會出席，便相約到時候再見。

他倆是等得起，也坐得住，可是定遠侯跟太后卻等不及了，父女倆第二日一商議，決定快刀斬亂麻，直接說親才好。

這兩人彼此都有意，按理說不必著急，可若是由著他們，不知要等到什麼猴年馬月。聞西陵還說要去臨安城，去了之後天高皇帝遠的，更管不著了。如今沈蒼雪人在京城，雙方家長都在，議親才方便。

只要將親事定下，婚禮便是推上一、兩年也使得，到時候全看他們兩人的意思了。

聞芷嫣當機立斷道：「不如明日便請媒人上門，探一下林家的口風，若是林夫人鬆口，回頭便正式前往趙家提親。」

沈蒼雪還不知道聞家人如此心急，是以等到隔天媒人上門時，她壓根兒沒反應過來。她還一臉茫然，趙月紛卻已經跟媒人打成一片了。

媒人本想先試探一下林家這邊的態度，可如今瞧趙月紛恨不得立刻奉上沈蒼雪八字的模樣，便拍了一下大腿，心中有數了。

兩邊的態度都這般明朗了，若還不能撮合成功，她乾脆以死謝罪得了。

媒人再次打量起沈蒼雪，心中暗想，這位郡主真是貌若天仙啊，怪不得世子爺如此惦記。若這對璧人在她手下成了事，也算是功德一件。

她朝沈蒼雪笑了一聲，舌粲蓮花道：「有道是千里姻緣一線牽，郡主同定遠侯府世子一個在南、一個在北，本是相隔千里的人卻偏偏碰上了，可見是老天爺遞過來的緣分。世子爺年歲剛好，郡主也正值妙齡，真是郎才女貌，登對著呢，這緣分去哪兒都是尋不到的。」

沈蒼雪眨了眨眼。她無疑是驚訝的，倒不是針對聞西陵想與她成親這點，而是那傢伙竟然敢直接讓媒人登門——長本事了啊。

照理說，兩家結親是父母之命、媒妁之言，沈蒼雪這個當事人應當少說少問，然而她實在好奇，也不在意這些虛禮，便乾脆地對媒人問道：「是聞世子讓您過來的？」

媒人滿臉笑意道：「不止呢，侯爺跟太后娘娘也是眼巴巴地盼著早日定下這門親事。」她轉頭跟趙月紛道：「那邊是侯府，您家這位是郡主，不僅相貌登對，家世也相當，您說是不是？」

趙月紛覺得這媒人真是胡說八道，這京城裡同定遠侯府家世相當的壓根兒沒有。

不過管他呢，定遠侯府都覺得匹配了，他們也沒必要自輕自賤，她點了點頭，附和道：「可不是嗎？」

媒人歡喜道：「那這事就這麼定了？」

趙月紛瞥了外甥女一眼。

只見沈蒼雪不發一語，臉上卻是帶著笑容。

趙月紛馬上轉過頭說道：「就這麼定了。」

媒人撫掌，取來一枚白玉雕鳳珮說：「這是定遠侯府的訂親信物，煩請貴府收下。」

趙月紛示意沈蒼雪也給個貼身的東西送上，沈蒼雪下意識地摸了摸頭髮，上面只有一支樣式簡單的珠釵，送出去不像話。最後她想起自己手上戴著一只纏臂金，遂褪下送給了媒人。

只是她這東西到底還是沒有人家的價值連城，不過是尋常之物罷了。

媒人貼心地用帕子包好，放進盒子裡，小心地拿在手上。「何以致拳拳，綰臂雙金環，郡主這信物給得比那玉珮還要好呢。」

趙月紛聽得心頭舒暢，不管是定遠侯府的態度，還是媒人的口氣，都讓人心中熨貼。若定遠侯府不喜歡她這外甥女，媒人也不會說得如此好聽。

媒人趕著回去覆命，約好了明日再來，便行禮退下了。

沈蒼雪很快就被弟弟妹妹圍住了，你一言、我一語地追問沈蒼雪，她是不是要成親了、往後是不是要住在京城等等，趙月紛跟林府的一眾丫鬟則是笑吟吟地在邊上看著。

趙月紛原以為沈蒼雪會被盯得不好意思，誰知道這丫頭的腦子就像缺了根筋一樣，不管她的目光有多露骨，這丫頭都穩得很。

這也太淡定了！趙月紛沒好氣地說道：「妳倒是八風吹不動。」

「其實是意料之中的事。」只是來得有點快，比她想像中提前了些罷了。

趙月紛笑得更歡了。「看來你們兩人私下沒少商量啊。」

事已至此，沈蒼雪也不瞞著了。「我同他還約好要一塊兒回臨安城呢。」

趙月紛愣了一下，說道：「不會吧，他堂堂侯府世子，眼下在朝中也是棟梁，肯跟妳去臨安城？」

沈蒼雪含糊道：「從前是這麼約定的。」

至於現在如何，走一步算一步吧。

沈蒼雪是沒想過今年就成親，但是如果一定要成親的話，她也不排斥，畢竟她挺喜歡聞西陵的。

待媒人歡歡喜喜地回了定遠侯府，將這樁喜事告訴聞風起父子兩人時，聞西陵這才知道，原來父親跟阿姊竟然背著他將親事給定下來了?!

短暫的震驚過後，便是狂喜。

聞西陵捧著訂親信物，整個人有些飄飄然。蒼雪收了他們家的祖傳玉珮，還將自己貼身戴的纏臂金給了他！他不是沒睡醒吧，會不會尚在夢中？

瞧著兒子那不值錢的模樣，聞風起越發篤定自己這回做得沒錯，若是任由這個不成氣候的來辦，何年何月才能成親？

還是要乾脆些才行。

聞風起謝過了媒人，又奉上厚禮，道：「兩家議親才剛起了個頭，往後還得煩勞您多費心，若能早日定下婚期，定遠侯府必有重謝。」

媒人偷偷掂量了手中的謝禮，這禮已是不輕，來日再有重謝，不知要重到什麼地步？這差事她算是接對了。

她連忙打包票，只道一切交給她就對了，必讓這對新人今年年底前完成終身大事。

聞西陵在一旁聽得心蕩神馳——今年年底前就能成親？這比他想像中的快上好多啊。

按照他原先的預想，等自己去了臨安城，少說得兩、三年才能讓蒼雪鬆口，至於成婚，更要等上好一陣子。可如今媒人卻說今年便可以成親，簡直快到有些不可思議。

快是快，可聞西陵卻滿是期待，他自然希望越快越好，免得有不長眼的敢惦記他的心上人。

第七十三章　一刀兩斷

聞風起跟媒人仔細商議了一番下回登門之事，確保一切考慮周全、萬無一失。

身為當事人的聞西陵沒好意思插嘴，且他父親的思慮比他妥帖多了，壓根兒沒他插手的必要。

待事情商議妥當之後，聞西陵才找了個空檔，親自對父親道了一聲謝。

聞風起感慨非常。「你不必謝我，若你機靈一些，我何須如此費心？只盼著你在林家跟趙家人面前能長點心眼，別教人家覺得你難當重任。」

聞西陵堅定地回道：「不會的。」

他害羞歸害羞，但是該正經的時候可不會露怯。

這兩日工夫，議親一事進展神速。聞風起擔心沈蒼雪回臨安城，趙老夫人更煩惱，一聽說定遠侯府上門提親，且孩子兩情相悅之後，她的態度比趙月紛還積極，立刻替沈蒼雪應下了。

壽宴還未到，兩家就已合過帖、看過八字，如今定遠侯府正準備納采禮，等著上門了。

以定遠侯府的家底，若想備齊納采禮，不過半日工夫而已，唯獨活雁不好找，加上聞西陵又想要漂亮一些的，所以才耽擱了下來。

又一日，便是趙老夫人的壽宴了。

因是整壽，所以趙家請了不少熟識的人家，一時之間頗為熱鬧，就連許久不曾與趙家走動的趙卉雲也厚著臉皮帶丫鬟來了。

其實趙家並沒邀請汝陽王府的人，可趙卉雲跟趙家的血緣做不了假，當女兒的要給母親過壽，門房還能攔著不成？只好放她進來了。

趙卉雲來的時間巧得很，剛好碰上太后派宮人過來送賀禮，給足了趙家面子。

還沒等眾人稀罕夠，就見壽星趙老夫人聽到消息後趕來謝恩，她過來時，左手牽著自家外孫女沈蒼雪，右手還拉著定遠侯府世子聞西陵。

奇怪的是，聞西陵竟然神態自若，一點都不扭捏，甚至目光時不時地掃向沈蒼雪。

見到這一幕，趙卉雲整個人如遭雷擊。她雖知這兩人有情，可那不過是私下交往，怎麼母親今日竟牽著他們公開露面？難道……雙方議親了？

好奇的自然不只有汝陽王妃，當下就有人問及此事。

趙老夫人笑著表示，他們兩人已經訂親了，宮人更是一唱一和，嘴裡不住地誇讚沈蒼雪，顯然太后也極為滿意這門親事。

一片恭賀聲中，趙卉雲死死地扯著衣角，擔心自己當眾失態。

兩家訂親之事為什麼沒有人告訴她？她可是沈蒼雪的親生母親啊！

往來之人都在道賀，唯獨汝陽王府的人連一句「恭喜」都吝嗇說出口。

丫鬟光是瞧見這場面，便覺得王府受到了羞辱，憤憤地同自家主子抱怨。「這定遠侯府也太不把咱們當一回事了，好歹您跟王爺是城陽郡主的親生父母，打斷骨頭還連著筋呢，他們怎能如此行事?!」

趙卉雲氣得雙目猩紅，恨不得直接離開趙家。

可是她若是這麼做，回頭定遠侯府跟趙家會更變本加厲，不將汝陽王府當一回事。為了王府的顏面，更為了她自己的臉面，她不能走。

趙卉雲不走，卻無人理會她，今日壽宴，壓根兒沒一個人願意同汝陽王府的人搭話。

汝陽王府已經衰敗，僅有的一點榮光是由長子鄭棠獨力支撐起來的。鄭棠在外兢兢業業地做事，這才保全了王府最後一點尊嚴。

若不是看在鄭棠這個後起之秀的面子上，汝陽王府早就被人踩在腳底下，永世不得翻身了。偏偏王府裡的人還不知好歹，仍以為他們的地位一如往昔。

沈蒼雪跟趙家人也都注意到了趙卉雲，她那麼大一個人站在那兒，旁人都笑逐顏開，唯有王府的人陰著臉，顯得格格不入，教人想不側目都難。

趙老夫人叫來管事，責罵了一句「不中用」，什麼人都放進來。

管事被罵，心中頗為詫異，難不成老夫人真要同大姑奶奶斷絕關係？這可是趙家壽宴啊，真的不放女兒進來賀壽？

趙老夫人這話是說給沈蒼雪跟聞西陵聽的，畢竟自家女兒從前做的那些糊塗事是真教人為難，在外孫女跟未來的外孫女婿面前，趙老夫人必須表現出這樣的態度。

罵完之後，趙老夫人還吩咐道：「盯著些，別讓她做出什麼不合時宜的事。」

管事表示自己明白了。

沈淮陽偷偷看向那位衣著華麗、長得跟阿姊很相似的貴婦人……不對，應該是阿姊長得像她才對。

他在沈蒼雪面前藏不住話，便直接問了出來。「阿姊，那位一直盯著妳的夫人便是汝陽王妃嗎？」

沈蒼雪眉心微蹙道：「她一直盯著我？」

轉頭確認過後，沈淮陽壓低聲音說：「這會兒還在盯著呢。」

沈蒼雪更不喜了。

這算什麼？鄭意濃離開京城了，便將自己一腔慈母之愛傾注到她身上？沈蒼雪不僅不感動，還覺得怪噁心的。

她捏了捏弟弟的臉頰，道：「正是她，趙家沒給汝陽王府下帖子，也不知她是怎麼溜進來的。這位夫人性格偏執，要是惹惱了她，她興許會做出什麼偏激的事來，你可別靠近她，也別讓臘月過去。」

沈淮陽心中一凜，保證道：「阿姊放心，我肯定看好臘月。」

會直說趙卉雲不好，沈蒼雪就是表明自己的立場，安撫一下弟弟的心。

這個弟弟雖然年紀小，卻是個小大人，還是個沒安全感的小大人，沈蒼雪不希望他因為一個外人而惶惶不安。

至於趙卉雲會不會找他們麻煩，沈蒼雪倒是完全不擔心，且不說聞西陵還在身邊，單單是吳戚一個人便夠了。

沒多久，又有人湊過來找沈蒼雪他們說話。

沈蒼雪與定遠侯府世子結親，往後便是太后的弟妹了，這身分遠比她的郡主頭銜尊貴許多。京中許多姑娘與夫人眼瞧沈蒼雪起勢了，便過來討好。

為了避免顯得太過刻意，她們就拉著沈淮陽與沈臘月這對雙胞胎兄妹，裝作對他們極感興趣的模樣。

沈淮陽並不太喜歡那些人突如其來展現的親暱態度，但是為了不給阿姊添麻煩，他還是老老實實沒反抗。

不過沈臘月卻茫然無知，她是真的以為這些人喜歡自己，不吝惜給她們笑容。

整場壽宴，沈蒼雪都避免同趙卉雲有什麼眼神接觸。

她是真的不願意跟這對拎不清的夫妻扯上關係，可問題是，她可以確保自己不去找對方，卻不能保證對方不會往她跟前湊。

熱熱鬧鬧的一場壽宴結束之後，沈蒼雪隨趙家幾位奴僕將前來參加壽宴的客人都送得差不多了，正要回屋，才驚覺趙卉雲不知何時竟站在了自己身後。

趙卉雲神色複雜地盯著沈蒼雪道：「我們談談？」

沈蒼雪心中警鈴大作，飛快道：「咱們似乎沒什麼好談的吧。」

「我是妳母親！」

沈蒼雪涼涼地笑了一聲，這會兒說這個難道不覺得遲了嗎？

她說道：「您是鄭意濃的母親，可不是我的母親，我母親早已亡故，還請王妃不要硬貼上來，免得教大家難堪！」

說罷，沈蒼雪連忙往回走。此處正對門口，她擔心讓旁人看了笑話。

沈蒼雪避之唯恐不及，趙卉雲卻是寸步不讓，仍死死跟著沈蒼雪，打算今日將話說個清楚。

趙家幾個丫鬟與婆子面面相覷，一時之間都愣住了，還是管事反應快，隨手點了一個人說：「愣在這兒幹什麼？還不趕緊去稟報老夫人！」

這事他們沒一個人敢插手，人家母女吵架，哪有他們摻和的分？

沈蒼雪停在一處亭子裡，趙卉雲從後面走上前說道：「妳幾時同定遠侯府世子訂親了？這麼大的事怎麼能越過王府？我知道妳心中有氣，但婚姻之事並非兒戲，妳絕不能自己作主！」

聞言，沈蒼雪猛然回身。

趙卉雲未竟的責怪噎在了嗓子眼，愣愣地盯著沈蒼雪那一臉慍色。

沈蒼雪深吸一口氣，吐出來的話帶著寒意。「我本不想將話說得這麼難聽，可王妃娘娘非要將我逼到如此境地，也就別怪我不留顏面了。

「您未養過我一日，當初我找去王府給自己尋個公道時，您也嫌我丟了王府的臉，惡意陷害您的寶貝女兒鄭意濃，這都是去年才發生的事，王妃娘娘這麼快就忘了？」

趙卉雲狡辯道：「當初我不知道意濃已經變了性子。」

「她是您養出來的，您怎會不知？不過是顧念母女之情，裝作不知罷了。這些話騙騙別人還行，休想騙過我。當初鄭意濃在，您心裡、眼裡都只有她；如今她不在了，便將主意打到了我頭上，以為我是同鄭意濃一樣的賤骨頭？可惜您看輕了我，我不是鄭意濃，更不稀罕王妃娘娘這樣害人至深的母愛！」

「我沒有！」

沈蒼雪不耐煩地說：「您說沒有便沒有吧。我不追究汝陽王府包庇之罪，那是看在鄭棠的面子上，跟你們夫妻沒有絲毫關係。若您真是慈母之情無處宣洩，便好好替鄭棠想想吧，老實待在王府不要四處丟人現眼，便是鄭棠最大的助力了。他在外打拚不容易，好不容易有了成績，偏偏被家裡扯了後腿，攤上你們這對父母，可真是倒了八輩子的楣。」

趙卉雲傻傻地站在原地，被沈蒼雪罵得臉色煞白，嘴唇直哆嗦，說不出話來。

從來沒人這麼罵過她，好似她真的做了什麼十惡不赦的事，可她也不過就是偏心了一些罷了。

沈蒼雪不願再瞧她，轉過身道：「還望王妃娘娘從今往後別再盯著我了。我的婚事跟您無關，若您真不自量力想摻和，還得先掂量掂量汝陽王府的分量，看看您有沒有承受定遠侯府跟皇家的怒火。言盡於此，您好自為之吧。」

這是明晃晃的威脅了。

沈蒼雪跟這拎不清的人說不通，想得到的只剩這一招。她不管趙卉雲聽到這些話會有什麼反應，直接提步就走。

剛走幾步，便見聞西陵匆匆趕至。

他看了趙卉雲一眼，又看了看沈蒼雪，關切道：「沒事吧？」

沈蒼雪搖了搖頭，拉著他一道離開了。

過了一會兒，汝陽王府的丫鬟也尋了過來。

丫鬟覺得自家王妃看著實在可憐，失魂落魄的，便道：「王妃，咱們還要去找趙老夫人嗎？」

趙卉雲木然地轉過頭，神情黯然道：「不必，往後都不必找了。」

她就當從來沒有過這個女兒吧。

自從趙老夫人的壽宴過後，趙卉雲消停了許多，沈蒼雪聽趙月紛提起過，說她備受打擊，一連幾日都不曾出門，在家時亦渾渾噩噩，惹得鄭毅同她大吵了一架，如今日日都宿在妾室那裡，兩人不復從前恩愛。

沈蒼雪雖說不喜歡趙卉雲此人，但是聽到這種情況，更加厭惡鄭毅。

幸好自己同汝陽王府再無關係，否則平白無故得了這樣一個生父，可教人噁心。若說趙卉雲是性子執拗，為了女兒什麼事都做得出來，那麼鄭毅便是毫無擔當，出了事只會躲在女人的臂膀底下。

鄭意濃作惡多端，離不開鄭毅助紂為虐。但凡他好好管教女兒，像一個真正的男人撐起汝陽王府，王府也不至於淪落到今天這個地步，連累她那清醒又認真的哥哥鄭棠。

沈蒼雪不想再聽到關於他們的消息，同趙月紛道：「往後就別關注汝陽王府了，反正也沒有什麼好聽的事。」

趙月紛認真想了想，覺得也對。她打聽王府的事其實只是為了看笑話，可王府淪落至此，也沒什麼好看的了，著實讓人提不起勁。還是從前的長姊更能激發她的好勝心，如今這個已是爛泥扶不上牆。

「說得也是，只要他們不摻和妳的婚事，我懶得管他們。」

沈蒼雪想起自己那一頓痛罵，便說：「只怕他們今後見了我都要繞道走，哪裡還會管我？」

趙月紛湊近道：「妳罵她了？」

沈蒼雪點了點頭。

趙月紛敬佩道：「妳倒是比我能忍得多。」

她討厭這個長姊，很大的原因是出在鄭意濃身上，罵個幾句再正常不過。可沈蒼雪身為被她長姊狠狠拋棄的女兒，隱忍到現在才當面開罵，實在太了不起了！

沒有汝陽王府的人插手，沈蒼雪跟聞西陵的婚事進展得非常順利。納采之後，聞西陵便大方地以沈蒼雪的未婚夫身分陪她到處晃，恨不得日日黏在她身邊。

聞西陵甚至忍不住向沈蒼雪透露自己的秘密驚喜。「我原就想謀個外放的職，前去臨安城當個幾年官，父親的想法也跟我不謀而合，待婚期過後便會幫我向聖上奏請，允我調離京城。等去了臨安城，便再沒有這麼多的煩心事了。」

天高皇帝遠，誰也管不了他們。

沈蒼雪正在為樓外樓試新菜，聽他主動提起去臨安城的事，也來了精神，問道：「侯爺與太后娘娘竟然捨得讓你去臨安城？」

「捨不得也要捨得，妳不知道如今定遠侯府有多惹眼。聖上年紀小，許多事都必須由臣子們拿主意，定遠侯府話語權稍微重了些，他們便覺得侯府功高震主，恨不得代替聖上直接治侯府死罪。」

沈蒼雪撇了撇嘴道：「他們哪裡是恨定遠侯府功高蓋主，是恨功高蓋主的人不是自己罷了。」

聞西陵拍手道：「正是這個道理！」

他對於那些只會汲汲營營的官員沒什麼好感，對於文臣與武將之間的交鋒也不感興趣。聞西陵為人率性，不喜歡便是不喜歡，做不來逢迎拍馬之事。與其留在這裡跟這些人勾心鬥角，還不如順勢退下，等來日聖上能真正掌權之後再回去。

這回聞西陵自請外調，不僅僅是做給朝臣們看的，也是做給聖上看的。歷經先帝一事，聞西陵對在龍椅上坐著的人已經不信任了，不過他並非質疑自己的外甥，而是對皇權的不信任。

聞西陵希望這個外甥明白，他們聞家沒有謀反之心。

不過，若真有一天，自家外甥重蹈覆轍，走上先帝那條路，那聞西陵也不怕。他們聞家並非沒有自保之力，只盼彼此不要走到那個地步。

沈蒼雪不知何時湊了過來，手中托著盤子，上頭放著樓外樓的新菜，她把筷子塞到聞西陵手上，殷切道：「嚐嚐看？」

在臨安城的辣椒越種越多，現在辣椒已經用不完了。除了一開始的辣鍋，沈蒼雪又研製了好一批菜，都是辣口的。臨安城的百姓不大習慣，但京城這邊的反應卻很不錯，沈蒼雪深受鼓勵，於是又開發了更多新菜。

如今樓外樓的生意比沈記酒樓更好，不過這也不難理解，京城的人可比臨安城的人多上許多，有了口碑，就不擔心沒人上門。

沈蒼雪閒著也是閒著，與其浪費時間同那些貴婦人與千金們閒聊，還不如一門心思掙錢呢。

她已經算不清自己究竟有多少身家了，這幾年賺的錢加上宮裡的賞賜，讓她成了個小富婆。

別說聞西陵日後回臨安城任職了，就是不當官、不領兵，沈蒼雪也養得起他。

第七十四章　十里紅妝

議親過後，沈蒼雪便留在京城待嫁了。

趙月紛讓沈蒼雪自個兒繡嫁衣，可就憑沈蒼雪那拿慣了菜刀跟鍋鏟的手，哪做得了這樣的精細活？讓她做菜可以，雕花也不在話下，可讓她繡花，她實在沒這個能耐。

興許沈蒼雪的手藝實在拙劣，趙月紛擔心她自己繡嫁衣鬧出笑話來，最後只能請個繡娘來幫忙，不過即便如此，她也不肯放過沈蒼雪，仍然要沈蒼雪跟著繡娘學。

除了沈蒼雪，兩個孩子也沒閒著。

沈淮陽跟沈臘月的先生仍然在臨安城，可是出門在外，課業也不能斷。沈蒼雪請趙家出面，給兩個孩子尋了臨時的先生。

兩個孩子適應得挺好的，其實只要跟在沈蒼雪身邊，無論去哪兒，對他們而言都是一樣的。

臨安城那邊的人得知沈蒼雪訂親的事情之後，便時常來信。

吳戚跟著沈蒼雪離開，崔瑾他們實在擔心沈蒼雪留在京城不回來了，因而信來得頻繁了些。

沈蒼雪其實回了好幾遍，說自己一定會回去，不過他們不信。

她能理解崔瑾等人的心情，換作她，肯定也不相信。現在只能等到婚後聞西陵接了調令返回臨安城，崔瑾他們才能徹底安心吧。

在京中待嫁的日子過得很快，一晃眼便到了十月。

沈蒼雪的婚期定在十月二十八，成親之前，按照習俗要曬個嫁妝，等到沈蒼雪上陣的時候，跟趙家有關係的、沒關係的，都一窩蜂跑過去看熱鬧了。這不僅僅是給趙家賣個好，更是給定遠侯府示好。

大夥兒原是為了瞧熱鬧而來，結果卻被沈蒼雪的嫁妝結結實實地嚇了一大跳。原因無他，這嫁妝實在是太豐厚了，看得人眼饞。

別說是自家了，就是皇室宗親嫁女兒，也未必有這麼實在的嫁妝。一時之間，眾人都對定遠侯府的眼光佩服不已，原來他們才是慧眼識珠，一下子就相中了城陽郡主這樣一位家底豐厚的姑娘！

趙家的僕人從整理嫁妝開始便刻意全打開讓人瞧瞧，那橡木箱子裡放著的都是真金白銀，光看著便覺得沈；朱漆紅櫥裡裝的是各色綾羅綢緞，無一不精緻高貴，尤其那織金錦，可是難得的珍品。更別提數十個妝匣裡擺放的都是珍珠寶石或金玉頭面，珠光寶氣、華美大方，讓人挪不開眼。

定遠侯府準備的車架並不少，即使饒是準備得再齊全，也沒想到未來世子夫人的嫁妝多得將車架都壓折了。

侯府的人逐個入府，又挨個抬著嫁妝出門，如長龍一般，絡繹不絕，許久才將嫁妝全裝上了車，當真是「以爾車來，以我賄遷」，教今日過來的眾人嘆服不止。

不少人找趙家人打探消息，有與趙老夫人相熟的，便直接問到了她頭上，他們所好奇的，不過一件事。「這麼多嫁妝實非一朝一夕就能備齊的，老夫人定是添了許多吧？」

這是懷疑沈蒼雪的嫁妝全是趙家給的。

趙老夫人早知道他們會這麼問，事實上，她的確添了些。趙老夫人算是老封君了，打娘家帶過來的嫁妝便已不在少數，這麼多年經營下來，手中握有的體己錢可說是讓人咋舌。她的孫子與孫女不少，但他們自幼便在富貴鄉長大，不愁吃穿。唯獨沈蒼雪這個外孫女受了不少苦楚，又是個爹不疼、娘不愛的，趙老夫人當然多疼寵她一些，添妝也比別人多。

然而沈蒼雪的嫁妝本來就豐厚，多她一份、少她一份，其實沒什麼差別。

眼下眾人來問，趙老夫人便坦誠地答道：「我的確憐惜她，多添了些妝，不過我能給的並不算什麼，你們今日見到的那些，大多都是那孩子自己掙來的。」

「郡主自個兒掙的？她才多大啊！」有人不信。

「她雖年紀小，卻是極有想法之人，這些年來積攢的家底可比我們趙家豐厚。」趙老夫人說完，一股自豪感油然而生。

她並不覺得經商是下九流，相反的，能憑藉自己的本事吃飯，不求人、不靠人，到哪兒都是高人一等。她敢說，放眼整個京城，沒有一家的姑娘比得過她的外孫女。沈蒼雪嫁妝豐厚，不僅趙家人驕傲，趙老夫人亦覺得面上有光。

大夥兒一時驚奇不已，不過也有消息靈通的，知道城陽郡主在臨安城經營一家日進斗金的酒樓，除此之外，京城最大的酒樓樓外樓據說也跟城陽郡主有關係，如若不然，樓外樓怎會有同臨安城沈記酒樓相差無幾的火鍋？可見有城陽郡主的手筆在裡頭。既是如此，倒也不難解釋這豐厚的嫁妝從何而來了。

「定遠侯府著實不虧啊。」有人感嘆。有這麼一筆嫁妝，不管嫁到誰家，新娘子都能挺直腰桿做人。

還有好事者問趙老夫人。「那汝陽王府可曾添過妝了？」

聞言，趙老夫人臉色頓時一變，語調也冷了下來。「蒼雪是我們趙家的外孫女，跟汝陽王府沒有半點關係，哪裡需要他們添妝？」

見到趙老夫人的表情，大家就明白這話不能說。

不過，汝陽王府變成萬人嫌的一家，也是令人唏噓不已。想當年他們可是真真切切地輝煌過，可風水輪流轉，轉眼間便不行了。

若汝陽王府風光之時多行善事，替子孫也替自己積德積福，如今便不會淪落到千人憎、萬人嫌的地步。只可惜，不論是汝陽王還是汝陽王妃都不是低調的人，得意時張揚忘形，惹了不少人的眼，現在自然得承受這些人的落井下石。

汝陽王府晦氣，不提也罷，光是這回趙家曬嫁妝，便讓整個京城的姑娘與夫人足足議論了大半年。

便是之後沈蒼雪嫁作人婦了，每每京城中有人議親，都還是會拿沈蒼雪的嫁妝出來舊事重提。

那嫁妝豐厚的程度可謂空前絕後，也讓一些嫁女兒的人家為難，家裡受寵的姑娘，總想跟城陽郡主爭一爭，說不定咬咬牙，自己也能蓋過沈蒼雪的風光。定康王府的小郡主便打著這個主意，鬧著要添嫁妝。

定康王可沒打腫臉充胖子，直截了當地告訴女兒。「就算妳將咱們整個定康王府都賣了，也未必有這樣多的嫁妝。」

小郡主不高興地說：「她不過一介商戶女，還能比咱們定康王府更有家底？」

「正因為人家是商戶女，才更需要這筆嫁妝給自己增色。這裡頭除了城陽郡主自己攢的，還有皇家賜的，太后娘娘擺明了看重這位弟媳，宮裡給沈家的賞賜也如流水一般。咱們縱然能跟城陽郡主一家比，還能跟皇家比嗎？」

定康王涼涼地看了女兒一眼。「勸妳還是早日收了這心思吧，想要比，也得看人家背後站的是誰。」

小郡主負氣離開，之後再也沒提要跟沈蒼雪一較高下了。

十月二十八，趙家上下妝點一新，房簷、廊角都掛著紅綢，一片紅豔豔的，喜氣洋洋。天還未明，沈蒼雪便已起身，梳妝打扮、換上嫁衣，足足花了一上午的時間。外頭人聲喧囂、鑼鼓齊鳴，可說是熱鬧非凡，唯有她這個新娘子、婚禮的當事人反而靜坐在閨房裡，聽著趙月紛跟趙老夫人絮絮叨叨地交代出嫁之後的規矩。

沈蒼雪的心早就飛出了門外。

聞西陵說過，定遠侯府規矩沒那麼大，他父親向來嚴格要求男子，對女眷倒是體貼入微。況且，他們婚後一個月便要啟程前往臨安城，所以沈蒼雪並不擔心與夫家不合的問題。她正在想，等到了定遠侯府，自己應當還能親自下廚吧？淮陽跟臘月應該不會太想念她，只是分開一個月而已，淮陽定能照顧好臘月，再說了，他們身邊還有姨母跟外祖母在呢……

這般心不在焉地等了一日，到黃昏時分，定遠侯府迎親的車隊從街頭排到了巷尾，一路鑼鼓喧天地抵達了趙家。

趙家小輩都在前頭攔親，為了克服重重關卡，聞西陵不僅帶上武將，更厚著臉皮請了一些才剛成功通過科舉的文臣。趙家人知道聞西陵擅武，故意出文試，若不是聞西陵請來的外援幫上大忙，還真要被他們得逞了。

好不容易進入沈蒼雪的閨房，聞西陵朝今日過來幫忙的人們抱拳行禮，道回頭必有重謝，結果這話引來一陣哄堂大笑。

聞西陵被笑得臉紅，轉過身瞧見一身嫁衣坐在床邊的新娘子，一顆心頓時怦怦亂跳。他十來歲上陣殺敵的時候，都沒這會兒緊張。

沈蒼雪沒有父母，趙老夫人代行父母之職，對著這對新人關懷備至地交代了許久。她所求的，不過是沈蒼雪往後能平安順遂、幸福度日罷了。

無論趙老夫人說什麼，聞西陵都滿口答應。他知道眼下他們或許不信，但是他會用時間證明自己的真心。

過了趙老夫人那一關，才算真正接到了新娘子。

趙月紛將沈蒼雪的手放到沈淮陽手裡。

他的年紀雖小，可也是沈蒼雪的親兄弟，趙月紛交代道：「將姊姊送上花轎吧。」

沈淮陽在前，沈臘月殿後，兄妹兩人雖然個頭小，卻一前一後將沈蒼雪護得牢牢的。別說觀禮的人看著覺得可愛，就連聞西陵瞧見之後也很想將他們直接帶去定遠侯府。

期間，聞西陵一直很想握一握自家娘子的手，不過小舅子看得牢，直到自家娘子進了花轎之後，聞西陵都沒能碰到沈蒼雪，甚感可惜。

來時沒有牽上，可等到車架到了定遠侯府門前，聞西陵總算能「出手」了。不用旁人提醒，他便先下了馬，親手將自己的新娘子接出花轎。

握到沈蒼雪手的那一刻，聞西陵覺得飄了一天的心終於落了下來，有了腳踏實地的安定感。之後的諸多禮節，聞西陵其實都沒上過心，他也不知自己做了什麼，只覺得周邊似乎格外喧囂，最後糊裡糊塗地被人推進了新房裡。不過此刻他倒是清醒了不少，順勢攔了不少人在外面。

聽到門後傳來的抱怨聲，聞西陵卻毫不動搖，眼下放他們進來只會鬧洞房，他才不會這麼蠢呢。

新房裡只剩下聞西陵跟沈蒼雪兩人了，不知為何，聞西陵緊張了起來，他轉過身，掀起了沈蒼雪的紅蓋頭。

沈蒼雪挺直了一整天的背終於能放鬆下來了，她朝聞西陵道：「總算是能安安靜靜的說會兒話了。」

她一身鳳冠霞帔，襯得一張鵝蛋臉似珠玉一般熠熠生輝，看向他時，雙瞳翦水、笑意盈盈，一顰一笑皆牽動著聞西陵的心魂。

聞西陵垂首牽起她的手道：「今日在外祖母跟前許諾的話，都是真的。」

沈蒼雪抬起了頭。「嗯？」

聞西陵說道：「我待妳的情誼，始於初見，止於終老。」

沈蒼雪明白自己應當感動，可她偏偏忍不住提醒。「初見時，你似乎不大待見我。」

畢竟那會兒她正在忽悠黃茂宣。

聞西陵不禁扶額道：「新婚之夜，妳非要說這些嗎？」

沈蒼雪捂嘴直笑，她格外喜歡聞西陵被逗弄的模樣。笑過之後，沈蒼雪伸長脖子，在他臉龐輕輕落下一吻。「不生氣了？」

聞西陵哪裡還氣得起來，攬著沈蒼雪的腰，心滿意足地將她抱進懷裡，與自己再無距離。

遇上她，當真是三生有幸。

聞西陵成親之後，定遠侯便無法直視自家兒子了。

他這天天黏在自己媳婦兒身邊、離不得人家的模樣，真是丟盡了他們聞家的臉。

當著沈蒼雪的面，聞風起並未說什麼重話，反而讚了聞西陵一句，誇他知道疼自己的媳婦兒。可是私底下跟兒子相處時，卻忍不住告誡他，讓他注意著些，自家人知道他什麼德行也就罷了，若是讓外頭的人看到，可會笑話他們定遠侯府的男人窩囊。

聞西陵因為這件事氣得一整日都不願意搭理他爹。新婚燕爾，他不過是跟自家娘子多相處了一會兒，又怎麼了？

就算是沒日沒夜地黏在一塊兒，那也是他們夫妻感情好，跟窩囊不窩囊扯得上半分關係？

聞西陵抱著沈蒼雪道：「他這分明是對我早有不滿，藉機打壓罷了，也不知道究竟是哪礙著他的眼了？」

他嘀嘀咕咕的，瞧著很是委屈，沈蒼雪摸了摸他的腦袋，順勢揉了一把，道：「興許父親只是器重你，所以要求得嚴厲一些。」

「得了吧，我可從未感受到他的看重。」

他們夫妻兩人正說著話，一旁一言不發的蔡嬷嬷卻忽然笑了一聲。

蔡嬷嬷是在聞西陵生母身邊伺候的，只是他生母早年間病故了，蔡嬷嬷便被調到了聞西陵身邊，伺候他的飲食。平常蔡嬷嬷並不喜歡開口，有時候一整日都沒說一句話，今日卻有了動靜，讓聞西陵很好奇。

他佯裝生氣道：「嬷嬷可是在笑話我被父親罵了？」

蔡嬷嬷語出驚人道：「老奴是笑話侯爺。」

聞西陵一驚，這可不像舉止有度的蔡嬷嬷會說的話，她一向對父親很敬重。

蔡嬷嬷追憶往昔，眼裡閃過一絲懷念，道：「當年夫人同侯爺成婚之後，感情也極好，不比您和世子夫人差。那會兒侯爺跟您一樣愛黏著夫人，老侯爺也罵過，可是侯爺無所謂，仍舊我行我素。」

這些天蔡嬷嬷看著聞西陵同沈蒼雪膩歪，就好像看到了當年的侯爺跟夫人，他們可真不愧是父子。

聞西陵驚嘆道：「父親竟然也有這樣一面？」

沈蒼雪拍了拍他的肩膀說：「父親也是尋常人啊。」

人都有喜怒哀樂，只是聞風起總是板著一張臉，讓人下意識覺得他生性冷酷，不好接近。

蔡嬤嬤嘆道：「侯爺也不容易，夫人去得早，自從她離開之後，侯爺便是這樣一副不苟言笑的模樣，夫人尚在的時候，侯爺分明還經常笑呢。」

聞西陵幾乎無法想像自己父親愛笑的樣子。

原來父親從前也跟他一樣啊，若是有朝一日蒼雪早亡，他也會性情大變吧。

聞西陵迅速搖了搖頭，緊緊地攬著自家娘子，嫌棄自己方才的念頭晦氣，他跟蒼雪定然會白頭偕老的！

興許是蔡嬤嬤的話起了作用，聞西陵之後跟聞風起相處時便不自覺地軟化了態度，說起話來甚至輕聲細語，生怕傷了自己父親的心。

父親日日看他們夫妻恩愛，定也會想到母親而黯然神傷吧？

唉……可憐。

然而聞風起不堪其擾，一、兩次還好，次數多了實在忍不住，後面差點沒拿著棍子對他一頓打。「對著自己的娘子膩歪還不夠，還想在老子面前撒嬌，再有下次，看我不打斷你的狗腿！」

聞西陵被氣到了，覺得父親這是狗咬呂洞賓，不識好人心。

也怪他，他是有多蠢，才會憐惜自己的父親？這人壓根兒不需要同情！

聞西陵與父親吵吵鬧鬧了一段時間，跟新婚妻子回了門、拜了祠堂，沈蒼雪的名字也入了族譜，兩人連宮都進了兩回，還拜見聖上，又得了太后不少賞賜。

十一月初，聞西陵正式接到了調令。

臨安城的知府陳孝天高升了，調去戶部任職，聞西陵頂了他的缺，成了新的知府。

第七十五章　善念為先

如今正值冬季，外頭雖不至於冰天雪地，但天早就冷了下來。這會兒出門趕路並不好受，可若是眼下不走，等到十二月一場大雪降下來，路便更不好走了，得等到明年春日才能南下。

這樣拖著，先不說臨安城那邊會亂成一團，朝廷這邊也不好交代。為了盡快趕往臨安城，沈蒼雪他們不得不趁早啟程。

能回臨安城，沈蒼雪自然是高興的，到了那裡，她便能繼續做菜經商，不必像在京城一般，還得顧及流言蜚語、忍受京城那些高門大戶對從商者的偏見，讓她不敢有什麼大動作。等到去了臨安城，自有她發揮的機會！

沈淮陽跟沈臘月也很開心，畢竟他們的親朋好友都在臨安城，早就惦記著要回去了。

唯一讓沈蒼雪覺得對不起的，便只有定遠侯了。

收拾行李時，沈蒼雪尚在猶豫不決。「咱們都走了，父親一個人待在府中，豈不孤單？」

聞西陵知道她這兩日一直欲言又止的，心想該是何等為難之事，沒想到她說出來的竟然只有這麼一句。

他哭笑不得，哄著她道：「妳也把父親看得太脆弱了。」

「有嗎？」她不過是出於關心罷了。

聞西陵被她逗得笑彎了腰。「父親早年間便征戰沙場，與家人向來聚少離多，咱們若是離開了，他獨自在這府中只怕還清靜一些。況且府裡有好些一直跟在他身邊的老兵，他並不是無人陪伴，即便想念家人，宮裡還有太后娘娘跟聖上在呢。」

沈蒼雪細想了想，好像是這麼回事沒錯。

聞西陵又湊上前來道：「若實在害怕他孤單，咱們便早點生個孩子，等孩子長大了，把孩子丟給父親養著就是了。」

他父親在養孩子這件事上還是有一手的。

沈蒼雪呵呵一笑道：「你也捨得？」

聞西陵大言不慚地說道：「我像是那種捨不得的人嗎？」

沈蒼雪靜靜地看著他吹噓，真到了那時候，看是誰捨不得。

兩日後，聞西陵與沈蒼雪夫妻帶著沈淮陽跟沈臘月按時啟程。

此番前往臨安城是赴任，所以即便趙老夫人再捨不得，也得放手。只是臨走前她還是不住地吩咐，讓沈蒼雪多寫信回來。

依依不捨地辭別過後，真正踏上歸途時，沈蒼雪又是一陣悵然若失。

其實留在京城的日子並沒有她想像中的難過，來回兩次，她已經適應了京城的生活，可是眼下依舊要分開。

往後她也可能與臨安城的親友們離別，但人生便是如此，持續向前走，不斷地同故人道別。

這一路上心情複雜，可等到了臨安城之後，沈蒼雪又歡喜了起來。久別重逢的喜悅，終究沖散了自京城帶來的離愁別緒。

崔瑾與段秋生等人得知沈蒼雪要返鄉，早早地就在酒樓裡頭候著。這些日子以來可把他們給急死了，生怕沈蒼雪嫁人之後就留在京城不回來。雖說他們這鋪子離了沈蒼雪也能運轉，但是沒了主心骨就是不一樣。

沈蒼雪返回了臨安城，整個酒樓上下都熱熱鬧鬧的，像是過年一樣。

「東家終於回來了，這段時間可讓咱們好等！」

「這回東家可有什麼好點子？上次聯合別家酒樓辦的活動是不是該再辦一回？」

沈蒼雪被眾人七嘴八舌、熱切地迎進了酒樓，瞧著他們臉上的欣喜，她心中湧起無限的豪情。

雖然她嫁了人，可也有自己的事業，不管是從前、現在還是往後，經商都是她生命中不可分割的一部分。

沈蒼雪抬起了手，示意他們安靜，隨即笑著說：「上回的活動是上回的，這回自然有新的點子。來來來，今日下午休息，我給你們好好說說，務必要弄出一個震驚臨安城的大消息來！」

崔瑾等人歡呼了一聲，簇擁著沈蒼雪上了二樓的雅間，摩拳擦掌地準備大幹一場。

臨安城熱不熱鬧，得由他們沈記酒樓說了算！

從前沈蒼雪總以為，開了酒樓之後，自己才忙得不可開交，近來她忽然領悟，或許「成親」才是自己人生的一道分水嶺。

當年逃荒到下塘村，進了臨安城艱苦開店的時候，總是數著手上的錢思考下一步，每一天、每個月都格外漫長。上京城討公道的時候，更是天天盼著那些惡人伏法，總覺得日子過得很慢。

然而自從成親之後，時間彷彿變得快了許多，或許是因為她每日要做的事情實在是多到難以想像吧。

幾年下來，沈蒼雪逐漸退居幕後，可她的生意卻越做越大，崔瑾需要自己經營鋪子，連她已出嫁的女兒雲曦也跟在沈蒼雪身邊做事。

興旺等一批精力旺盛的，專門負責辣椒生意。沈蒼雪的辣椒園規模不可同日而語，現在臨安城家家戶戶都種著辣椒。

近來，沈蒼雪又看上了湖州、川陝幾片地，已讓興旺買下，今年便可以種上辣椒。

辣椒醬也是，沈蒼雪的辣椒醬生意好到讓聞西陵也羨慕。

他曾經語氣含酸地說道：「我在這知府的位子上做一輩子，也未必有妳這辣椒工坊一年掙的利潤多。」

沈蒼雪笑笑的不說話，她賺得多，但是撒出去的錢也多。

臨安城有專門收留孤兒與老人的悲田院，不過沈蒼雪曾親自過去瞧了瞧，發現裡面的環境實在是不怎麼好，進去之後都無處下腳。

悲田院由朝廷撥款所建，但是財帛向來動人心，對於貪財卻取之無道者，油鍋裡的錢尚且能撈出來花一花，更別說用在老弱婦孺身上的錢了，拿得自然更心安理得。他們貪得多了，悲田院的待遇就更差。

沈蒼雪看過之後，當天便告知了聞西陵。

之後悲田院所有的小吏都被換掉了，那些貪墨朝廷撥款之人無一有好下場，狠狠警示了一番後來者。

沈蒼雪在悲田院上花的錢不在少數，如今臨安城的悲田院早已煥然一新。

另外，由於太后推廣女子受教育，創辦女子學院的風氣便從京城傳到了臨安城。

沈蒼雪頗為支持此項政策，且她又是知府夫人，頂著這層身分，許多事情推廣起來可少一些阻力。

近年來，臨安城的女子學院已經開到第三間了。

一間專門傳授學問，另外兩間則請來許多女先生教習實用的技能，譬如女紅、木工、算術，又譬如釀酒、烹飪……等等，凡是沈蒼雪想得到的，都請來相應的女先生。

對於尋常的女子而言，比起出口成章，她們更需要一技之長，唯有先活下來，才能計較別的。

學了這些，雖不能保證她們人人都能過得很好，但起碼有了能安身立命的根本，日後若是勤勉一些，自然能討得一口飯吃。正因如此，沈蒼雪的女子學院不同於京城，乃是以實用為主。

再之後，沈蒼雪又跟著府衙做了不少事，像是修路、引水、架橋，這些府衙想做又沒錢做的事，沈蒼雪都默默地投資了。她做事不計較名聲，許多都是掛著別人的名，不過偶爾一、兩件不突出的會掛她的名，也是為了讓外頭的人知道，她賺的錢其實已經花得差不多了。

沈蒼雪雖賺錢，卻不攬財，算是取之於民、用之於民。她這樣處處小心，也只為了堵住京城那些言官的口。

這樣繁瑣的事情實在太多，才讓她的日子越過越快。

又或者，是因為兩個孩子。自從有了孩子之後，沈蒼雪不得不擠出一些時間照看他們。

七年的時光，猶如流沙握於手中，越想抓緊，便流失得越快，每當沈蒼雪驚覺一年不過彈指一般，才明白時間有多無情。

可在孩子身上，時間的流逝全轉換成他們成長的能量。

沈蒼雪生了兩個孩子，長子六歲，長女四歲。大的叫聞洲，小的叫聞瀾，都是聞風起親自取的名，兩個孩子周歲時，他還特地請了假，從京城趕往臨安城，給兩個孩子過生辰。

聞風起來的那兩次，聞西陵都戰戰兢兢，擔心自己父親真的開口要將聞洲、聞瀾帶回京城教養。

好在，聞風起雖有此意，卻不忍心見他們小小年紀就離了父母，因而沒有開口。

聞西陵對此如釋重負。兩個孩子若是去了京城，那簡直如割他的肉一般。他對他們的疼愛一點都不比沈蒼雪少，甚至可以說是溺愛了。

沈蒼雪感念聞風起這個爺爺對孩子們的用心，因而讓人畫了一幅全家福，掛在兩個孩子的寢房，生怕他們回頭忘了自己爺爺長的什麼模樣。平時也會捎帶幾幅孩子們的畫像，同聞西陵的家書一道送去京城。

聞西陵這個親兒子離開京城之後，聞風起並沒有什麼感覺，有段時間甚至覺得家中挺清靜，怪舒坦的。可是等到孫子與孫女相繼出生之後，他卻突然不喜清靜了，若不是聖上剛剛親政，如今還用得到他，他可能真的會辭官來教養孫子與孫女。

儘管身邊的人都疼著自己，可是近來年僅六歲的聞洲似乎有些苦惱。

聞洲自出生以來便一直待在臨安城，沈蒼雪與聞西陵手邊雜事多，即便他們夫妻抽出了一些時間陪伴，但聞洲跟聞瀾幾乎是由淮陽兄妹兩人帶大的。

沈淮陽持續在私塾讀書，如今已中了秀才，走的是科舉入仕的方向，偶爾也會修習醫術。幾年下來，他已將父親的醫書讀得滾瓜爛熟，假以時日，未嘗不能成為一方聖手。

至於沈臘月，她也在念書，偶爾還會跟沈蒼雪去工坊與學院裡轉一轉，日子過得分外充實。

受到他們兩人影響，聞洲決定自己也要跟舅舅一樣，讀書參加科考，來日做文官。

可近來祖父寫了一封信，說是已經在給他物色武藝先生了，暫未找到合適的，若日後實在尋不到，便親自來教他，還讓他閒暇無事時可跟著父親學一學槍法，畢竟他父親的長槍耍得尚可。

聞洲陷入了沈思。

看樣子祖父已經替自己規劃好了將來，難道他以後要走武將的路子？

他年紀不大，可煩惱卻不少，這些天日日糾結，往常愛笑的小臉全皺成了一團。

聞瀾還是不懂事的年紀，卻是有樣學樣，跟她哥哥一樣滿臉憂愁。

沈蒼雪忙過外面的事之後，注意到了聞洲與聞瀾的情緒似乎有些不對，她大手一揮，立刻將兩個小孩帶去外頭，讓他們放放風。

對兩個孩子來說，這樣跟著母親一起出門的機會並不多。

不論是聞西陵還是沈蒼雪，地位都不低，身邊也不乏阿諛諂媚之輩。夫妻生怕那些人將孩子教壞了，所以並不常親自帶他們出門。

沈蒼雪領著他們去看了自己的辣椒醬工坊。

這工坊是臨安城規模最大的一家，有兩個作業空間，一間招的是男工，一間招的是女工，因給的工錢高，所以工坊裡頭的位置格外搶手。

進入工坊之後，沈蒼雪便看起了這個月的帳目。

聞洲跟聞瀾小心翼翼地觀察著周圍，這裡的一切對他們來說都很陌生。因為做的是辣椒醬，所以裡頭氣味很強烈，兩個孩子待了一會兒後，便讓吳戚領著他們去外頭透氣了。

工坊裡頭有個管事跟著他們，免得吳戚應付不來。

聞瀾晃了晃吳戚的手道：「吳叔叔，這裡味道這麼重，那些姊姊們受得了嗎？」

吳戚還沒想好怎麼說，工坊的管事卻蹲下身，耐心解釋。「味道是有些嗆鼻，不過待久了倒也無妨。」

聞洲也問道：「不難受嗎？」

「不難受。」

聞洲露出不相信的眼神。

管事笑得很溫柔，說道：「不怕小少爺笑話，這工坊裡的位置可是香餑餑，咱們這兒每個姑娘都指望著這裡發的月錢養家餬口呢。味道確實是嗆鼻了些，可是比起待遇，這點難處壓根兒不算什麼。」

聞洲若有所思，不禁回頭看了工坊一眼。這裡的姑娘們工作起來都格外認真，專心得很。

管事緩緩道：「都是窮苦人家的孩子，多虧東家建了這個工坊，給了咱們一條活路。」一個小小的工坊，有這樣大的本事嗎？

聞洲陷入沈思，卻沒看到身後的聞瀾眼睛裡閃爍著異樣的光彩。

離開工坊以後，聞洲、聞瀾兄妹倆又跟著沈蒼雪去了酒樓。

一進門，他們便受到了莫大的歡迎，崔蘭將他們抱去雅間坐著，段秋生還親自下廚，做了好些可口的給他們打牙祭。

沈蒼雪這回過來是為了接待幾個商賈，他們想從沈蒼雪這邊進辣椒，運去其他地方賣。因為進貨數量巨大，崔蘭作不了主，便請來沈蒼雪。

兩個小孩被放在一邊，自有人逗他們玩，可聞洲與聞瀾的心思都不在吃喝上面，都悄悄豎著耳朵，偷聽沈蒼雪跟旁人談生意。

在生意場上洞察人心、遊刃有餘的母親，對他們來說特別不同，兩個小孩這才知道，原來母親談生意時竟這般颯爽凌厲。

聞瀾簡直佩服得五體投地！

待沈蒼雪談完了，聞瀾直接滑下錦榻，一把抱住沈蒼雪的大腿，眼睛一閃一閃地說：

「母親，我要跟您學經商！」

沈蒼雪擰了擰她腮幫子上的軟肉，說道：「妳才多大啊，便琢磨起這些了？」

「可是哥哥也在琢磨啊。」

忽然被點名，聞洲不好再遮遮掩掩，他牽著母親的手坐下，有些不好意思地說：「我是在琢磨將來的事，本想跟舅舅一樣科舉入仕，可是祖父說已在替我尋武藝先生了。」

沈蒼雪並未忽視他的煩惱，面對聞洲與聞瀾兄妹兩人，沈蒼雪一直拿他們當小大人一般，從不吝嗇花工夫了解、開導他們。「那洲兒可喜歡練武？」

聞洲有些遲疑地點了點頭。

一旁的聞瀾搶著說道：「哥哥從前還特別喜歡看父親練武呢。」

聞洲不禁臉紅，雙手圈在桌上，將腦袋埋了進去。在沈蒼雪沒有留神之際，甕聲甕氣地又來了一句。「現在我又覺得，經商也挺好的。」

沈蒼雪覺得他倆可愛極了，往他們臉頰上各親一下，又道：「那很好啊，洲兒可以都試一試。」

聞洲驚奇地抬起頭。

沈蒼雪不忘告訴女兒。「瀾兒也一樣，不論是習武、讀書還是經商，只要感興趣便去做，人生並非只有一種選擇，多試試，才能找到最適合自己的路。你們父親也是這麼想的，他雖是武將出身，卻從未強迫你們習武，只希望你們能按著自己的喜好來。」

「只是有一點。」沈蒼雪的語氣忽然鄭重了些。「不論你們以後選擇何種道路，千萬記得心存善念。你們是含著金湯匙出生的，比外頭千千萬萬的普通人享受了更多的榮華富貴，也擁有更多向上的機會。母親不希望你們因為自己的人生一片坦途，便看不起身在泥淖、窮困潦倒之人。」

聞洲問道：「這便是母親幫助那些人的原因嗎？」

「是啊，窮則獨善其身，達則兼濟天下，父親跟母親不過是盡自己的綿薄之力罷了。我相信，往後洲兒跟瀾兒肯定能比我們做得更好、更出眾。」沈蒼雪道。

聞洲鼻頭一酸，靠進了母親懷裡。他何其有幸，能遇上這樣溫柔的母親。

窮則獨善其身，達則兼濟天下，他會牢牢記住的。

聞瀾也「嗷嗚」一聲撲進母親懷裡。

她的想法就純粹多了，只是單純的慕強，她就要做母親那樣厲害的人！

抱著兩個孩子，沈蒼雪深深覺得，這一遭，沒白走。

——全書完

2023年12月出版

夫君別作妖

文創風 1217～1219

縱使枕邊人未來會是權傾天下的冢宰，
但是作為書中反派就註定沒有好下場。
讀過原著的她知道投奔主角陣營才能改變宿命，
無奈身為短命炮灰妻，光是保住自個兒小命就是個大難題～～

反派要轉正，人生逆轉勝／霧雪燼

在公堂上，面對原主留下「與人私奔、謀殺親夫」的爛攤子，
只能說自己實在不怎麼走運，一朝穿書就成為反派權臣的惡毒正妻，
這人設也是一絕，一來不孝順公婆，二來不服侍丈夫，三來專橫跋扈。
李姝色心中無語問蒼天，只能跪著抱住沈峭的大腿，聲淚俱下地道：
「夫君，我錯了！我以後再也不敢忤逆你了！一定好好伺候你！」
雖說她急中生智從死局中找到出路，但後面還有個大劫正等著她——
按原書劇情發展，秀才沈峭高中狀元後，就要尚公主，殺糟糠妻了！
為了給自己留條活路，她平時努力當賢妻與枕邊人搞好關係，
本想著日後他平步青雲，當上駙馬能高抬貴手給一紙和離書好聚好散，
孰料，這年頭還有公主流落民間的戲碼，而這反派女配角不是別人，
正是在村中與她結怨、覬覦她丈夫許久的鄰女張素素！
如今死對頭當前，她這元配即使想騰位置出來，人家也未必肯放過她啊，
那不如引導夫君走上正道，抱對主角大腿，再怎麼樣下場也不會差了去～～

窈窕淑女，君子好逑／夏言

2023年11月出版

繡裡乾坤

即便被拒了兩次婚，他依然癡心不改，
人家小姑娘走到哪裡，他就要跟到哪裡，
別說什麼男人的骨氣與尊嚴了，
他根本連堂堂定北侯的面子都不要了！
只要能順利把心愛的姑娘娶回家，臉面值幾個錢？

文創風 1205 1

上有兄長、下有妹妹，在家排行老二的雲意晚從小就不得母親喜愛，
本以為十指都有長短了，喜愛當然也有多寡之分，不須在意，
然而向來不爭不搶的她，前世卻被母親逼著嫁給定北侯顧敬臣當續弦，
理由只是為了照顧因難產而逝的喬家表姊獨留在侯府的新生幼兒，
她不懂，身為一個母親，到底要多不愛，才會這麼對待自己的親生女兒？
結果，她在懷孕四個月時被一碗雞湯毒死，連凶手是誰都毫無頭緒，
死不瞑目的她如今幸運重生，她發誓今生定要查明凶手，不再糊塗度日！

文創風 1206 2

顧敬臣雖長得高大英俊，但因常年征戰沙場，身上帶著肅殺之氣，
前世嫁給他後，由於他面容冷峻、難以靠近，她一見他就懼，何談愛他？
今生她但求表姊能長命百歲，如此她便不用嫁他當繼室，迎來短命人生，
但也不知哪裡出錯，太子要選正妃，喬家表姊竟一心一意要去參選！
不應該啊，莫非……她的重生改變了相關人物的命定軌跡？
還是說，表姊是在落選太子妃後，才退而求其次地當了侯夫人？
若真如此，那顧敬臣肯定是愛極了表姊，不然哪個男人容得下這種事？

文創風 1207 3

雲意晚發現自己花了大半個月、耗費不少心神繡的牡丹絹布不見了！
好在上面沒有繡名字，且見過那幅精緻繡件的人也不多，
否則萬一落入不懷好意的外男手中，說是她私相授受，那可就麻煩了，
經過查訪，得知竟是母親派人偷走，謊稱是妹妹所繡，送給喬表姊選妃參賽，
而靠著她的繡件，表姊的刺繡表現第一，成為太子妃人選的最終十人！
母親最重權和利，卻沒讓她去選妃，還偷她的繡件贈人參賽，這極不合理，
況且，她可以明顯感覺得出母親對表姊的偏寵，這當中莫非有什麼隱情？

文創風 1208 4

不論前世或今生，母親都一手主導著雲意晚的婚姻，
第一樁婚約，她被許配給商賈之子，在對方的姊姊成為寵妃後解除；
第二個無緣未婚夫是個窮書生，在即將考上狀元、平步青雲前也成了前任。
前世的她只以為是巧合，然重生後為了追查死因，她竟意外發現自己的身世，
原來她與喬表姊在同一天出生後就被「母親」與「外婆」故意對調了！
只因當年她的生母永昌侯夫人懷她時，有一名道士說腹中孩子帶有鳳命，
她們想讓表姊當皇后，而她當然是一生不順最好，怎可能為她說一門好親事？

文創風 1209 5 完

她萬萬沒想到，他兩次求娶她被拒這事竟鬧得人盡皆知，他還當眾認了！
難道說，其實從頭到尾都是她誤會了，他兩世喜歡的人根本是她？
是了，回想過去，包括危急時救她、替她查明身世並找齊證據等等，
若非一心關注著她，他又怎會每件事都能適時地出手相幫？
在他不畏世人取笑，第三次親自上門求娶時，她終是應了他這份真心，
無奈好事多磨，在兩人大婚之日，太子竟在大庭廣眾之下派人擄走她！
太子這又是為了哪樁？難不成……是因為她擁有鳳命的命格？

文創風 1237

噲辣廚娘真千金 3 完

國家圖書館出版品預行編目資料

噲辣廚娘真千金 / 咬春光著. --
初版. -- 臺北市 : 狗屋出版社有限公司, 2024.02
冊 ; 公分. -- (文創風 ; 1235-1237)
ISBN 978-986-509-498-0 (第3冊 : 平裝). --

857.7　　112022665

著作者　咬春光
編輯　連宓均
校對　吳帛奕
發行所　狗屋出版社有限公司
地址　台北市104中山區龍江路71巷15號1樓
電話　02-2776-5889～0
發行字號　局版台業字845號
法律顧問　蕭雄淋律師
總經銷　知遠文化事業有限公司
電話　02-2664-8800
初版　2024年2月
國際書碼　ISBN-13　978-986-509-498-0

本著作物由北京晉江原創網絡科技有限公司授權出版

定價290元
狗屋劃撥帳號：19001626
網址：love.doghouse.com.tw　E-mail：love@doghouse.com.tw